Prisonnière du roi

Un comte pour voisin

LYNNE GRAHAM

Prisonnière du roi

DIADÈME

HARLEQUIN

Titre original :
HIS QUEEN BY DESERT DECREE

Ce roman a déjà été publié en 2019

HARPERCOLLINS FRANCE
83-85, boulevard Vincent-Auriol, 75646 PARIS CEDEX 13
Service Clients — www.harlequin.fr
ISBN 978-2-2805-0346-4

Composé et édité par HarperCollins France.
Imprimé en janvier 2024 par CPI Black Print (Barcelone)
en utilisant 100% d'électricité renouvelable.
Dépôt légal : février 2024.

FSC
www.fsc.org
MIXTE
Papier issu de sources responsables
FSC® C159065

Pour limiter l'empreinte environnementale de ses livres, HarperCollins France s'engage à n'utiliser que du papier fabriqué à partir de bois provenant de forêts gérées durablement et de manière responsable.

1

Un éclair de colère s'alluma dans les yeux dorés du roi de Djalia, Azrael al-Sharif, tandis que sa bouche sensuelle se crispait. Sa luxuriante chevelure noire balaya son visage quand il se leva d'un bond, choqué par la lecture des gros titres de la presse britannique.

— Que Votre Majesté ne prenne pas ombrage de ces sottises, déclara Butrus, son bras droit. Peu nous importe l'opinion internationale. Nous savons parfaitement ce qu'il en est. Notre nation n'est pas arriérée, même si l'ancien dictateur a négligé les infrastructures.

S'il ne s'agissait que des infrastructures..., soupira Azrael intérieurement. Hashem, qui avait régné en tyran sanguinaire pendant plus d'un demi-siècle, n'avait pas songé non plus à exploiter les richesses pétrolières du sous-sol, et le peuple avait beaucoup souffert... Écrasé par le poids de ses responsabilités, le nouveau monarque enrageait du regard méprisant que les médias occidentaux portaient sur le royaume.

Le magazine qu'il avait sous les yeux publiait la photo d'une charrette tirée par des bœufs dans la rue principale de Jovan, la seule ville du royaume. L'auteur de l'article décrivait ensuite un pays rétrograde. Certes, il n'existait pas pour l'instant de gratte-ciel, de centres commerciaux ou d'hôtels de luxe. L'aéroport et l'autoroute conduisant au palais royal constituaient les seules concessions visibles à la modernité. Mais, avec le temps, Azrael sortirait son pays de l'obscurantisme pour entrer dans le XXIe siècle.

Heureusement, le pays possédait la richesse nécessaire pour mener à bien cette transformation. Déjà, les citoyens de Djalia qui avaient émigré à l'étranger revenaient en masse, de toutes les contrées du globe. Personnels de santé, ingénieurs et enseignants allaient consacrer toute leur énergie à cette tâche herculéenne. À trente ans, Azrael plaçait tous ses espoirs en eux pour reconstruire un royaume qu'il aimait plus que sa propre vie. Son peuple, comme lui, croyait en la tolérance religieuse et en l'égalité entre les hommes et les femmes, et désirait ardemment bâtir une société moderne, éclairée, où chacun aurait accès à l'éducation et aux soins.

— Vous avez raison, Butrus, répondit Azrael. Peu m'importent ces jugements à l'emporte-pièce. Il faut avoir foi en l'avenir.

Satisfait d'avoir dissipé la mauvaise humeur du monarque, Butrus prit congé en se gardant bien d'évoquer une autre source de problème. D'après les employés de l'ambassade qui venait d'ouvrir à Londres, Tahir, le jeune demi-frère du roi, s'était entiché d'une jolie rousse. Mais il ne fallait pas forcément voir là un sujet d'inquiétude, même si Tahir perdait tous ses repères en découvrant les mœurs libérales de l'Occident. Comment aurait-il réagi autrement après avoir grandi dans le cadre moraliste du Quarein voisin ? Avant de partir en Angleterre, il n'avait jamais adressé la parole à une jeune femme célibataire... Ce n'était pas autorisé.

Azrael contempla les murs en pierre de son bureau et sa table de travail en bois massif. Refusant de résider dans le palais doré de l'ancien dictateur, trop tape-à-l'œil à son goût, il l'avait fait transformer en hôtel et habitait dans une forteresse du XIIe siècle. Il se moquait éperdument de ne pas bénéficier du confort moderne, dont il avait l'habitude de se passer.

Il avait vécu une grande partie de son existence comme nomade ou comme soldat, dans le désert, à coucher sous la tente. C'était un homme rude qui n'avait pas besoin des commodités de la vie matérielle. Il voulait aussi montrer à son peuple qu'il était différent de Hashem, dont le palais symbolisait un goût du luxe dispendieux et égoïste. Le même sang coulait dans ses veines, mais il ne croyait pas en la fatalité. Il en avait pour preuve le destin héroïque de son père, Sharif, qui avait été exécuté à cause de son opposition à Hashem.

Un coup frappé à la porte le tira de ses pensées. Butrus apparut, blême et atterré.

— Je suis désolé de vous importuner de nouveau, Majesté, mais je crains que votre frère n'ait commis un acte... extrêmement choquant et répréhensible. Un scandale effroyable nous menace si nous ne réagissons pas tout de suite.

À la veille du jour qui avait irrémédiablement sapé la confiance du roi Azrael en sa famille, à cause du coup de folie de son frère, Molly ignorait absolument tout des nuages sombres qui s'accumulaient au-dessus de sa tête. Elle était même heureuse. Petite et pulpeuse, elle avait de magnifiques boucles rousses qui retombaient gracieusement sur ses épaules, et des yeux verts étincelants de vivacité.

Elle rendait visite à son grand-père dans la maison de retraite où il logeait, et qui bruissait d'une agitation joyeuse à l'approche des fêtes de Noël. Atteint de la maladie d'Alzheimer, Maurice Devlin ne la reconnut pas et la prit pour sa défunte mère, Louise. Sans chercher à le corriger, elle caressa ses doigts noueux et lui sourit. Son grand-père oubliait de plus en plus les visages, les dates et les événements, même si des lueurs de compréhension l'atteignaient encore de temps à autre. Elle se réjouit quand il se mit à raconter le souvenir lointain d'un Noël où lui avait abattu lui-même un sapin pour sa petite-fille. Il avait au moins reconnu quelqu'un de sa famille.

Winterwood était un excellent établissement et Maurice y recevait les meilleurs soins depuis deux ans déjà. Cela coûtait malheureusement très cher à Molly, mais elle avait conscience qu'il fallait laisser le vieil homme le plus longtemps possible dans un environnement familier. Un changement de lieu, avec de nouveaux visages, l'aurait plongé dans la confusion. Elle mettait donc tout en œuvre pour maintenir Maurice à Winterwood. Hélas, le pécule qu'elle avait tiré de la vente des derniers bijoux de sa mère touchait à sa fin. Même en travaillant jour et nuit, elle avait du mal à payer les frais et à assurer en même temps sa subsistance.

Une solution se présenterait forcément, se dit-elle avec son bel optimisme. Il ne servait à rien de se lamenter et de s'angoisser. Courageuse et pleine d'énergie, Molly cumulait en ce moment trois emplois.

Le jour, elle était employée comme serveuse. En

plus, au moins deux soirs par semaine, elle tenait la boutique de son amie Jan, un pressing du centre-ville. Et le week-end, elle donnait des cours d'anglais à un prince arabe à l'ambassade de Djalia, ce qui lui rapportait davantage que ses deux autres jobs réunis. Peut-être suggérerait-elle une leçon supplémentaire... Quoique la perspective de passer davantage de temps avec Tahir ne l'enchantât guère, car il jouait un peu trop au séducteur.

En même temps, il fallait bien reconnaître que le prince ne la harcelait pas, mais ses manières plus que charmeuses l'agaçaient. Elle avait dû lui demander d'arrêter de lui envoyer des fleurs et de cesser ses marques d'affection. Il avait parfaitement compris ses explications et s'était confondu en excuses, acceptant même de reprendre ses cadeaux. Bien qu'il n'eût jamais eu de gestes déplacés, elle avait été soulagée qu'il accède à sa requête. Désormais, un employé de l'ambassade était présent pendant les cours.

Molly manquait d'expérience avec les hommes et jugeait peut-être le prince trop durement. Elle avait été obligée d'arrêter ses études universitaires à la fin de la première année pour rentrer à la maison s'occuper de son grand-père. Pendant les quatre ans qui avaient suivi, elle n'avait guère eu de vie sentimentale, à l'exception d'un garçon assez terne qu'elle s'était empressée d'oublier. Elle avait malgré tout trouvé le temps de passer un diplôme d'enseignement de l'anglais comme langue étrangère, et ne regrettait pas les sacrifices qu'elle avait consentis pour son grand-père. Maurice avait lui-même volé à son secours pendant l'une des périodes les plus malheureuses de sa vie.

La mère de Molly était morte quand elle avait

quatre ans et son père s'était remarié peu après, avec une femme qui ne supportait pas l'existence de sa fille née d'un premier mariage. La situation de Molly était vite devenue invivable, car son père ne faisait rien pour la protéger contre les mauvais traitements que lui infligeait sa seconde épouse. L'enfant s'était alors tournée vers son grand-père maternel, qui avait accepté de la recueillir chez lui. À la mort de son père, Molly, déshéritée, avait malgré tout reçu les bijoux de sa mère, qui avait pris soin de consigner ce souhait dans un testament.

Cet après-midi-là, Molly donnait son cours particulier, comme d'habitude, dans un salon délicieusement désuet de l'ambassade de Djalia. Le prince Tahir était installé en face d'elle et un chaperon montait la garde sur une chaise, non loin de là, près de la porte ouverte. Sur le mur était accroché le portrait d'un homme d'une rare beauté, que Molly surnommait secrètement M. Superbe car il était apparu plusieurs fois dans ses rêves. Il avait certainement de quoi alimenter les fantasmes d'une jeune fille esseulée en mal d'amour.

Une employée apporta le traditionnel plateau de café et de pâtisseries. Le personnel se comportait de manière très obséquieuse avec le jeune prince. Originaire du Quarein, pays voisin de Djalia, Tahir, de sang royal, leur inspirait respect et admiration.

Molly n'avait jamais osé lui demander son âge par peur de paraître impolie, mais il devait avoir une vingtaine d'années. Bâti comme un joueur de rugby, avec une mâchoire carrée et volontaire, il devait certainement plaire aux femmes, mais elle le trouvait très immature.

— Vous êtes particulièrement en beauté aujourd'hui, lui dit Tahir.

Elle le réprimanda doucement.

— Rappelez-vous les consignes, Votre Altesse. Notre conversation doit rester neutre.

Il rougit légèrement.

— Pardonnez-moi. Eh bien... Qu'avez-vous fait aujourd'hui ?

— Voilà qui est mieux, acquiesça Molly avec un sourire, avant de lui raconter sa visite à son grand-père.

— Vous avez beaucoup de chance d'avoir un homme comme lui dans votre vie, observa le prince. Le seul grand-père que j'ai connu était un monstre.

Molly fronça les sourcils.

— Là encore, il s'agit d'un commentaire beaucoup trop personnel.

— J'essaie de mieux vous connaître, soupira Tahir.

— Je suis votre professeure, pas une amie, déclara Molly fermement. Alors, dites-moi ce que vous avez fait depuis la semaine dernière.

— Rien.

Difficile d'obliger le prince à parler quand il était de mauvaise humeur et pourtant on payait Molly pour lui faire la conversation...

— Allons, ce n'est pas possible, insista-t-elle. Vous êtes sûrement allé quelque part ? Il y a tant d'endroits intéressants à Londres.

— Je ne suis pas un touriste. Je suis ici uniquement pour me perfectionner en anglais.

— Eh bien, il faut créer davantage d'occasions de pratiquer la langue.

— Je n'ai pas d'amis, argua-t-il sur un ton de reproche. Et vous refusez de m'accompagner.

Un vieux diplomate avait déconseillé à Molly

de sortir avec le prince sans gardes du corps. Des apparitions publiques attireraient inévitablement l'attention et on craignait les représailles des sympathisants de l'ancien dictateur de Djalia, renversé par le demi-frère de Tahir. En réalité, depuis qu'il lui avait manifesté quelques attentions un peu trop pressantes, elle n'avait aucune envie d'encourager l'intérêt qu'il lui portait.

Elle porta sa tasse à ses lèvres et but une gorgée. Le café était horriblement sucré, ce qui contrastait avec l'amertume du breuvage qu'on lui servait d'habitude. Tout en l'observant, Tahir, assez étonnamment, se mit à lui raconter ses impressions sur Londres. Elle se sentait bizarre et avait du mal à suivre. Pourtant, il faisait des efforts, il fallait le féliciter. Mais son cerveau se brouillait, elle n'arrivait plus à se concentrer.

La tête lourde, elle posa le menton sur le dos de la main, avec une envie de dormir aussi irrépressible que ridicule.

— Je dois être très fatiguée, bredouilla-t-elle. Je ne sais pas ce qui m'arrive...

— Rien de grave, la rassura Tahir.

Rassemblant toute sa volonté, Molly appuya les paumes sur la table pour se lever. La tasse et la soucoupe glissèrent et se brisèrent en tombant sur le sol. Paralysée, elle fixa les morceaux sans comprendre.

— Je ne me sens pas bien..., murmura-t-elle, saisie de peur.

— Je vais vous aider, dit Tahir en s'approchant. Ne vous inquiétez pas.

— Laissez-moi tranquille, lança-t-elle faiblement, dans un sursaut d'obstination.

Mais ses paupières se fermèrent et elle s'écroula sur la table.

Molly reprit conscience avec un merveilleux sentiment de bien-être. Soulevant lentement la tête, elle ouvrit les yeux pour découvrir avec stupéfaction un décor totalement inconnu.

Vêtue d'une sorte de chemise en voile de coton, elle était allongée sur un lit à baldaquin, dans une pièce aux murs de pierre nue qui paraissait moyenâgeuse. Affolée, elle se précipita pour regarder par la fenêtre. Le paysage qu'elle aperçut l'emplit pendant quelques secondes d'une confusion mêlée d'effroi. Le désert s'étendait à perte de vue. Un vrai désert avec des dunes de sable.

La bouche sèche, elle se rappela le café trop sucré, à l'ambassade de Djalia, et les étranges symptômes qui l'avaient assaillie. L'avait-on droguée, pour la kidnapper ensuite ? L'explication lui sembla d'abord trop mélodramatique. Pourtant, l'attitude bizarre du prince Tahir corroborait ses craintes.

— Miss Carlisle ? s'enquit une douce voix féminine.

Elle se retourna avec un sursaut.

— Je suis Gamila, ajouta la jeune femme dans un anglais hésitant. Vous êtes en sécurité.

— *En sécurité* ? répéta Molly en tremblant d'indignation. Où suis-je ?

Mais Gamila, sans doute incapable d'en dire davantage dans une langue qu'elle ne maîtrisait pas, ouvrit la porte de la salle de bains attenante avant de se retirer.

Molly ne rêvait pas. On l'avait bel et bien enlevée. Tahir était-il dangereux ? Elle se fit couler un bain pour se calmer et tenter de recouvrer ses esprits.

Il y avait de quoi paniquer. Elle était à l'étranger, sans passeport. De toute façon, elle n'en possédait pas, puisqu'elle n'avait jamais quitté l'Angleterre. Elle rêvait pourtant de grands voyages et avait précisément passé un diplôme d'enseignement de l'anglais pour partir un jour.

Le seul grand-père que j'ai connu était un monstre.

Elle aurait dû prêter davantage attention aux propos de Tahir. Tenait-il de son grand-père ? Seul un monstre pouvait agir ainsi. Où était la police ? Il fallait porter plainte et signaler son enlèvement aux autorités compétentes.

Une robe longue comme celle de Gamila était suspendue à un cintre. Molly l'enfila, mais l'absence de sous-vêtements la gênait, en particulier de soutien-gorge. Elle se plaignait depuis la puberté d'une poitrine généreuse qu'elle jugeait trop épanouie pour son mètre cinquante-deux...

Gamila l'attendait dans la chambre avec un plateau de nourriture qu'elle considéra avec une certaine méfiance. Après tout, on l'avait déjà droguée une fois. Même si elle avait très faim, elle préféra s'abstenir et retourna dans la salle de bains pour boire de l'eau du robinet.

Le soleil commençait à baisser sur l'horizon, teintant d'une belle couleur dorée le somptueux paysage de dunes. Un mélange de colère et d'impatience arracha néanmoins Molly à sa contemplation. Presque au même moment, on frappa à la porte et elle l'ouvrit en grand dans un mouvement de mauvaise humeur.

— Je...

Instantanément, elle se figea de stupéfaction. M. Superbe en personne, celui du portrait de l'ambassade, se trouvait devant elle.

Vêtu d'un caftan blanc immaculé et d'un turban rouge à carreaux, il était encore plus beau en chair et en os que sur la photo. Elle n'aurait pas été plus surprise si un célèbre acteur de Hollywood s'était soudain matérialisé sous ses yeux. Déconfite, elle recula jusqu'au lit.

— Miss Carlisle ? Je suis Azrael, le demi-frère de Tahir, déclara le visiteur d'un ton guindé et embarrassé. Je dois vous présenter mes plus profondes excuses pour ce qui s'est passé et vous assurer que vous serez reconduite chez vous dès que possible.

Molly avança d'un pas, un peu réconfortée par l'humilité de cette entrée en matière de la part d'un homme qu'elle imaginait davantage à cheval brandissant un cimeterre. Très grand, Azrael dépassait largement le mètre quatre-vingts et possédait les yeux les plus incroyables qu'elle ait jamais vus, mordorés, frangés de cils noirs et très fournis.

— Vous parlez anglais, remarqua-t-elle un peu stupidement, sans rien trouver d'autre à dire.

— En effet.

Empli d'admiration, il l'observa à son tour. Son frère Tahir avait commis un acte impardonnable, mais il fallait reconnaître qu'il avait très bon goût.

Molly Carlisle n'avait rien du stéréotype de la jolie blonde occidentale. Sa carnation nacrée contrastait étonnamment avec une couleur de cheveux qu'il n'avait encore jamais vue et elle possédait des yeux magnifiques, exactement de la même teinte que les émeraudes de sa défunte mère. C'était une vraie beauté, tout à fait hors du commun. Cependant, conscient que de telles pensées étaient tout à fait inappropriées en raison des circonstances, il s'efforça de les chasser.

— Je veux voir la police, déclara Molly avec effronterie.

La hardiesse de la jeune femme ramena immédiatement Azrael à la réalité. En fait, Djalia n'avait plus de forces de maintien de l'ordre pour l'instant car la police de Hashem, corrompue, avait été dissoute. On était en train de former de nouveaux agents, mais il n'était évidemment pas question d'expliquer la situation à une étrangère.

— J'espère que nous pourrons régler le problème à l'amiable, répondit-il avec toute la force de conviction qu'il plaçait dans son autorité naturelle.

Il fallait intimider la jeune femme pour empêcher un scandale international. Si l'affaire s'ébruitait, la presse ne manquerait pas de les traiter de sauvages et de s'apitoyer sur la pauvre victime de ces brutes.

Contrairement à son attente, Molly resta insensible à sa posture de mâle dominant.

— Je ne pense pas, dit-elle en pinçant les lèvres. Je veux que votre frère ou... votre demi-frère, peu m'importe, soit poursuivi et sévèrement puni.

Déconcerté, Azrael souffla bruyamment.

— La police ne sera pas mêlée à cette affaire, déclara-t-il platement.

— J'ai été droguée et enlevée. J'exige justice et réparation ! protesta Molly.

— Je suis désolé de ne pas pouvoir répondre favorablement, objecta Azrael. De toute façon, mon frère n'est plus à Djalia.

— Je ne vous crois pas, rétorqua-t-elle sans se démonter. Vous essayez de le protéger contre les conséquences de ses actes...

— Non, coupa Azrael, stupéfait par son audace.

Personne n'avait encore jamais osé lui parler sur ce ton.

— Vous ne pouvez pas nier mes droits, s'exclama Molly, le rouge aux joues.

Les yeux durs comme du granit, Azrael serra la mâchoire.

— Si, je le *peux*...

— *Non !* rétorqua-t-elle rageusement. La législation internationale...

— Ne s'applique pas à Djalia, conclut Azrael.

— J'ai été kidnappée...

— Tahir a été intercepté dès que l'avion a atterri. On vous a immédiatement libérée. Vous êtes saine et sauve.

La colère de Molly monta d'un cran.

— On aurait pu m'agresser sexuellement !

— J'en doute. Tahir a beaucoup de défauts, mais ce n'est pas un violeur. Il vous a amenée ici pour vous couvrir de cadeaux en espérant magiquement vous amadouer. Il s'est entiché de vous, mais il est incapable de vous faire du mal physiquement.

— Donc, selon vous, il n'a pas mal agi ?

— Bien sûr que si ! Il est coupable, évidemment. Il n'empêche que la police restera en dehors de tout cela.

— Ce n'est pas à vous d'en décider, protesta Molly énergiquement.

Ses yeux brillaient farouchement et ses boucles cuivrées dansaient sur ses épaules.

— *Si*, je suis seul juge, assena Azrael d'un ton sans réplique. À Djalia, ma parole fait loi.

— Dans ce cas, ce pays est terriblement arriéré !

Azrael se figea, comme si elle l'avait giflé.

— Je refuse de discuter tant que vous ne serez pas calmée.

— Je suis aussi calme que possible pour quelqu'un qui se réveille en plein désert après avoir été kidnappé !

Quand il tourna les talons, elle redoubla de fureur.

— Ne vous avisez pas de partir sans m'écouter !

— Vous n'êtes pas en état de réfléchir...

— Le seriez-vous à ma place ? hurla-t-elle, folle de rage.

Il disparut dans le couloir et elle commença à donner des coups dans la porte. Mais, comme elle était pieds nus, elle s'arrêta très vite, les orteils en feu.

Elle était tombée chez des fous. Un frère l'avait enlevée et l'autre l'exhortait à la raison ! Dans quel siècle vivaient-ils ? Quelle sorte de pays était Djalia ? Non seulement on y bafouait impunément les droits des femmes, mais encore un homme arrogant se permettait de décréter la loi ! Pour qui se prenait-il ? Molly n'avait aucune intention de cautionner passivement pareilles sottises. Elle avait des droits au Royaume-Uni et saurait les faire valoir là-bas, où le délit avait eu lieu. Azrael n'avait pas le pouvoir de l'en empêcher.

Il fallait infliger à Tahir un châtiment exemplaire pour qu'il ne récidive jamais. Quelle assurance avait-elle qu'il n'était pas véritablement dangereux ? Pourquoi aurait-elle cru Azrael ? Non, il fallait que la police l'arrête et qu'il soit jugé.

Forte de sa décision et un peu rassérénée, Molly accueillit Gamila avec un sourire lorsqu'elle lui apporta ses vêtements, fraîchement lavés et repassés. Elle s'éclipsa aussitôt dans la salle de bains pour s'habiller. Mais le pull et le jean qu'elle portait à Londres ne convenaient plus du tout au climat du désert. Moite de transpiration, elle finit par remettre l'aérienne djellaba.

Elle décida de partir explorer le palais et sortit de la chambre. Après avoir longé un couloir dallé de marbre, elle arriva à un escalier en colimaçon qui la conduisit dans une cour carrée, flanquée de tourelles et occupée par deux soldats en armes. Ils la dévisagèrent tous avec insistance et étonnement, et elle battit en retraite en rougissant.

Un petit homme sec la salua et l'aborda courtoisement.

— Miss Carlisle ? En quoi puis-je vous être utile ?

— Je veux parler à Azrael. Je veux rentrer chez moi.

— Bien sûr. Suivez-moi, je vous prie. Je suis Butrus, au service du roi.

— Quel roi ? chuchota Molly, interloquée.

— Sa Majesté Azrael al-Sharif de Djalia, répondit Butrus avec orgueil. Notre illustre dirigeant.

Illustre dirigeant ? En d'autres circonstances, Molly se serait moquée ouvertement de ce titre ridicule. Mais sa situation ne le lui permettait pas... Le frère de Tahir était le roi de ce pays ? Voilà pourquoi son portrait était accroché au mur de l'ambassade de Djalia ! songea-t-elle tardivement. Tahir ne s'était jamais vanté du haut rang de son frère aîné, sans doute parce qu'il vivait dans le pays voisin. Molly avait cherché le Quarein dans un atlas et s'était renseignée sur Internet, mais elle ne savait rien de Djalia, le petit royaume où elle avait atterri.

— Je n'avais pas conscience qu'Azrael était le roi, admit-elle, un peu dépitée.

Elle comprenait maintenant pourquoi sa parole faisait force de loi, mais cela ne changeait rien au problème, se dit-elle en se ressaisissant. Même s'il contrôlait davantage la situation qu'elle n'avait cru initialement, son pouvoir pouvait lui être utile. Elle serait en mesure de regagner Londres au plus vite avec tous les papiers nécessaires. D'ailleurs, il le fallait, car

Maurice pouvait avoir besoin d'elle à tout moment. Elle était sa seule famille et devait s'assurer qu'il ne manque de rien et reçoive les meilleurs soins. C'était très important.

2

Azrael réprima un soupir excédé lorsque Butrus annonça Molly Carlisle dans la bibliothèque de sa forteresse du désert, le seul endroit où, normalement, il arrivait à se détendre. Bien que n'ayant rien à se reprocher, il était très mal à l'aise à cause de l'énorme bêtise de son frère. Et il en avait assez de cette jeune femme rebelle, un peu trop insolente à son goût. Mais il se devait de la recevoir. Il eut même honte de son agacement.

Que cela lui plaise ou non, il était obligé de rassurer Molly Carlisle. Quoi qu'il lui en coûterait, il fallait acheter son silence, absolument. Et tant pis s'il enfreignait les valeurs de probité qu'il plaçait au-dessus de tout. Butrus avait raison de lui rappeler le vieux proverbe « Nécessité fait loi ». Parfois, il valait mieux ne pas trop s'interroger sur les moyens d'arriver à ses fins. En réalité, il aurait trouvé la situation plus supportable si la victime de Tahir avait été moins jolie !

Il ne se souvenait même pas à quand remontait sa dernière relation amoureuse. Le poids du célibat commençait à lui peser. Plus exactement, il se sentait frustré de ne pas pouvoir s'adonner aux plaisirs d'une sexualité épanouie à l'intérieur des frontières de Djalia. Il aurait couru le risque d'être comparé à

Hashem, dont les orgies avec ses concubines avaient nourri les rumeurs les plus néfastes pour le royaume. Malheureusement, le temps était révolu où Azrael jouissait d'une entière liberté de mouvement. Il ne pouvait plus se rendre à l'étranger sans que la presse passe au crible son emploi du temps et surveille ses moindres faits et gestes. Il n'y avait qu'ici, dans la forteresse de ses ancêtres perdue en plein désert, qu'on le laissait en paix.

Et il n'avait pas du tout envie d'être dérangé dans sa quiétude par une ravissante créature dont il devinait la silhouette de rêve sous la longue djellaba. Elle avait une bouche incroyablement pulpeuse, susceptible d'éveiller les fantasmes les plus torrides, même chez un saint. Un homme normal comme lui, qui maîtrisait parfois difficilement son désir, serait rudement mis à l'épreuve par sa présence.

Pour le moment, M. Superbe ressemblait plutôt à M. Grincheux, songea Molly en observant son expression rébarbative. Malheureusement, cela n'altérait ni son charme ni l'extraordinaire régularité de ses traits. Elle regrettait seulement ce turban qui cachait ses cheveux. Étaient-ils aussi noirs que ceux de son frère ? Bien qu'elle ne ressentît pas de culpabilité à le trouver beau, elle éprouvait tout de même de l'antipathie à son égard. D'ailleurs, son comportement dédaigneux attestait qu'il ne l'aimait pas non plus. Un éclair de mépris brillait dans ses yeux et il ne cherchait même pas à dissimuler son hostilité.

Peu lui importait de toute façon. Elle voulait seulement rentrer chez elle, en Angleterre, et personne, pas même un roi tel que lui, ne se mettrait en travers de son chemin pour la priver de ses droits.

Molly avait malgré tout préparé son petit discours avec soin pour aplanir les difficultés et ménager la susceptibilité d'Azrael.

— Majesté, je vous prie de m'excuser si je vous ai manqué de respect. J'ignorais à qui j'avais affaire.

Azrael grimaça un rictus. Il n'était pas dupe de son hypocrisie. Malgré tout, lui aussi était prêt à faire un effort pour régler le problème.

— C'est oublié, lui assura-t-il. En quoi puis-je vous aider ?

— Je veux rentrer chez moi... le plus rapidement possible.

— Avez-vous abandonné toute idée de poursuivre mon frère en justice ? s'enquit-il en haussant un sourcil circonspect.

Molly rougit.

— Non... Je verrai cela à Londres, dans mon pays.

— Je ne le souhaite pas.

Elle rejeta fièrement la tête en arrière.

— Je ne comprends pas pourquoi. Vous n'êtes pas impliqué.

— Le délit a néanmoins été commis dans mon ambassade avec la complicité d'au moins une de mes employés. Tahir vous a ensuite amenée dans cette forteresse qui m'appartient. Il y va donc de la réputation de Djalia et de la mienne. J'ai bien évidemment licencié immédiatement la personne qui vous a servi le café additionné d'un sédatif.

— Comment suis-je arrivée ici ? s'enquit Molly, mal à l'aise.

— Au Quarein, le pays natal de Tahir, les femmes sont voilées. On vous a mis une burqa et installée dans un fauteuil roulant jusqu'à l'avion, un jet privé appartenant au prince Firuz, l'émir du Quarein. Mon frère jouissant du statut diplomatique, on ne lui a posé aucune question. Mais le steward était tellement inquiet à votre sujet qu'il a demandé à l'hôtesse de l'air de rester à côté de vous pendant tout le vol. Il a également alerté le père de Tahir, qui m'a aussitôt contacté. Vous n'êtes restée seule à aucun moment. Il ne pouvait rien vous arriver.

Molly réprima un soupir de soulagement. Dans son for intérieur, sans pouvoir s'en empêcher, elle craignait qu'on n'ait abusé d'elle à son insu, pendant qu'elle était inconsciente. Elle inspira lentement.

— Très bien, murmura-t-elle d'une voix mal assurée, gênée de trahir ses peurs secrètes.

En cet instant, elle parut si vulnérable à Azrael qu'il faillit être emporté par un élan de compassion.

— Vous avez subi une expérience traumatisante, reconnut-il. Je regrette sincèrement qu'un membre de ma famille en soit la cause, mais soyez certaine que Tahir sera sévèrement puni. Son père est horrifié...

— Ce n'est pas mon problème, coupa Molly, qui voyait très bien où il voulait en venir.

— Au Quarein, les mœurs sont infiniment plus strictes qu'à Djalia, reprit Azrael sans tenir compte de son interruption. La ségrégation règne entre les sexes et les femmes sont très protégées. Les agressions qui portent atteinte à leur honneur sont très sévèrement réprimées.

— Mais pas ici ? demanda Molly perfidement.

— Lorsque Hashem était au pouvoir, les exécutions étaient quotidiennes, parfois pour des délits insignifiants ou simplement pour punir ceux qui osaient s'opposer à son régime, déclara Azrael gravement. C'était un système inhumain.

Mais Molly ne voulait pas continuer la discussion sur le sujet.

— Cela ne me concerne pas. Tout ce que je veux, c'est rentrer chez moi.

Azrael opta pour la franchise.

— Je ne vous libérerai que si vous me promettez de ne pas poursuivre Tahir. Je ne veux pas courir le risque d'un scandale qui éclabousserait Djalia.

Le choix des mots irrita la jeune femme.

— Je suis donc prisonnière ?

Il éluda la question.

— Je veux régler cette affaire une fois pour toutes avant votre départ, insista-t-il.

Elle le considéra avec un mépris qu'aucune femme n'avait jamais osé lui manifester jusque-là.

— Comment comptez-vous vous y prendre ?

Azrael alla droit au but.

— Vous serez généreusement récompensée.

— Vous voulez acheter mon silence ? s'écria-t-elle, interloquée.

— Je vous offre une compensation, rectifia-t-il en s'efforçant d'atténuer le caractère déplacé de sa proposition.

Lui-même avait été choqué lorsque Butrus lui avait suggéré cette solution. L'honnêteté de la jeune femme le gênait, comme si cette qualité renforçait encore son attirance. Or il n'avait pas le droit d'y céder, et encore moins de la séduire.

Selon toute probabilité, il finirait par accepter la fiancée que son beau-père lui destinait et se marierait d'ici quelques mois. Il avait rencontré Nasira, la nièce du prince Firuz, lorsqu'ils étaient enfants. Elle avait reçu une éducation sans faille, très traditionnelle, mais curieusement sa nature vertueuse agissait plutôt comme un repoussoir. Pour le moment, il préférait ne pas y penser avant de l'avoir revue, au moins une fois avant le mariage, ainsi que l'exigeait la coutume. Néanmoins, le choix d'une reine voilée semblerait sans doute rétrograde aux yeux de son peuple, car les femmes de Djalia jouissaient d'une émancipation avancée.

— Votre argent ne m'intéresse pas. Je veux que justice soit faite ! protesta Molly sans dissimuler son dégoût.

— Malheureusement, nous ne vivons pas dans un monde idéal, rétorqua Azrael d'un ton glacial. Je vous prie respectueusement de réfléchir à ma proposition. Sinon, nous serons dans une impasse.

Pour Molly, c'en était trop. Quelle insupportable arrogance ! Cet homme imbu de lui-même et de son pouvoir avait un toupet sans bornes. Comment osait-il afficher un tel cynisme et croire qu'il pourrait acheter son silence aussi facilement ! Certes, elle était pauvre et un peu d'argent d'avance lui aurait accordé du répit, surtout pour payer les soins de Maurice. Mais elle avait des principes.

— Un crime ne doit pas rester impuni, lança-t-elle avec force. Je n'accepterai aucun compromis.

— Dans ce cas, je suis désolé, maugréa Azrael, à bout de patience.

Il en avait assez de cette virago hystérique. En homme qui savait se maîtriser en toutes circonstances, il ne supportait pas la colère et les éclats de voix chez les autres.

— Un roi devrait avoir un sens moral plus développé, ironisa-t-elle.

Une lueur rageuse brilla dans les yeux d'Azrael, qui contint néanmoins sa colère. Il avait appris très tôt à se contrôler. Lorsque, adolescent innocent, on l'avait humilié et fouetté injustement, il avait volontairement enduré un châtiment immérité pour protéger sa mère. Il aurait même sacrifié sa vie sans hésiter pour sauver son pays. Que lui importaient les paroles et le jugement de cette étrangère qui ignorait de quoi il était capable ? Il n'aurait pas la faiblesse de céder à la provocation.

Molly tourna furieusement les talons et remonta l'escalier en courant presque. En arrivant dans sa chambre, elle fut prise d'un léger vertige, probablement parce qu'elle n'avait pas mangé depuis trop longtemps. Quand Gamila se présenta avec un plateau, elle avait si faim qu'elle ne résista pas. Était-elle trop naïve ? Fallait-il se méfier ? De toute manière, Azrael était résolu à la garder prisonnière en espérant vaincre ainsi son opposition.

Elle réfléchit, la mine sombre. Elle avait déjà perdu son job de serveuse. Jamais on ne la reprendrait, après une disparition aussi soudaine qu'injustifiée. Était-elle en danger, dans cette forteresse du désert ? Cela arrangerait certains qu'elle disparaisse. Un frisson de peur la parcourut. À Londres, personne ne savait où elle était. Son amie Jan essaierait de la joindre par téléphone et finirait par penser qu'elle avait déniché un temps partiel plus lucratif. Molly travaillait tellement qu'elle n'avait quasiment plus de loisirs et ne voyait plus personne. Elle n'avait même pas pris des nouvelles de Jan qui venait d'accoucher de son premier enfant.

Elle n'aurait pas dû toucher à la nourriture... Elle n'était pas du tout en sécurité ici, à Djalia, où on voulait absolument étouffer l'affaire de son enlèvement. En plus, elle s'était permis d'agresser verbalement le roi, qui se rengorgeait derrière sa dignité offensée dès qu'elle élevait la voix. Elle ne s'y prenait pas exactement de la meilleure manière pour l'amadouer...

Pourtant, en tant que victime, elle avait raison de réclamer justice. Que faire ? Elle se sentait complètement démunie, mais refusait d'abandonner le combat. Il fallait dénoncer Tahir et porter plainte auprès de la police du Royaume-Uni. Si des conséquences fâcheuses devaient en résulter pour des personnalités haut placées, nul doute que les autorités s'efforceraient d'étouffer le scandale. Mais cela n'entamait pas sa détermination.

Si Azrael refusait de la reconduire à l'aéroport, elle s'y rendrait toute seule. Cela ne pouvait pas être très loin. Djalia était un tout petit pays et on l'avait amenée directement ici à sa descente de l'avion. La perspective de s'enfuir en reprenant son destin en mains la rasséréna et lui redonna courage. Pourquoi resterait-elle prisonnière de son plein gré ?

Elle était complètement innocente de ce qui s'était passé. Azrael la soupçonnait-il d'avoir encouragé les espoirs de Tahir ? Des aventurières auraient probablement profité de sa fortune pour lui extorquer des cadeaux coûteux, en le berçant d'illusions. Mais elle n'était pas ainsi, quoi qu'il en pense.

Azrael ne pouvait pas deviner qu'elle avait infiniment moins d'expérience que la plupart des femmes de son âge. Sinon, elle se serait peut-être méfiée davantage de Tahir. Aurait-elle perçu le danger ? Serait-elle parvenue à l'éviter ? Il était bien difficile de se prononcer. À part quelques amourettes de lycée, Molly n'avait eu qu'un seul et unique petit ami depuis que son grand-père était rentré en maison de retraite. Elle n'avait même pas encore perdu sa virginité. Elle avait rompu quand il avait voulu aller plus loin. L'envie lui manquait, tout simplement, et elle n'aimait pas ses baisers. Peut-être avait-elle des problèmes de désir... En tout cas, elle n'avait jamais eu la curiosité d'explorer ce genre de relations. Pour être tout à fait honnête, Azrael l'aurait sans doute plus inspirée...

Mais elle s'égarait.

Sa décision était prise, elle allait s'enfuir. Il lui faudrait attendre la nuit parce qu'il y avait beaucoup de soldats dehors pendant la journée. Elle passerait davantage inaperçue dans l'obscurité. Galvanisée par l'idée de s'échapper, Molly s'allongea sur son lit en souriant pour la première fois de la journée. Elle bafouerait avec un plaisir immense l'autoritarisme abject d'Azrael.

Heureusement, elle avait gardé la bouteille qu'on lui avait apportée avec son repas. Il ne fallait évidemment pas s'aventurer sans eau dans le désert. Dans quelle direction irait-elle ? Elle se plaça devant la fenêtre et, pendant les deux heures qui suivirent, observa attentivement les allées et venues. Plusieurs 4×4 entrèrent et sortirent de la forteresse. Ils empruntaient tous la même route, il suffirait de marcher dans leurs traces pour retourner à la civilisation et à la liberté.

— Tahir sera très durement châtié par son père, déclara Butrus. Le prince Firuz est d'une sévérité impitoyable.

— Je ne le sais que trop, soupira Azrael.

Firuz était son beau-père. Quelques années après

l'exécution de son père à Djalia, sa mère était repartie au Quarein, son pays d'origine, où elle s'était remariée. Tahir était né de cette union qui scellait une alliance politique et sentimentale tout à la fois. Azrael, qui en avait conscience dès le début, avait toujours plaint son demi-frère à cause de la charge qui pesait sur ses épaules.

— Il n'échappera pas au fouet, reprit Butrus avec anxiété. Vous devriez le dire à Miss Carlisle, et lui expliquer qu'il paiera très cher sa sottise. Le prince Firuz n'a aucune indulgence pour les erreurs de jeunesse.

— Malheureusement pour Tahir, il ne s'agit pas d'une simple bêtise, mais d'un acte répréhensible aux yeux de la loi. Cette histoire a éclaboussé mon honneur. Pour la première fois de ma vie, j'ai menacé une femme en la privant de liberté.

— Notre pays avant tout, murmura le conseiller. Entre deux maux, il faut parfois choisir le moindre.

Azrael le congédia pour la nuit. Même si Butrus avait raison, il avait du mal à l'accepter. Lui qui s'efforçait toujours d'avoir une conduite honorable se voyait contraint d'utiliser la force envers une innocente. Son orgueil en souffrait, ainsi que son idée de la justice. Il se sentait coupable.

À peu près une heure avant l'aube, Molly descendit l'escalier en colimaçon, ses chaussures à la main, avec un petit tube de pommade pour les lèvres et une bouteille d'eau dans un sac en plastique qu'elle avait trouvé dans un tiroir. Comme elle n'avait pas de chapeau, elle avait enroulé une serviette de toilette autour de sa tête pour se protéger du soleil. Elle avait gardé sa djellaba et laissé son jean dans la chambre pour ne pas s'embarrasser. À cette heure-ci, la petite cour était presque déserte, avec seulement un soldat en faction. Elle attendit dans l'ombre, guettant le moment propice, et s'élança dès qu'il tourna le dos.

Personne d'autre ne montait la garde, mais il lui fallait trouver la sortie. Une volée de marches la conduisit devant les murailles fermées par de lourdes portes. Des 4×4 étaient garés non loin de là, mais un bruit de moteur aurait sûrement attiré l'attention et elle n'était pas certaine de manœuvrer correctement un véhicule tout-terrain.

Elle se glissa silencieusement jusqu'au portail, rassembla toutes ses forces pour ôter la lourde barre de fer qui grinça avec un son sinistre. Puis elle se faufila au-dehors à travers l'ouverture et s'enfuit le cœur battant.

3

Molly courut jusqu'au sommet de la dune en suivant les marques de pneus dans le sable. Elle espérait passer sous les radars jusqu'à ce qu'elle ait atteint l'autre côté de la crête. Arrivée en haut, elle reprit son souffle. Dieu merci, elle était sportive et en excellente forme physique, mais sa longue robe la gênait un peu dans ses mouvements et elle n'osait pas la relever. Même s'il n'y avait aucun signe de vie alentour sous le clair de lune, elle ne voulait pas s'exposer dans un pays où les mœurs exigeaient la plus grande pudeur.

Mystérieusement, à peu près en même temps que le lever du soleil, les traces disparurent et la lumière aveuglante l'obligea à s'arrêter pour étudier les environs. Quelle direction suivre pour ne pas se perdre ? Les dunes s'étendaient à perte de vue jusqu'à l'horizon...

Elle s'invectiva avec irritation. Qu'espérait-elle ? Des panneaux de signalisation jusqu'à l'aéroport ? Peut-être pas, mais au moins une piste visible... Elle obliqua vers la gauche où un passage plus plat se dessinait. De toute manière, entamer une deuxième ascension était beaucoup trop fatigant. Un plateau pierreux s'offrit à sa vue, parsemé d'une maigre végétation. Elle se persuada qu'elle allait dans la bonne direction, vers la civilisation, les routes, les voitures, les habitations... *les gens*.

Elle s'arrêta plusieurs fois, l'oreille aux aguets, mais sans percevoir autre chose que la brise et les battements de son cœur.

Alors qu'elle buvait quelques gorgées d'eau parcimonieuse, au même instant, Azrael, pour la première fois de son existence, couvrait Butrus de hurlements.

— Comment peut-on être aussi stupide ? Cette femme est complètement folle de s'aventurer en plein désert !

Dès que Gamila lui avait appris la disparition de Molly, il avait ordonné une fouille minutieuse de la forteresse.

— Miss Carlisle ne pouvait pas savoir que nous sommes loin de tout... si personne ne le lui a dit, déclara Butrus prudemment. Elle se fatiguera vite et ne tardera pas à revenir. Elle est peut-être simplement partie se promener...

— *Se promener !* s'esclaffa Azrael rageusement. Elle s'est enfuie, voilà tout !

— Je suis choqué qu'elle ait pu s'échapper sans attirer l'attention, intervint Halim, le commandant de la garnison, en fronçant les sourcils. Dès qu'on l'aura retrouvée, je mènerai une investigation sévère pour punir le coupable. N'importe qui aurait pu arriver jusqu'à Votre Majesté et attenter à votre sécurité...

— Sa Majesté est parfaitement capable de se défendre ! s'écria Azrael brutalement. Je vais partir à sa recherche...

— Je vous le déconseille, coupa Butrus, tellement inquiet qu'il en oubliait toute déférence.

— Personne ne connaît le désert aussi bien que moi, déclara le roi d'un ton sans réplique.

— On annonce une tempête de sable avant la tombée de la nuit, rappela Halim. Il ne faut pas vous exposer inutilement au danger. Les soldats sont déjà en train de fouiller les alentours.

Mais Azrael, têtu comme un roc, se sentait personnellement responsable de la disparition de Molly. S'il lui arrivait quelque chose, il en porterait la honte jusqu'à la fin de ses jours. En outre, il connaissait le terrain mieux que quiconque. Après son enfance passée à la forteresse et l'exécution de son père, il avait vécu de longs mois caché dans les environs.

Il revêtit la gandoura bleue de ses ancêtres nomades et refusa poliment la compagnie de Halim, dont le handicap physique le retarderait forcément. Blessé par une mine au cours des combats contre le tyran Hashem, le commandant de sa garnison avait du mal à monter longtemps à cheval.

Butrus escorta Azrael jusqu'aux écuries en essayant toujours de le dissuader.

— C'est beaucoup trop dangereux, Majesté. Qu'adviendra-t-il de Djalia s'il vous arrive quelque chose ?

— Ne soyez pas ridicule, Butrus. J'ai fait partie de nos forces d'intervention spéciales. Je n'ai rien à craindre.

— Cette femme ne vaut pas la peine que vous courriez le moindre risque, insista le conseiller d'une voix vibrante d'émotion.

Touché par son inquiétude, Azrael le rassura d'une tape sur l'épaule et enfourcha son cheval.

— Toute vie est sacrée, c'est vous qui m'avez enseigné cela, lui rappela-t-il avec calme et autorité.

— J'avais tort, ajouta Butrus vigoureusement.

Mais ses protestations restèrent sans effet. Déjà, Azrael s'éloignait.

À peu près au même moment, Molly commençait à se rendre compte qu'elle avait peut-être pris une très mauvaise décision en s'enfuyant de la forteresse. Le plateau immense s'étendait à l'infini, sans rien qui accrochait le regard. Ses forces s'amenuisaient déjà à cause de la chaleur accablante. Un soleil implacable dardait des rayons incandescents. Le sable, comme chauffé à blanc, lui brûlait la plante des pieds à travers ses chaussures de toile. Pour se protéger la peau, elle avait rentré les mains à l'intérieur de ses manches et baissé un pan de la serviette sur son visage.

Elle avait très vite rationné son eau en prenant la mesure de son imprudence. Comment avait-elle pu être aussi inconsciente ? Même si, par le plus miraculeux des hasards, elle avait trouvé l'aéroport, qu'aurait-elle fait ? Elle n'avait ni argent ni passeport, pas de téléphone non plus...

Envahie par la peur et l'appréhension, elle se dirigea vers un petit triangle d'ombre sous un gros rocher. Il lui restait à peine quelques gorgées d'eau et elle était complètement perdue. Elle n'aurait même pas pu retourner en arrière parce que la brise s'était levée, recouvrant ses pas. Elle avait mal à la tête et des crampes tétanisaient ses mollets. Elle n'avait pas le choix. Il fallait se reposer en attendant que la chaleur torride retombe un peu.

Elle détestait le désert. Tout était horriblement

monotone, sans aucun point de repère. Quand elle s'affala sur le sol, une bestiole affreuse détala et elle poussa un cri affolé. Elle avait une peur bleue des insectes, serpents et autres lézards. Dans ces contrées, les piqûres de scorpion ou d'araignée étaient mortelles... Toutes sortes d'images épouvantables se présentèrent à son esprit. Elle noua les bras autour de ses genoux et se balança d'avant en arrière en gémissant doucement.

Finalement, elle avait rendu service aux gens de Djalia en leur facilitant la tâche. On n'aurait pas à se débarrasser d'elle puisqu'elle allait mourir ici, en plein désert. Agitée par un tremblement irrépressible, elle humecta ses lèvres sèches en portant la bouteille d'eau à sa bouche.

Tout était la faute de ce maudit Azrael qui l'avait poussée à bout en voulant acheter son silence, songea-t-elle, au désespoir. Maintenant, elle avait chaud, soif, mal partout, et le bout de son nez la brûlait atrocement.

Pourquoi avait-elle refusé sa proposition ? Alors qu'elle avait tant besoin d'argent... Elle s'assoupit durant quelques minutes. Ses pensées tournaient au ralenti. Ses visites manqueraient beaucoup à Maurice, même s'il ne la reconnaissait pas forcément et la prenait parfois pour sa mère, dont elle-même se souvenait à peine. Son grand-père était la seule personne au monde à lui avoir jamais manifesté de l'affection. Pourquoi ? N'était-elle pas digne d'amour ? Son père n'avait pas su la protéger de sa seconde femme, qui l'avait tout de suite détestée. Elle avait plu à Tahir, mais d'une manière tout à fait fâcheuse. Quant à Azrael... Pourquoi pensait-elle à lui ? Lui aussi l'avait haïe au premier regard.

Un bruit fit irruption dans son cerveau embrumé. La terre résonnait sous le galop d'un cheval qui fonçait droit sur elle. Pauvre bête, songea-t-elle dans une demi-inconscience. Il fait tellement chaud ! En apercevant un cavalier enturbanné sur la monture, Molly leva mollement un bras pour agiter la main.

La silhouette vêtue de bleu mit pied à terre devant elle.

— Quelle stupide écervelée ! gronda une voix familière.

Un soulagement étrange, mêlé de joie, envahit Molly. Elle s'efforça de fixer le regard mordoré qui brillait sous le turban, dont les longues bandes de tissu cachaient tout le reste du visage. Azrael l'avait retrouvée. Elle était sauvée.

Azrael, cependant, était moins confiant parce que la tempête se levait. Déjà, l'horizon se brouillait. Les vents violents avaient probablement abattu l'antenne car son portable était muet depuis son dernier appel, quand il avait téléphoné pour annoncer qu'il était sur les traces de Molly. Maintenant, ils étaient trop loin pour retourner à la forteresse avant la tempête. Comment avait-elle pu parcourir autant de kilomètres dans des conditions aussi rudes ? Sans vêtements ni chaussures adaptés... Même si elle était complètement insensée, il lui reconnaissait une force et une résistance hors du commun.

Il s'accroupit pour lui tendre une gourde et elle but si goulûment qu'il dut la lui arracher de peur qu'elle ne se rende malade.

— Bas les pattes, monsieur Grincheux, fit-elle en gloussant.

Elle délirait. Il la souleva dans ses bras et l'enveloppa

dans un grand voile de coton, en poussant un grognement à la vue de son nez cramoisi.

— Qu'y a-t-il ? bredouilla-t-elle, incapable d'articuler.

— Vous avez la peau brûlée par un coup de soleil.

Il la posa sans ménagement sur son cheval. Dieu merci, il l'avait retrouvée saine et sauve. Sa tension commença à se dissiper. Il l'emmènerait jusqu'à la grotte et la plongerait dans le lac pour la refroidir. Avec un peu de chance, les vents seraient retombés et on viendrait les chercher. Pour le moment, aucun appareil ne pouvait décoller. C'était trop dangereux.

— Je ne vous aime pas. Vous êtes désagréable, reprit Molly, totalement incohérente.

— Restez tranquille, gardez vos forces, ordonna Azrael.

— Votre cheval sent mauvais, murmura-t-elle, prise de nausée.

Azrael tira sur les rênes pour diriger Spice vers la grotte où, enfant, il s'était caché avec sa mère pour échapper aux soldats de Hashem.

— Vous ne vous êtes pas mal débrouillée pour une citadine. Même si c'était stupide de vous enfuir, vous avez marché longtemps...

— Taisez-vous, Majesté, maugréa-t-elle.

Elle hésitait entre la déférence et la familiarité, sans plus savoir où elle en était. M. Superbe avait volé à son secours. Elle lui en était reconnaissante, même s'il l'irritait au plus haut point, surtout quand il se transformait en M. Grincheux.

— Merci, souffla-t-elle d'une voix rauque, avant de s'évanouir.

Quand Molly reprit connaissance, ce fut avec une sensation de froid glacial. Au prix d'un effort surhumain, elle essaya d'ouvrir ses paupières lourdes tout en levant les bras.

— Non, commanda une voix grave. Vous devez rester dans l'eau jusqu'à ce que la température de votre corps s'abaisse.

Elle garda les yeux clos en pensant qu'elle était en train de rêver. Dans son dernier souvenir, ils étaient en plein désert aride, sans une seule goutte d'eau... De nouveau, ses idées se brouillèrent. Elle sentit vaguement qu'on la séchait avec rudesse, avant de l'étendre par terre en la couvrant d'une étoffe légère. Une délicieuse sensation de fraîcheur l'envahit, comme elle n'en avait pas éprouvé depuis de longues heures interminables. Elle but longuement et revint complètement à elle.

En entrouvrant les yeux, quelques minutes plus tard, elle aperçut un homme en train de se dévêtir. Il ne fallait pas regarder, s'offusqua une petite voix intérieure. Elle désobéit résolument et s'en félicita, persuadée qu'elle n'oublierait jamais cet instant... La nudité d'Azrael évoquait une palette de tons bronze et or. Ses larges épaules, musclées à la perfection, contrastaient avec sa longue silhouette élancée. Avec ses hanches viriles, ses cuisses et ses fesses bien dessinées, il ressemblait à une sculpture de marbre antique.

Un peu honteuse de le surprendre ainsi alors qu'il la croyait profondément endormie, elle referma très vite les paupières. Jamais elle n'aurait imaginé qu'un homme puisse être aussi beau. Azrael possédait un corps magnifique, absolument divin, et cette image resterait à jamais gravée dans sa mémoire. Elle le savait intuitivement.

Azrael plongea dans le lac souterrain avec un soulagement intense. Sa libido le trahissait d'une manière incontrôlable, presque douloureuse. Son abstinence forcée exacerbait ses réactions. Obligé d'ôter la gandoura de Molly, il lui avait d'abord laissé ses sous-vêtements pour ne pas être taxé d'inconvenance.

Ensuite, la serviette s'était malencontreusement accrochée à la fermeture de son soutien-gorge, qui s'était à moitié arraché et qu'il avait dû lui enlever. Sa maladresse l'avait rendu inutilisable. Mais quelle splendeur il avait découverte ! Molly possédait des seins splendides, à la courbe parfaite, ronds et lourds, d'une blancheur nacrée délectable... Azrael grinça des dents en refoulant les images torrides qui se présentaient à son esprit. Des gouttes de transpiration perlèrent à ses tempes. Il s'en voulait de ne pas mieux se maîtriser. En tout cas, il avait fait ce qu'il fallait. La jeune Anglaise était hors de danger. Il n'y avait plus rien à craindre.

Molly se réveilla dans une semi-pénombre en se demandant où elle était. Une vieille lanterne toute rouillée jetait une lueur diffuse sur une paroi rocheuse en surplomb. Quand le regard de la jeune femme se porta du côté du lac, elle se remémora la vision d'Azrael, nu, tout au bord. Une petite source d'eau pure jaillissait entre les rochers.

Elle cilla les paupières et se redressa avec un frisson en se rappelant sa mésaventure. Elle se sentait étonnamment normale. Il faudrait remercier Azrael de l'avoir secourue. L'avait-elle déjà fait ? Que serait-elle devenue sans lui ? Où était-il ?

Elle s'assit, déconcertée de se retrouver sans soutien-gorge, mais soulagée d'avoir encore sa petite culotte. Elle était installée sur une vieille couverture qui sentait un peu le moisi avec sa robe ample en guise de drap. Elle l'enfila en hâte et se leva en passant la main dans ses boucles emmêlées. En tournant la tête, elle aperçut une silhouette assise devant un feu, dans un coin de la grotte.

Pendant qu'elle enfilait ses baskets pour rejoindre Azrael, un grondement impressionnant résonna au-dehors.

— Quel est ce bruit ? demanda-t-elle.

— Une tempête de sable, expliqua Azrael, dont le profil de bronze se découpait sur le jaune des flammes. Il fallait absolument que je vous retrouve avant qu'elle éclate. Maintenant, nous devrons attendre la fin pour rentrer à la forteresse.

— C'est dangereux ?

— Parfois.

Elle passa devant lui pour s'approcher de l'ouverture, mais il lança un avertissement d'une voix sévère.

— N'essayez pas de sortir.

Molly contourna nerveusement l'étalon noir attaché par une longe et fixa avec consternation une bande sombre, sur l'horizon, qui masquait presque complètement le soleil et obscurcissait la lumière de fin d'après-midi. Un vent violent plaqua sa robe contre son corps et elle chancela, enveloppée dans un nuage de poussière. Elle se mit à tousser et ses yeux la piquèrent atrocement, si bien qu'elle recula très vite sans mettre un pied dehors.

Elle secoua ses cheveux et se frotta le visage d'un air dégoûté, pendant qu'Azrael lui tendait une gourde.

— Vous auriez dû m'écouter, au lieu de n'en faire qu'à votre tête. Vous êtes toujours aussi rebelle ?

Elle grimaça une moue et s'installa à genoux en face de lui, de l'autre côté du feu. Elle était terriblement têtue, c'était son plus gros défaut...

— Je ne peux compter que sur moi-même, répondit-elle, sur la défensive. Personne ne me dicte ma conduite. Je vis seule depuis des années.

— Vous n'avez pas de famille ?

— Non... C'est-à-dire, uniquement mon grand-père. Malheureusement il perd la tête et vit dans un établissement spécialisé. Mon travail m'empêchait de m'occuper de lui pendant la journée. Ma mère est morte quand j'étais toute petite et mon père est décédé il y a quelques années. Et vous ? À part Tahir ?

— Je n'ai plus de parents vivants non plus. Ma mère s'étant remariée, le père de Tahir était mon beau-père, mais, depuis qu'elle est morte, je ne le considère plus comme un proche. J'essaie malgré tout de garder des bonnes relations, pour des raisons purement diplomatiques. Nos deux pays sont voisins. Cela reste néanmoins difficile parce qu'il a des idées complètement opposées aux miennes.

— Comment cela ?

— Le Quarein, il y a peu, restreint sévèrement les droits des minorités et Djalia a dû accueillir un grand nombre de réfugiés politiques. En dépit de ses nombreuses tares, l'ancien dictateur, lui, ne persécutait pas les différentes ethnies. L'actuel prince, le prince Firuz, désapprouve la tolérance qui règne à Djalia, mais mon peuple n'en démordra pas, il est très attaché aux libertés de tous les citoyens.

— Je crois aussi aux vertus de l'intégration, observa Molly songeusement.

— Si seulement cela pouvait se décréter ! commenta Azrael sombrement.

— L'exercice du pouvoir est une tâche difficile ?

— Oui. J'ai toujours peur de prendre de mauvaises décisions pour mon pays.

Son humilité toucha étrangement Molly.

— Vous avez dû être furieux contre Tahir lorsqu'il vous a impliqué malgré vous dans cette délicate affaire d'enlèvement.

Azrael hocha la tête avec une expression taciturne. Les flammes jetaient des reflets irisés sur ses cheveux d'un noir de jais qui retombaient sur ses épaules en encadrant son beau visage aux pommettes saillantes. Il paraissait terriblement sérieux et sévère.

— Souriez..., murmura-t-elle tout à coup, dans une sorte d'élan irréfléchi.

— La situation ne s'y prête guère.

Molly éclata de rire sans pouvoir s'en empêcher. Sa bonne humeur reprenait toujours le dessus.

— Il n'y a pas de quoi se plaindre non plus ! Sans vous, j'aurais pu mourir et je vous dois ma reconnaissance éternelle. Vous allez bien, moi aussi. Nous sommes tous les deux à l'abri, en sécurité...

— Seriez-vous prête à me prouver votre gratitude en abandonnant vos griefs contre mon frère ? demanda brusquement Azrael.

Le rire de Molly s'éteignit aussitôt.

— Je suis désolée, mais non... Vous n'êtes pas très fair-play. J'avais baissé la garde et vous en profitez. J'essayais juste d'être gentille, ajouta-t-elle, mal à l'aise.

— Eh bien, vous avez tort, rétorqua-t-il sèchement. Moi, je n'oublie jamais mes fonctions officielles.

Qu'entendait-elle par *gentille* ? se demanda-t-il, captivé malgré lui par la couleur étonnante de ses cheveux cuivrés et la lueur verte de son regard. Il devait pourtant rester indifférent à l'extraordinaire sensualité féminine qui se dégageait d'elle.

Au cours des six mois qu'il avait passés à Londres l'année précédente, il avait rencontré des femmes d'une liberté de mœurs étonnante, qui s'offraient à lui avec une désinvolture incroyable, comme si le sexe n'était qu'un exercice physique comme un autre. D'abord choqué, il avait ensuite pris beaucoup de plaisir à ces rencontres sans lendemain, pour finir par éprouver une répugnance qu'il n'arrivait pas à s'expliquer. Était-ce son éducation ou un fond de conservatisme ? En tout cas, pour lui, l'intimité entre un homme et une femme revêtait une signification particulière, très profonde. C'était la raison qui le poussait à envisager le mariage. Mais il hésitait encore par peur des difficultés, alors qu'il avait déjà beaucoup de problèmes à résoudre dans sa vie publique.

— Vous ne vous détendez jamais. Ce n'est pas sain, lança Molly sans la moindre hésitation.

— C'est un fait, rétorqua-t-il froidement. La position que j'occupe et mon rang m'obligent à conserver une dignité de principe, à laquelle je ne peux me soustraire.

Les boucles rousses de Molly virevoltèrent sur ses joues quand elle secoua la tête avec vivacité. Tant de gravité l'assommait !

— Moi aussi, je serai franche avec vous. J'en ai assez que vous preniez systématiquement le parti de votre frère, comme si vous me soupçonniez d'avoir provoqué la situation. Je n'ai rien fait pour mériter d'être traitée de la sorte. Il a tout soigneusement manigancé à l'avance. C'est moi la victime, pas lui.

Avant même la fin de sa tirade, Azrael se leva,

furieux, avec la promptitude et la grâce d'un félin toujours sur le qui-vive, prêt à bondir.

— Ce n'est ni le lieu ni le moment de discuter de cela, déclara-t-il avec son arrogance souveraine.

Mais Molly refusa de se laisser impressionner. Elle se dressa devant lui, pour autant que sa petite taille le lui permettait, et rétorqua du tac au tac :

— Je continuerai à parler si j'en ai envie.

Même si sa remarque sonnait de façon très puérile, elle se félicita de s'affirmer devant cet homme imbu de lui-même et de son autorité. Sans répondre, Azrael alla chercher la lanterne pour la poser près des sacoches de selle, contre la paroi rocheuse.

— Vous avez décidé de m'ignorer, maintenant ? lança-t-elle.

— Je ne suis pas d'humeur à me disputer, répondit-il impatiemment. D'autant que nous sommes bloqués ici tous les deux à cause de la tempête.

— Justement, raison de plus pour nous expliquer.

Il revint vers elle, de sa démarche souple, pleine d'énergie.

— Vous seriez prête à un compromis ?

— Pourquoi *moi* ?

Sa question la mettait en rage. Pendant toute son enfance et son adolescence, on l'avait forcée à transiger. Elle devait toujours se plier à une réalité désagréable qui la bridait et limitait ses choix. La mort de sa mère l'avait obligée à supporter l'indifférence de son père et les mauvais traitements de sa belle-mère. Dès qu'elle avait atteint sa majorité, elle s'était juré de ne plus jamais faire aucun compromis et de s'en tenir à ses seuls souhaits et envies. Sauf pour les besoins de Maurice, qui passaient avant les siens.

— Mangez une barre protéinée, ordonna Azrael

brusquement en lui tendant un morceau de chocolat aux noisettes.

Elle sursauta à son contact, comme s'il l'avait brûlée. Involontairement, elle croisa son regard de braise et une sorte de décharge électrique la traversa, d'une intensité incroyable, avec des ondes qui se propagèrent dans son bas-ventre et jusqu'à la pointe de ses seins. Elle n'avait jamais ressenti cela et en conçut aussitôt un vif ressentiment. Comment pouvait-elle éprouver de l'attirance pour un homme qui la mettait en rage ? La colère était pourtant la meilleure protection... Anxieuse de recouvrer son calme, elle se détourna vivement. Du coin de l'œil, elle vit Azrael conduire son cheval vers le lac pour le faire boire.

— Il s'appelle comment ? s'enquit-elle.

— Spice, répondit-il en flattant affectueusement l'encolure de l'étalon.

— Je ne me suis jamais autant approchée d'un cheval, admit-elle. Pourtant, j'ai vécu à la campagne et il y en avait dans la ferme à côté, mais j'en avais peur.

— Venez, il n'est pas méchant, dit Azrael en lui tendant la main.

— Non...

Il la considéra avec étonnement.

— Mais vous n'avez pas eu peur de vous aventurer dans le désert ?

— Ce n'est pas pareil. J'étais inconsciente du danger. Je n'ai jamais voyagé, confia-t-elle en avançant malgré tout de quelques pas.

Elle avait trop d'amour-propre pour ne pas relever le défi.

— Jamais ? Vous n'êtes *jamais* sortie d'Angleterre ? lança-t-il, médusé.

Il pensait que tous les Occidentaux prenaient l'avion très facilement.

— Mes moyens financiers ne me l'ont jamais permis, reconnut-elle. Même si j'ai toujours eu très envie d'aller à l'étranger... Mais, si j'en juge d'après la fortune que Tahir était prêt à dépenser pour moi, vous ne pouvez pas me comprendre.

— Contrairement à lui, je n'ai pas toujours vécu dans la richesse, le confort et la sécurité. S'il avait eu les mêmes expériences que moi, il aurait grandi beaucoup plus vite. Ma mère et moi avons été pourchassés pendant plusieurs mois et nous avons vécu dans cette grotte...

— Vous avez vécu... *ici* ? répéta-t-elle, interloquée. Mais qui vous poursuivait ?

— Hashem. Il avait exécuté mon père et voulait me soustraire à la garde de ma mère. Alors princesse habituée au luxe, elle s'est sacrifiée pour moi, son fils, tandis qu'elle aurait pu retourner auprès de sa famille, au Quarein. Mais elle avait peur que l'émir qui gouvernait à ce moment-là ne me remette entre les mains de Hashem.

— Quel âge aviez-vous ?

— Dix ans.

Jusque-là, Azrael n'avait jamais raconté son histoire parce que tout le monde, à Djalia, la connaissait. Pourquoi se confiait-il à une inconnue, lui d'ordinaire si méfiant et réservé ? Était-ce à cause de la compassion qui émanait d'elle ou parce qu'elle semblait incrédule ?

Une expression horrifiée se peignit sur le visage de Molly.

— Qui pourrait avoir la cruauté de livrer un enfant à l'homme qui a tué son père ?

La gorge d'Azrael se serra. Il était tellement douloureux d'admettre un lien de parenté dont il avait honte depuis sa naissance...

— Hashem était le père de mon père, donc mon grand-père. S'il avait juré de ne pas me faire de mal, on m'aurait remis à lui sans hésiter puisque, après la mort de mon père, je devenais son seul héritier.

Sidérée, Molly marqua un temps d'arrêt avant d'assimiler le sens de ses paroles.

— Votre grand-père a exécuté son propre fils ? chuchota-t-elle, atterrée.

Azrael hocha tristement la tête.

— Mon père a dirigé les forces rebelles avant moi, expliqua-t-il sans dissimuler l'émotion qui l'étreignait. Mais, il y a vingt ans, l'opposition n'était pas assez forte pour vaincre Hashem. Le coup d'État a échoué.

— Et votre père l'a payé de sa vie, conclut Molly.

— Par respect pour lui et tous ceux qui sont morts sous les coups de Hashem, nous appelons celui-ci le *dictateur*, et non le roi, ajouta Azrael. Hashem a sali le trône avec sa soif insatiable du pouvoir absolu.

Tout en parlant, il avait saisi la main de Molly pour la poser lentement sur l'encolure chaude et douce de Spice, qui manifesta son contentement en soufflant des naseaux.

— Et votre peuple reconnaît votre mérite. Sinon, vous ne seriez pas roi, dit-elle, agréablement surprise par la réaction du cheval.

— Je dois veiller à ne pas trahir sa confiance.

Un scandale de dimension internationale impliquant le demi-frère du roi ne manquerait pas de jeter le discrédit sur lui, songea Molly malgré elle. Puis, aussitôt, elle se reprocha de lui chercher des excuses. Elle était britannique, peu lui importaient Djalia et l'histoire compliquée de la dynastie familiale au pouvoir. Elle n'avait aucune raison de renier une colère bien légitime.

— Si la drogue que m'a administrée Tahir avait eu des effets nocifs sur mon organisme, les choses auraient pu très mal tourner, remarqua-t-elle en suivant le fil de ses pensées.

— Heureusement, tout s'est bien passé, répliqua-t-il sur un ton conciliant.

— Il doit affronter les conséquences de ses actes. Il faut le punir.

— Je serais d'accord s'il était adulte.

Molly plissa le front.

— Que voulez-vous dire ? Quel âge a-t-il ? Au moins vingt-deux ou vingt-trois ans...

Azrael lui jeta un regard perplexe.

— Mon frère n'a que seize ans. Vous l'ignoriez ?

— *Seize ans ?* répéta-t-elle, complètement incrédule. Vous plaisantez ! J'aurais été kidnappée par un adolescent ?

— Donc, vous ne saviez pas, conclut Azrael, déconcerté.

— Évidemment, non ! s'écria-t-elle, choquée qu'il ait imaginé le contraire. Quand je lui ai demandé son âge, à la première leçon, il a éludé ma question. Comme son anglais était très hésitant, j'avais peur de paraître impolie en insistant. Mais seize ans... Cela semble incroyable. Il est gigantesque !

— Même s'il paraît adulte physiquement, il est très immature. Vous l'avez forcément remarqué ?

— Certes, admit-elle, vexée par son ironie. Mais il appartient à une société différente de la mienne. Ce qui est normal pour moi peut ne pas l'être dans votre culture.

— Nous sommes des êtres humains, tout comme vous !

— Oh ! pour l'amour du ciel, ne soyez pas si susceptible ! Il venait pour la première fois en Angleterre, où nous n'avons tout de même pas le même mode de vie. Je n'ai aucun préjugé contre vous, Azrael.

— Je suis heureux de l'apprendre, concéda-t-il en esquissant un sourire. Personne, ici, ne l'aurait cru capable de commettre une telle folie. Tahir est un jeune homme comme les autres, qui passe des heures à jouer en ligne sur son ordinateur et se passionne pour les filles et les voitures.

— Un garçon qui kidnappe sa professeure d'anglais alors qu'elle a sept ans de plus que lui n'est pas vraiment comme les autres ! protesta Molly, exaspérée.

— C'est vrai, admit Azrael à contrecœur. Je regrette de ne pas m'être davantage occupé de lui. Mais nous avons une grande différence d'âge et j'ai tant d'autres sujets de préoccupation... La mort de notre mère, l'année dernière, l'a beaucoup affecté...

— Je refuse de m'apitoyer sur lui ! protesta-t-elle rageusement. Pourquoi lui accorderais-je des circonstances atténuantes ? Il n'a pas eu beaucoup d'égards pour moi.

— Je ne veux pas discuter de cela ici, je vous l'ai déjà dit, déclara Azrael, glacial. Et ne criez pas ainsi.

Probablement effrayé par les éclats de voix, Spice fit un écart. Mais Molly ne décolérait pas et n'avait pas l'intention de s'excuser. Pour une fois, elle s'exprimait librement, sans se soucier de l'image qu'elle projetait ! Elle s'était trop longtemps soumise aux attentes des autres, surtout de sa belle-mère, et n'y avait rien gagné.

— Désolée de ne pas contrôler mes émotions,

ironisa-t-elle. Les dernières quarante-huit heures ont été assez rudes pour moi. Je suis un peu nerveuse.

Azrael se radoucit imperceptiblement.

— Je comprends. Malgré tout, ce n'est pas une raison pour vous époumoner.

Inexplicablement, elle avait envie de s'opposer à lui. Elle ne supportait pas son calme souverain et dominateur, qu'elle ressentait comme une insulte.

— Et moi, je ne tolère pas que vous me donniez des ordres, reprit-elle. Cela me rend agressive.

Un sourire inattendu éclaira le visage d'Azrael. Des paillettes brillèrent dans ses yeux mordorés et sa bouche sensuelle s'entrouvrit pour révéler des dents éclatantes de blancheur. Il était si beau que le cœur de Molly bondit.

— Donc, c'est ma faute si vous criez, lança-t-il.

— Oui. Vous m'excédez, avec votre ton supérieur.

— Vous êtes bien la première à me parler ainsi, dit-il en s'approchant, comme un prédateur prêt à fondre sur sa proie.

— Et moi je n'ai pas l'habitude de me mettre en colère !

— Vous vous trompez peut-être de cible.

— Non ! On aurait dû me dire que Tahir n'avait que seize ans. Pourquoi ne m'a-t-on pas avertie ? À le voir, je n'aurais jamais deviné.

— Il fallait demander au personnel de l'ambassade.

— Je n'avais aucune raison de poser des questions.

Rejetant en arrière les boucles de sa chevelure, elle fixa Azrael avec une expression accusatrice.

— De toute manière, cela ne change rien. Il reste responsable de ses actes.

Elle savait toutefois qu'on commettait parfois des folies à l'adolescence. Elle-même avait fugué à quatorze ans en espérant aller jusqu'à Londres pour devenir musicienne dans un groupe. Malheureusement, le coût du billet avait sérieusement entamé ses économies et elle avait échoué chez Maurice, qui l'avait ramenée à la raison.

« C'était trop beau pour être vrai », avait dit sa belle mère quand il l'avait raccompagnée.

Ensuite, son père s'était disputé avec Maurice. Ce retour lui avait laissé un souvenir épouvantable. Tout en se remémorant son état d'esprit de l'époque, elle changea brusquement d'avis au sujet de Tahir. Finalement, elle ne porterait pas plainte. Même si elle ne lui pardonnait pas la frayeur abominable qu'il lui avait infligée, il était trop jeune pour payer comme un adulte. À son âge, on agissait parfois de manière stupide et irréfléchie, sans mesurer les conséquences de ses actes.

En outre, des poursuites judiciaires attireraient inévitablement l'intérêt de la presse et elle n'avait pas envie de voir son nom et sa photo dans les journaux. Qui sait ce qu'on raconterait ? On l'accuserait peut-être d'avoir encouragé le jeune homme. Un scandale risquerait de lui nuire au moment de chercher du travail.

Elle considéra distraitement Azrael, en se demandant quelle jeunesse il avait eue.

— À quelle distance sommes-nous de l'aéroport ? s'enquit-elle à brûle-pourpoint.

— Plusieurs centaines de kilomètres, murmura-t-il, le regard irrésistiblement attiré par ses lèvres roses et pulpeuses.

Elle écarquilla des yeux stupéfaits.

— Vraiment ? Comment m'a-t-on amenée à la forteresse ?

— En hélicoptère. Ensuite, des voitures prennent le relais depuis l'aire d'atterrissage.

— Il n'y a pas de route ?

— Non. Nous ne possédons pas encore d'infrastructures routières, sauf pour desservir les sites pétroliers. Cette partie du désert a toujours été assez inaccessible.

Étrangement, Molly éprouva tout à coup une envie irrépressible de toucher ce visage exotique. Décontenancée par cette pulsion inexplicable, elle rougit vivement et serra les poings jusqu'à entamer la chair de ses paumes avec ses ongles. Elle avait du mal à respirer et ne comprenait pas ce feu qui la consumait, tellement puissant qu'elle n'arrivait plus à raisonner correctement.

Elle sursauta quand un fracas violent retentit à l'extérieur.

— C'est seulement la tempête, dit Azrael.

Des rochers s'abattirent sur la grotte qui les protégeait, ébranlant les parois.

L'atmosphère devenait suffocante. Elle avait besoin de parler pour rompre le silence.

— Je serais probablement morte si j'avais été surprise dehors par un temps pareil, avoua-t-elle en tremblant.

— Notre climat est terrible quand les éléments se déchaînent, souffla Azrael d'une voix rauque.

Incapable de lutter davantage, il tendit la main pour l'attirer vers lui.

— Aussi terrible que ce que vous déclenchez en moi…

Molly aurait dû reculer, écouter la voix de la raison, mais la proximité de cet homme l'anéantissait. Le cœur battant, elle éprouva comme une décharge d'adrénaline, avec la sensation incroyablement excitante de vivre intensément l'instant présent.

— Dis-moi de ne pas te toucher, soupira Azrael, les yeux brillants de désir.

4

Molly en était absolument incapable. Le son de sa voix et son contact éveillaient en elle une curiosité éperdue. Elle avait l'impression que quelque chose bouillonnait, sur le point d'exploser. Avec la sensation délicieuse de se trouver au bord d'un territoire inexploré et terriblement tentant, elle posa le bout de ses doigts sur le torse d'Azrael, sans la moindre hésitation.

Il prit sa bouche sauvagement, si vite qu'elle s'embrasa instantanément. Une chaleur se mit à couler dans ses veines. En quelques secondes, elle voulut tout à coup connaître ce qui jusque-là ne l'avait jamais attirée dans les bras d'un homme. Se hissant sur la pointe des pieds, elle se pressa lascivement contre lui et enfouit les mains dans ses luxurieux cheveux noirs. Une force implacable l'emportait, lui coupant la respiration. Bizarrement, elle eut peur qu'il ne s'en aille, qu'il ne la laisse, et cette crainte paralysa complètement son esprit.

Azrael tenta de s'écarter. Mais il ne pouvait plus réprimer l'élan qui le poussait vers Molly. Maintenant qu'il avait goûté à ses lèvres, il ne résistait plus à l'impétuosité de son désir. Jamais il ne se rassasierait de ce corps magnifique qui se serrait contre le sien.

Il la voulait tout entière, offerte et nue. Il voulait s'enfoncer dans sa chaleur moite pour apaiser la tempête qui l'agitait, aussi violente que celle qui faisait rage au-dehors.

Il la souleva dans ses bras.

— J'ai envie de toi, *aziz*, grogna-t-il tel un lion rugissant.

Il la porta jusqu'au tapis sur lequel elle avait dormi. Molly éprouvait un désir qu'elle n'avait encore jamais ressenti et qu'elle attendait sans doute depuis longtemps sans le savoir. Le sang battait à ses tempes et son cœur cognait dans sa poitrine. Lorsque Azrael se coucha sur elle, son ventre se creusa avec une sensation presque douloureuse d'intensité.

L'urgence la dévorait. La langue d'Azrael explorant impatiemment sa bouche déclenchait de délicieux frissons tout le long de son dos. Quand il retroussa sa robe, loin de protester, elle soupira de plaisir. Elle avait tellement envie de ses caresses... Elle se sentait en sécurité avec lui. Il s'arrêterait si elle le lui demandait. Il ne ferait rien sans son consentement.

La carnation laiteuse des seins de Molly fascinait Azrael. Il en caressa les pointes doucement, avec une sorte de révérence émerveillée.

— Tu es belle, murmura-t-il en arabe. Tellement... parfaite.

Lui, d'habitude si prudent et organisé, pour une fois, ne pensait pas au lendemain, mais seulement au plaisir de l'instant. Elle se tordait et gémissait sous ses caresses, aussi impatiente que lui de satisfaire la passion qui déferlait.

Un petit cri s'échappa de la gorge de Molly quand il s'installa entre ses cuisses, tout contre le point le plus sensible de sa féminité. Elle s'arc-bouta, le moment était enfin venu de découvrir le grand mystère de la sexualité. Elle prenait la pilule, se rappela-t-elle avec un calme surprenant. Pour réguler son cycle menstruel, mais aussi par précaution. Elle s'en félicita.

Azrael lui arracha un gémissement en prenant la pointe d'un sein entre ses lèvres. Sa bouche était envahie par un goût de fraise sauvage, songea-t-il tandis qu'elle cambrait les reins à sa rencontre. Les paupières mi-closes, il la contemplait en savourant la manière délicieuse dont elle répondait à ses caresses. Ses doigts glissèrent vers le petit triangle de dentelle qui recouvrait son sexe. Mais brusquement, un dilemme auquel il n'avait pas pensé se présenta à son esprit. La contraception... Il s'immobilisa.

Serrant les dents, il roula sur le côté en réprimant un juron de dépit et de frustration.

— Azrael ?... murmura Molly, déconcertée.

— Nous ne pouvons pas continuer, je n'ai pas de préservatif.

Molly se redressa, un peu étourdie et le corps vibrant d'excitation. Choquée, elle recouvra d'un coup sa lucidité. Elle avait failli perdre sa virginité pour une aventure d'un soir, une nuit sans lendemain... Car elle ne pouvait rien attendre d'un roi régnant. Pour la première fois de sa vie, elle avait connu la tentation du sexe et avait failli succomber, si vite qu'elle en était ébranlée. En cet instant même, en dépit des remords qui ne manqueraient pas de la tenailler plus tard, elle luttait contre l'envie de rassurer Azrael. Elle était sous contraception et ne craignait pas de tomber enceinte.

Mais quand avait-elle pris sa dernière pilule ? La plaquette était dans son sac à main qui avait dû rester à l'ambassade, à Londres. Pourquoi y pensait-elle seulement maintenant ? Jamais elle n'aurait imaginé qu'un simple baiser la conduise aussi loin...

— Je ne veux pas courir de risques, souffla Azrael.

— Bien sûr, acquiesça-t-elle, circonspecte.

D'où venait l'attirance fatale qu'elle ressentait pour cet homme ? Elle s'empourpra. Il l'ensorcelait littéralement... Et lorsqu'il la touchait, un feu incontrôlable l'embrasait tout entière. L'univers cessait d'exister. Elle était comme possédée, sous une domination qui lui échappait. Comment avait-elle pu s'égarer ainsi, au point d'en oublier le bon sens élémentaire ? Sans être prude, elle s'était toujours figuré que sa première relation sexuelle adviendrait quand elle s'engagerait dans une relation sentimentale stable. Cela lui semblait sage et raisonnable.

Ramenant vivement sa robe sur ses jambes, Molly se releva en hâte, les yeux baissés. Elle tenait à peine debout et un besoin pressant l'embarrassait.

— Je dois aller dehors...

Azrael alla chercher la lanterne. Puis, posant une main sur son dos, il la guida jusqu'au fond de la grotte, où un gros rocher dissimulait un étroit passage dans la paroi.

— C'est rudimentaire, mais adéquat.

Elle soupira de soulagement à la vue de l'installation sommaire, qui datait probablement de la réclusion d'Azrael et de sa mère. Elle put même se laver les mains avant de revenir près du feu, en s'efforçant de cacher sa gêne. Finalement, il ne s'était pas passé grand-chose. La raison les avait rattrapés avant qu'il ne soit trop tard.

Azrael fixait obstinément les flammes en luttant pour recouvrer son calme. Sous la surface, il livrait un violent combat contre ses pulsions. Jamais il n'avait autant désiré s'abandonner à corps perdu dans la passion brûlante que cette femme exhalait. Il bouillait intérieurement, d'un mélange de frustration, d'excitation et de regret.

Molly se laissa tomber par terre en face de lui.

— Ne fais pas cette tête, Azrael ! Nous avons failli faire une bêtise, mais il n'est rien arrivé de grave.

Il pinça les lèvres.

— N'en parlons pas.

Quand elle croisa son regard mordoré, sa gorge se contracta pour réprimer un gémissement. Elle avait trop de mal à feindre l'indifférence. Le magnétisme qui se dégageait de lui la retenait prisonnière. Elle n'arrivait pas à oublier les fabuleux instants où elle avait eu envie de sentir son sexe en elle, comme dans la description de certaines de ses amies. Au moins, elle était normale, comme les autres, avec les bonnes hormones. Mais quel dommage que cela lui arrive avec un roi du désert à jamais inaccessible ! Cela ne se reproduirait peut-être jamais plus dans sa vie...

— Moi, j'ai besoin d'en parler. Tu n'es pas obligé d'écouter, suggéra-t-elle d'une voix facétieuse.

Il lui jeta un regard agacé.

— Comportons-nous comme des adultes.

— Malheureusement, ta façon de réagir me donne envie de te pousser dans le lac, répliqua-t-elle.

Ou de te gifler, ajouta-t-elle dans son for intérieur. Exaspérée, elle se releva pour s'approcher de l'entrée et voir si le vent était tombé. Azrael réprimait-il toujours ainsi ses émotions ? Était-il en colère parce qu'il avait failli perdre son sang-froid ?

La tempête continuait à faire rage. De nouveau couverte de sable et de poussière, elle recula pour retourner près de lui.

— Serais-tu de meilleure humeur si je t'annonçais que je ne porterai pas plainte en rentrant à Londres ? demanda-t-elle sèchement.

Azrael haussa un sourcil interrogateur.

— Pourquoi aurais-tu changé d'avis ?

— Parfois, il faut savoir transiger et revenir sur ses prétentions pour s'accorder au mieux à la réalité. Tahir n'est pas le seul à avoir commis une folie impardonnable. Moi aussi, j'ai fait une grosse bêtise pendant mon adolescence, même si je n'ai pas gravement enfreint la loi. Je n'étais pas aussi mature que je le pensais.

— Qu'as-tu fait ? s'enquit Azrael, gagné par la curiosité.

— Je ne suis enfuie de chez moi à quatorze ans pour faire carrière dans la musique. Je voulais aller à Londres, devenir célèbre, confia-t-elle avec une moue penaude.

Comme ce rêve paraissait naïf, rétrospectivement ! Son talent de pianiste n'aurait certainement pas suffi...

— Pourquoi ? demanda-t-il simplement.

Molly hésita à poursuivre.

— J'en avais assez des mauvais traitements de ma belle-mère. La situation empirait.

Azrael fronça les sourcils.

— Elle te maltraitait physiquement ?

— Pas très violemment. Elle me pinçait et me tirait les cheveux. Souvent aussi, elle me giflait. Quand je me plaignais auprès de mon père, il ne voulait rien entendre. De toute façon, elle niait et m'accusait de mentir. Petit à petit, j'ai arrêté de protester pour ne pas la contrarier, mais cela n'a rien changé. À la fin, je suis allée vivre chez mon grand-père et je n'ai plus jamais revu mon père. Il n'a pas cherché à rester en contact.

Azrael l'écoutait attentivement.

— Comme c'est triste. Mon père est mort quand j'étais encore très petit, mais, contrairement à toi, nous étions très proches.

— Au moins tu as de bons souvenirs. Mes seuls moments de bonheur, je les ai connus avec mon grand-père. J'ai eu de la chance de l'avoir.

— Sa maladie doit beaucoup t'affecter.

Molly haussa les épaules.

— Je me suis habituée. Je suis contente qu'il soit encore en vie. C'est la seule famille qui me reste.

Azrael considéra longuement son visage en forme de cœur, éclairé par de grands yeux d'un vert limpide.

— Tu étais sérieuse, tout à l'heure, au sujet de Tahir ?

Molly hocha la tête avec un grognement indistinct.

— Es-tu toujours aussi méfiant et soupçonneux ? Tu ne crois jamais à une bonne nouvelle ?

— C'est profondément ancré en moi, admit-il platement.

— C'est dommage, objecta-t-elle.

— En tout cas, si tu es sérieuse, je te remercie pour ta générosité.

— Détrompe-toi, ce n'est pas de la générosité. Je ne lui ai pas pardonné. Je trouve simplement qu'il serait injuste de poursuivre un adolescent qui n'avait pas une conscience claire de ses actes. Je suis passée par là. Je comprends. Et, comme tu dis, je m'en suis sortie sans mal.

— Je saurai te récompenser pour ta gentillesse, promit Azrael qui n'aimait pas du tout se sentir redevable.

Dans l'état émotionnel où était Molly, c'était la dernière chose à dire.

— Je n'ai pas changé d'avis par appât du gain ! s'écria-t-elle furieusement. Si c'est ce que tu crois, tu te trompes !

— Tu recommences à crier, remarqua-t-il froidement. C'est malpoli et inutile.

— Oh ! va au diable ! lança-t-elle, à bout de patience.

Elle se dirigea à grands pas vers le tapis étalé sur le sable.

— Je vais dormir. Réveille-moi quand les secours arriveront. Et d'ici là, oublie-moi !

5

Les dents serrées, la mâchoire contractée, Azrael regardait Molly frissonner dans son sommeil. Il n'avait encore jamais rencontré une femme avec un tempérament aussi fougueux. Elle explosait à la moindre contrariété. Et quelle passion elle avait dévoilée entre ses bras... Il se remémora presque douloureusement le toucher satiné de sa peau et le goût enivrant de ses baisers. En colère contre sa propre faiblesse, il alla chercher de quoi la couvrir.

Il était bien naturel de penser que l'argent l'avait influencée. Pourquoi en serait-il autrement ? À présent, au lieu de se sentir soulagé parce que Djalia serait à l'abri d'un scandale international, il éprouvait une rage froide. Pourquoi tout allait-il de travers avec cette femme ? Il manquait de tact et tirait des conclusions fausses et trop hâtives. Le diplomate consommé qu'il était, qui avait appris le poids de chaque mot dès son plus jeune âge, perdait toute finesse devant elle.

Molly l'exaspérait, mais en même temps l'excitait à un point incroyable. Il n'avait encore jamais éprouvé une communication aussi immédiate sur le plan de la sensualité.

S'arrachant à sa contemplation, il se dirigea vers le lac. Un bain calmerait ses ardeurs.

Il ôta ses vêtements et se plongea dans l'eau froide pour la deuxième fois de la journée. Puis, rafraîchi, il déroula une couverture devant le feu. Avant de s'allonger, il retourna vers Molly et lui toucha la main. Elle était glacée. Avec un juron, il se pencha pour la soulever dans ses bras en priant le ciel qu'elle ne se réveille pas. Elle l'accuserait encore de tous les maux alors qu'il cherchait seulement à lui éviter de tomber malade.

Elle était très légère, beaucoup trop mince et fragile pour résister aux changements brusques de température. Il la coucha devant le feu et s'étendit contre elle pour la réchauffer.

Molly bougea dans un demi-sommeil et se pelotonna avec un soupir de bien-être contre son corps rassurant.

— Reste tranquille. L'aube n'est pas encore levée, dit une voix familière, beaucoup trop proche.

— Azrael ? lança-t-elle, décontenancée.

— Évidemment. Qui d'autre ?

— Je ne sais pas. J'étais seule quand je me suis couchée.

— Tu grelottais. Il fallait faire quelque chose.

Raide comme un morceau de bois, Molly changea de position et s'écarta.

— Arrête de bouger. Tu m'empêches de dormir, se plaignit-il.

Au moins, elle n'avait pas à craindre des assauts intempestifs, songea-t-elle avec aigreur. Malgré tout, le rouge lui monta aux joues quand elle sentit son sexe contre ses fesses.

— Désolée, je n'ai pas l'habitude de dormir avec quelqu'un, marmonna-t-elle.

— Ah bon ? lança-t-il, comme si cela paraissait inconcevable.

Immédiatement, elle eut envie de le gifler.

— Et tu m'accusais d'avoir des préjugés ! ironisa-t-elle. Oublie tous les clichés que tu peux avoir sur les femmes occidentales. Je n'ai pas des mœurs légères, comme beaucoup.

— Je n'ai jamais dit cela.

— Je suis toujours vierge, déclara-t-elle brusquement, sans savoir pourquoi cet aveu, tout à coup, lui brûlait les lèvres.

Cette information réduisit Azrael au silence. Comment était-ce possible ? Se soulevant sur un coude, il l'observa avec une expression déconcertée, en écoutant sa respiration régulière, un peu forte. Elle s'était déjà rendormie... Il cilla plusieurs fois les paupières. Non, il n'était pas victime de préjugés. Cependant, les Anglaises qu'il avait rencontrées avaient faussé son jugement. Elle était vierge... Tahir avait enlevé une jeune fille ! Il ne fallait pas s'étonner qu'elle soit traumatisée. Azrael retira la main qu'il avait posée sur sa hanche et s'obligea à reculer un peu, même s'il n'en avait pas très envie. Une fois encore, il l'avait offensée.

Secouée avec rudesse, Molly dut se lever avec l'ordre de se rendre présentable.

— Que se passe-t-il ? lança-t-elle en plissant le front.

Au-dehors, on entendait des bruits de voix et un hélicoptère.

— Doucement, commanda Azrael d'un ton sec. Les secours sont là.

— Magnifique... Pourquoi es-tu si affolé ?

— Le Grand Conseil de Djalia a déclaré l'état d'urgence et a décidé de lancer des opérations de recherche qui ne s'imposaient pas. Du coup, le pays est sens dessus dessous, en pleine panique. Maintenant, des journalistes nous attendent dehors. Je me serais largement passé du tapage médiatique que cette histoire va susciter.

— Oh...

Sans réfléchir, Molly passa les doigts dans les cheveux emmêlés d'Azrael.

— Tu es couvert de poussière !

Il lui prit le bras.

— Surtout, ne dis rien quand nous sortirons. Laisse-moi prendre l'affaire en main.

— Détends-toi, souffla-t-elle en croyant comprendre la source de ses inquiétudes. Je ne prononcerai même pas le nom de Tahir...

— Tu ne dois strictement rien dire, ordonna Azrael sévèrement. *Rien*, tu m'entends ?

Était-elle naïve à ce point ? Il maudissait son frère de les avoir mis tous les deux dans une situation aussi délicate, dont elle ne semblait pas mesurer la gravité. S'ils ne donnaient aucune explication de sa présence à Djalia, la presse people ne se priverait pas d'inventer des interprétations. N'avaient-ils pas passé la nuit seuls dans une grotte ? On penserait qu'ils avaient une liaison secrète, d'autant plus qu'elle séjournait à la forteresse. Molly s'en amuserait peut-être, mais pas lui.

Azrael ne se souciait pas tant de son honneur que de la réputation de la jeune femme. Après tout, il était célibataire et on ne lui tiendrait pas rigueur d'avoir une maîtresse. Elle, en revanche, avait déjà enduré suffisamment de désagréments. Après l'enlèvement, la réclusion à la forteresse, puis sa fuite en plein désert où elle avait failli mourir…

Conscient de ses responsabilités, Azrael redressa la tête avec dignité. Il était de son devoir de protéger Molly.

Pour cela, il ne voyait qu'un seul moyen. Pour la première fois de sa vie, il mentirait à son peuple, mais dans le noble but de jeter un voile de respectabilité sur une situation embarrassante. Cela couperait court aux spéculations nuisibles et aux sous-entendus graveleux. Il allait annoncer qu'ils étaient *mariés*. Molly retournerait en Angleterre et l'épisode serait vite oublié. Dans quelques mois, un discret entrefilet dans le journal signalerait leur divorce.

Insensible au silence et à la mine sombre d'Azrael, Molly s'aspergea le visage d'eau fraîche, se sécha et enfila ses chaussures. Quand il lui prit la main, elle lui jeta un regard surpris.

— Contente-toi de sourire et tout ira bien, l'assura-t-il d'un ton encourageant.

— Je pourrai rentrer chez moi ?

— D'ici quelques jours… Une fois que nous aurons réglé le problème de ton passeport.

Rien n'aurait pu préparer Molly à l'accueil mélodramatique qu'on leur réservait à la sortie de la grotte. Des soldats s'efforçaient de contenir des groupes de Bédouins, dont certains tendaient les bras pour essayer de toucher leur souverain bien-aimé. D'autres, agenouillés, remerciaient le ciel en criant leur soulagement. Molly n'avait jamais vu de telles démonstrations de ferveur. Éblouie par les flashs des appareils photo, assaillie de questions par les journalistes qui brandissaient leurs micros, elle aurait été bien incapable de prononcer une parole. Le choc la rendait muette.

Le silence se fit lorsque Azrael parla, dans sa langue. Les émotions se succédèrent rapidement sur les visages, allant de la surprise à la joie. Puis on la dévisagea avec une intense curiosité.

— Je ne sais pas ce que tu leur as dit, mais tout le monde est content, commenta-t-elle tandis que des soldats lourdement armés les accompagnaient jusqu'à un hélicoptère.

Azrael lui jeta un regard d'avertissement et elle soupira en mimant le geste d'une fermeture Éclair sur ses lèvres. Il avait toujours sa mine renfrognée, presque sinistre, et son conseiller obséquieux, Butrus, discutait d'une voix tendue et précipitée.

Molly s'assit en rongeant son frein. De toute manière, le moment de sa libération approchait. Et puisqu'elle avait accepté de ne pas poursuivre Tahir devant la justice, tout se déroulerait au mieux. Djalia ne serait bientôt plus que le souvenir exotique d'un séjour au bout du monde. Elle contempla l'immensité dorée des dunes qui s'étendaient à perte de vue, ponctuées çà et là de formations rocheuses sculptées par les vents. Dans ces contrées au climat extrême, les éléments se déchaînaient parfois avec une violence dont elle avait été témoin.

Elle avait vécu une autre expérience non moins impressionnante, et serait soulagée d'échapper à l'emprise d'Azrael, qui lui avait fait oublier la raison et la prudence élémentaires. Elle avait même failli faire l'amour sans protection… Jamais elle n'aurait cru que le désir puisse l'égarer à ce point.

Machinalement, elle regarda Azrael, dont le profil de bronze se découpait sur le ciel, derrière la vitre.

Une ombre de barbe soulignait la ligne agressive de sa mâchoire et le dessin sensuel de ses lèvres. Le cœur battant, la bouche sèche, elle se détourna en hâte, vexée de réagir comme une adolescente transie. Oui, il était grand temps qu'elle reparte en Angleterre, dans le monde réel, qu'elle retombe sur ses pieds et recommence à travailler.

Azrael, lui, s'efforçait de ne pas écouter Butrus qui s'entretenait au téléphone avec un membre du Grand Conseil. Cette instance qui réunissait les chefs de tribu réclamait apparemment à cor et à cri une grande fête officielle pour célébrer le mariage royal. Azrael n'avait pas du tout prévu leurs exigences, probablement à cause de la fatigue parce qu'il avait très mal dormi. Heureusement, il avait la conscience en paix… Il ferma les yeux en refusant de penser à la suite.

— Un visiteur nous attend au palais, chuchota Butrus lorsqu'ils atterrirent à l'aéroport de Jovan, un édifice à l'architecture spectaculaire.

Pour une fois, Azrael ne corrigea pas son conseiller qui se plaisait à appeler *palais* un château fort du temps des croisades. Brièvement occupé dans les années vingt, il n'avait guère été modernisé depuis.

— Je ne suis pas d'humeur à recevoir quelqu'un, maugréa Azrael abruptement. Qui est-ce ?

— Notre juge doyen, l'émir Abdi. Il a des informations importantes à vous communiquer au sujet de la déclaration que vous venez de faire.

Azrael se prépara à endurer une bonne heure d'arguties ésotériques qui ne pouvaient passionner qu'un vieil universitaire érudit. Avant tout soldat et homme d'action, il n'avait aucun goût pour les questions juridiques.

— Nous avons des problèmes, reprit Butrus. Vous auriez dû m'écouter avant d'annoncer une nouvelle qui a fait l'effet d'une bombe et suscite évidemment beaucoup de réactions...

— Ce qui est fait est fait, répondit Azrael sur un ton résigné. J'aurais eu des ennuis de toute façon.

Distrait par les cheveux cuivrés de Molly qui luisaient au soleil, il admira sa démarche ferme et assurée. Décidément, rien n'entamait son bel optimisme, ni le rapt de Tahir ni la rudesse du désert. Elle brillait comme un phare dans la nuit, songea-t-il en s'étonnant lui-même de cette étrange métaphore.

Un 4×4 les transporta à la résidence royale. Tout au long du trajet, le spectacle de la ville de Jovan enchanta Molly, avec ses maisons anciennes, ses marchés couverts et de splendides mosquées aux coupoles dorées.

— C'est magnifique ! s'écria-t-elle. Tellement intact, authentique...

— Effectivement, ici, le temps s'est arrêté depuis plusieurs générations, observa Azrael ironiquement. Le progrès n'est pas encore arrivé jusqu'à nous.

— Les touristes occidentaux seraient ravis, poursuivit-elle avec enthousiasme.

Un berger muni d'une badine conduisait un troupeau de chèvres, et un agent de police arrêta la circulation pour le laisser passer.

— Il faudrait des hôtels pour les accueillir, déclara Azrael sèchement. Nous n'en avons pas.

— Eh bien... Il faut en construire ! s'exclama Molly impatiemment. Adopte une attitude positive au lieu de ne voir que les côtés négatifs.

Butrus, qui l'écoutait avec attention, avait l'air d'apprécier ses remarques et son point de vue pratique.

— J'espère que j'aurai le temps de visiter, ajouta Molly.

— Nous verrons, dit simplement Azrael en pinçant les lèvres.

Il essayait tant bien que mal de prendre de la distance en oubliant l'intimité qui s'était établie entre eux. Il ne voulait pas être mené par sa libido, comme dans la grotte. Un frémissement le parcourut quand il se remémora la scène. Cela aurait pu être pire. Il avait failli séduire une jeune fille vierge.

— Le palais ! annonça Butrus avec un orgueil manifeste lorsque la voiture franchit des grilles imposantes.

Azrael se crispa en s'attendant à un commentaire désobligeant à propos de l'énorme bâtisse médiévale.

— Quels jardins merveilleux ! s'exclama au contraire Molly en admirant la luxuriance de la végétation. Cela doit nécessiter beaucoup d'eau, avec ce climat !

— En effet, répondit Butrus. Mais nous sommes très fiers du résultat. La verdure est tellement reposante...

Elle fixa son attention sur les hautes murailles.

— Vous aimez beaucoup les châteaux, à Djalia.

— Nous avons dû nous défendre contre plusieurs vagues d'envahisseurs, déclara Azrael platement. La décoration et le confort n'ont pas beaucoup changé depuis le XIVe siècle.

— Des lieux chargés d'histoire, lança-t-elle avec flamme.

Une chaleur torride la saisit quand le chauffeur lui ouvrit la portière. Mais dans le patio dallé de marbre, un bassin renvoyait une fraîcheur agréable. Une foule de domestiques rassemblés dans le hall s'inclinèrent devant eux. Deux femmes tombèrent même à genoux devant Molly qui, ne sachant que faire, jeta un regard désemparé à Azrael. Il prit la parole et une servante plus âgée se détacha du groupe pour prendre ses instructions.

— Haifa supervise le personnel, expliqua Azrael. Elle parle un peu anglais et va te montrer ta chambre.

Molly suivit donc Haifa jusqu'à des appartements situés dans une tour. Le château était plus grand qu'il n'y paraissait au premier abord. Elles arrivèrent dans une pièce immense, un peu solennelle, avec des meubles incrustés de nacre et un grand lit à baldaquin, aux draperies de satin bleu. La salle de bains attenante était en travaux, avec une cabine de douche à moitié installée mais en bon état de marche.

— Nous allons vous apporter à manger, Votre Grandeur, dit Haifa en lui indiquant un salon meublé d'une table basse sur un magnifique tapis.

Votre Grandeur ? Molly écarquilla les yeux de surprise. La pauvre femme la prenait sans doute pour une dignitaire de haut rang. Ou alors elle s'exprimait mal en anglais. Pour ne pas l'embarrasser, Molly ne chercha pas à la corriger et s'accroupit devant la table, sur des coussins.

Quelques minutes plus tard, une procession de servantes défila avec un nombre de plats absolument stupéfiant. Sans parler, Molly indiqua ses choix et commença à manger, un peu mal à l'aise d'avoir autant de personnel pour veiller à exécuter le moindre de ses désirs. Dès qu'elle eut fini, elle retourna dans sa chambre. Mais, même là, on ne la laissa pas seule. Haifa arriva avec deux autres domestiques qui lui présentèrent une collection de robes, qu'elles étalèrent ensuite sur le lit. Si aucune n'était à son goût, on en apporterait d'autres, lui fit comprendre Haifa par gestes.

Molly choisit très vite une longue tunique en soie richement brodée parmi l'amoncellement chatoyant. Il lui tardait de se changer. On lui apporta ensuite de la lingerie raffinée, qu'elle partit essayer dans la salle de bains. Quand arrivèrent les chaussures et les chemises de nuit, elle réprima un soupir d'impatience. De toute manière, elle n'allait pas s'éterniser à Djalia !

Dieu merci, on finit par la laisser, non sans lui avoir fait couler un bain aux senteurs de rose dans lequel elle se glissa avec délices.

Pendant ce temps-là, Azrael était aux prises avec des problèmes légaux que son interlocuteur lui exposait avec force détails.

— Le mariage par autoproclamation existe dans notre tradition depuis des centaines d'années, déclara le professeur Abdi. Cependant, cela ne s'est plus produit depuis que votre arrière-grand-père s'est enfui avec la fille du cheikh Hussein dans les années 1920.

Au cours de la première moitié du XXe siècle, ce scandale avait défrayé la chronique parce que le roi avait enlevé la jeune femme au nez et à la barbe de son futur mari, juste avant la cérémonie. Cette vieille histoire n'intéressait Azrael que dans la mesure où elle lui rendait service.

— Donc, encore de nos jours à Djalia, la parole d'un homme suffit pour que le mariage soit prononcé ?

— Oui, devant témoins.

— Le consentement de l'épouse n'est pas nécessaire ?

— Pas au regard de la loi, l'assura le professeur. Naturellement, la coutume remonte à une époque où les femmes ne jouissaient d'aucun droit et passaient de la tutelle de leurs pères à celle de leurs maris.

— Le monde était alors très différent, fit Azrael.

— En tout cas, tant que l'usage n'a pas été officiellement aboli, on peut s'en réclamer, déclara le juge doyen. Quoiqu'il faille sans doute, à notre époque, y ajouter une cérémonie plus conventionnelle.

— Je serai franc avec vous, émir, dit Azrael en se dressant de toute sa hauteur imposante. Si j'ai déclaré que Miss Carlisle était ma femme, c'était uniquement pour préserver son honneur. Dans le cas où on me poserait des questions, je dirai que je l'ai épousée l'année dernière à l'ambassade de Djalia à Londres.

— Nul besoin de rentrer dans les détails, répliqua l'émir Abdi avec entrain. De par la coutume, vous êtes légalement mari et femme et je vous souhaite à tous deux beaucoup de bonheur, Votre Majesté.

— Devrai-je divorcer pour recouvrer ma liberté ? le pressa Azrael, subitement inquiet.

— Mais vous ne songez pas au divorce, intervint Butrus, affolé.

— Hashem a discrédité cette procédure au sein de la famille royale, acquiesça le professeur. Il a eu autant d'épouses que ce fameux monarque anglais de la dynastie des Tudor... Comment s'appelait-il, déjà ?

— Henri VIII. Notre roi ne suivra pas son exemple, affirma Butrus avec confiance.

— Un divorce autoproclamé serait contestable autant qu'impopulaire, dit l'émir. Le peuple serait extrêmement déçu. Si néanmoins au bout d'un certain temps...

— Il n'en est pas question, assura Azrael résolument pour rester dans les bonnes grâces du docteur de la loi. Merci infiniment pour vos conseils, émir. Je vous laisse le soin de prendre les mesures qui s'imposent pour réformer le droit coutumier et supprimer le plus tôt possible cette pratique archaïque. Nous devons nous moderniser et nous tourner vers l'avenir.

Azrael sortit un peu étourdi de cet entretien. Il était donc légalement marié...

— Voilà qui était très... instructif, concéda-t-il sans trouver de terme plus approprié. Je dois maintenant discuter de la situation avec... avec ma femme.

Sa femme. Cela changeait beaucoup de choses.

— Le prince Firuz demande que vous le rappeliez, déclara son secrétaire particulier. La nouvelle de votre mariage est probablement déjà arrivée au Quarein.

— Cela peut attendre, répondit Azrael sans hésiter.

6

Azrael se dirigea vers ses appartements pour prendre une douche et se changer, sans penser un seul instant que ses domestiques y avaient installé Molly. Il arriva au moment où elle émergeait de la salle de bains dans un nuage de vapeur et s'immobilisa sur le seuil, frappé d'admiration. Les tons vert d'eau de sa lingerie en soie et dentelle mettaient joliment en valeur sa carnation délicate. Et ses courbes généreuses irradiaient une sensualité incroyable.

— Que fais-tu ici ? s'écria-t-elle, interloquée.

Au regret d'Azrael, elle saisit précipitamment sa robe étalée sur le lit pour se cacher derrière.

Il s'efforça d'ignorer un désir intempestif.

— C'est ma chambre. Je ne savais pas que tu étais là.

— On aurait dû me loger ailleurs, dit-elle tout en reculant vers la salle de bains.

Elle ferma la porte, s'habilla promptement et ressortit peu après.

— C'est la seule suite vraiment confortable, expliqua Azrael en toute franchise. Je vais me changer. Attends-moi dans le salon d'à côté, on va nous apporter du café.

Toujours pieds nus et le rouge aux joues, Molly alla s'installer dans une vaste pièce meublée de poufs et de vieux fauteuils. Une servante arriva avec un plateau de pâtisseries orientales et elle commença à grignoter en attendant Azrael. Comment son problème de passeport allait-il se régler ? L'ambassadeur du Royaume-Uni voudrait savoir comment elle était arrivée à Djalia sans documents d'identité. Quelle explication fourniraient-ils ?

Azrael la rejoignit bientôt, vêtu d'un jean et d'une chemise de lin blanc qui faisait ressortir son teint mat et ses cheveux d'un noir de jais. Elle baissa les yeux pour masquer son trouble, pendant qu'il servait lui-même le café, ajoutant plusieurs cuillerées de sucre dans sa tasse.

— Il y a un problème dont nous devons parler, dit-il prudemment. Essaie de ne pas crier et de m'écouter. C'est possible ?

— Je ne sais pas, répliqua-t-elle, sur la défensive.

— De toute façon, les cris n'arrangeront rien. Respire.

Elle plissa le front d'un air inquiet.

— De quoi s'agit-il ?

— D'abord, je dois admettre que tout est ma faute, déclara-t-il gravement. Entièrement. J'ai dit quelque chose sans réfléchir, sur le coup d'une impulsion. Malheureusement, ce n'était pas une très bonne idée, même si mes intentions étaient bonnes.

Molly hocha lentement la tête en attendant la suite avec une certaine anxiété.

— Quand nous sommes sortis de la grotte, j'ai été obligé de déclarer quelque chose pour expliquer ta présence. J'étais complètement coincé à cause de Tahir. Inévitablement, on allait te prendre pour ma maîtresse...

— Tu es sérieux ?

— Pour quelle autre raison aurais-tu séjourné secrètement dans ma forteresse du désert ?

Troublée par l'éclat qui brillait dans son regard de braise, Molly baissa les yeux. C'était donc là qu'il amenait ses conquêtes. *Évidemment*, il y avait des femmes dans sa vie, railla une petite voix intérieure. Que croyait-elle ? Un homme aussi beau et séduisant ne vivait pas comme un moine. Et dans un pays aussi conservateur que Djalia, il fallait se montrer discret et ne pas étaler ses liaisons au grand jour.

Azrael prit une profonde inspiration.

— Je ne voulais pas que tu deviennes la cible de rumeurs qui nuiraient à ta réputation.

Rejetant la tête en arrière, elle le considéra avec étonnement.

— Je comprendrais si j'avais vécu à l'époque victorienne, mais de nos jours...

— Tu n'aurais certainement pas apprécié d'être un objet de scandale. Les journalistes peuvent être odieux. Après ce que Tahir t'a fait, tu ne mérites pas de subir une nouvelle humiliation. Donc, quand j'ai vu tous ces gens avides de curiosité, j'ai cherché avant tout à te protéger et j'ai dit que nous étions mariés.

Un silence de mort tomba. Rigide sur sa chaise, Molly le fixait comme s'il racontait une histoire drôle et qu'elle attendait la chute.

Soulagé par son absence de réaction, Azrael poursuivit.

— J'ai passé six mois à Londres l'année dernière, à forger des alliances politiques en guettant le meilleur moment pour renverser Hashem. Peu de gens savent ce que j'ai fait pendant cette période. Je peux donc sans problème dire que je t'ai rencontrée et épousée à ce moment-là...

Molly était frappée de stupeur. Azrael avait une imagination et un sens de l'honneur délirants.

— Tu es complètement fou ! s'exclama-t-elle, consternée. Qu'est-ce qui t'a pris ?

— Malheureusement, ce n'est pas tout, poursuivit-il. Selon la coutume de Djalia, ma déclaration publique fait foi. Notre juge doyen est formel, nous sommes légalement mari et femme.

Molly se leva lentement, comme si elle sortait d'un long engourdissement.

— Non... Ce n'est pas possible.

— Je crains que si, insista-t-il, la mine sombre.

Elle lui lança un regard incrédule.

— Tu n'as qu'à avouer toi-même que tu regrettes, que tu as parlé sur le coup d'une impulsion. Tu as fait une bêtise, voilà tout. Tu dois la réparer.

Il redressa ses larges épaules.

— Je n'en ai pas le pouvoir.

— Bien sûr que si ! rétorqua-t-elle en haussant le ton. Puisque c'est toi qui incarnes la loi !

— Si seulement c'était aussi simple... De multiples facteurs sont à prendre en considération.

— Je m'en moque, coupa-t-elle, rouge de colère. Tout ce qui m'importe, c'est mon propre sort. Débrouille-toi.

— Il est impensable d'entamer une procédure de divorce dès maintenant. J'aurais l'air de quoi ? D'un homme qui ne sait pas ce qu'il veut, qui répudie son épouse au bout de quelques mois...

— La vérité est bien pire. Tu es fou à lier, prisonnier d'une morale d'un autre âge !

— Je n'ai pas honte d'avoir voulu protéger ton honneur...

— Et moi, je n'ai pas besoin de ta protection !

Elle ne se maîtrisait plus et criait à pleins poumons.

— Je suis une femme forte, indépendante, capable de me défendre...

— Pourtant victime d'un rapt et des étendues désertiques, ironisa-t-il.

— Cela n'a rien à voir !

— C'est pourtant la vérité. En l'espace de quarante-huit heures, je t'ai tirée deux fois d'affaire, dans des situations extrêmes, très périlleuses. Tu pourrais te montrer un peu plus gentille et compréhensive.

— Tu ne l'as pas été avec moi ! protesta-t-elle, des étincelles au fond de ses yeux verts. Tu m'as gardée prisonnière en exerçant un odieux chantage pour que j'abandonne les charges contre Tahir. Pour moi, une chose est claire, désormais. Les membres de la famille royale de Djalia sont tous des fous furieux. Ton frère me kidnappe, tu me séquestres en proclamant que nous sommes mariés sans même me demander mon avis...

— Je suis aussi piégé que toi, l'interrompit-il.

Molly pâlit. Curieusement, cet aveu la blessait d'une manière incompréhensible. Aurait-elle préféré qu'Azrael se réjouisse de la situation ? Elle se réfugia sur un terrain plus solide.

— Il est impossible que nous soyons mariés alors que je n'ai pas donné mon consentement, décréta-t-elle.

— Au temps où cette coutume s'est établie, les femmes n'avaient pas l'égalité des droits, ni leur mot à dire. Les hommes les traitaient comme des biens qui leur appartenaient.

— Ce n'est pas le moment de plaisanter, Azrael, fit-elle en se haussant avec fierté.

La soie se tendit sur ses seins ronds et Azrael se remémora avec regret la douceur de sa peau.

— Je ne plaisante pas. Mon peuple organise déjà les festivités.

Molly releva le menton.

— Ce n'est pas mon problème.

Il concentra son attention sur sa bouche, comme si cela pouvait apaiser son désir.

— Si. Maintenant que tu es reine, tu ne peux pas décevoir ces gens. J'ai peut-être fait une erreur, mais je ne cherchais qu'à protéger ton honneur.

Aux prises avec des émotions contradictoires, Molly se détourna furieusement. Son grand-père aurait applaudi à ce qu'il aurait appelé de la noblesse d'âme. Mais Maurice était un vieil homme aux idées désuètes, un ancien soldat convaincu qu'il convenait de défendre le sexe faible contre les duretés de la vie. En fait, son grand-père était la seule personne qui avait jamais voulu la protéger... Jusqu'à Azrael.

Elle avait toujours livré seule toutes ses batailles et ne s'était reposée sur son grand-père qu'à l'adolescence. Avec quel orgueil elle avait conquis son indépendance ! Et comme elle était fière de pouvoir remercier Maurice en l'entourant des meilleurs soins.

En réalité, les égards d'Azrael la touchaient, même si elle se sentait ridiculement fragile. N'enviait-elle pas secrètement toutes ces femmes qui avaient quelqu'un pour les épauler ? Cet homme avait volé à son secours, même si ses procédés étaient discutables...

Rejetant ses pensées intempestives, elle lui fit face.

— Que veux-tu exactement ?

Fasciné par sa poitrine voluptueuse, il s'écarta pour aller se planter devant la fenêtre. Il la désirait. Intensément. Mais il n'avait jamais été aussi loin de la conquérir.

— Que tu restes ici pendant quelques mois comme

si nous étions mariés, admit-il à mi-voix. Ensuite, nous serons plus à même de reconsidérer la situation.

— Je ne peux pas ! se récria Molly. J'ai des responsabilités. Je dois travailler, régler les factures de la maison de santé de mon grand-père.

— Il pourrait venir à Djalia, suggéra Azrael.

Ébranlée, Molly secoua la tête avec véhémence.

— Non, cela ne marcherait pas. Dans son état, tout changement est fortement déconseillé. Il a besoin d'être entouré par des visages et un environnement familiers. Sinon, il est désorienté et devient très confus. Il est hors de question de le déraciner. Je l'aime énormément. Son confort et son bien-être m'importent plus que tout autre chose au monde.

— Alors, je paierai les soins et tu retourneras régulièrement à Londres pour passer du temps avec lui.

Molly se hérissa.

— Tu ne peux pas réorganiser ma vie à ta convenance !

— Pourquoi pas, si cela apporte des résultats positifs pour tout le monde ? Ta vie à Londres est-elle meilleure qu'elle pourrait l'être ici ? Y a-t-il... un homme que tu voudrais rejoindre ? Tahir pensait que tu n'avais personne, mais il se trompe peut-être ?

— Oh ! pour l'amour du ciel ! Je suis célibataire, déclara Molly impatiemment. J'ai quelques amis que je ne vois pas beaucoup parce que je suis obligée de cumuler trois jobs. J'en ai déjà perdu deux à cause de ce qui m'arrive. Je veux que tout rentre dans l'ordre.

— Tu n'es pas raisonnable. Tu demandes l'impossible et tu m'accuses de ne pas te l'accorder.

— Pas *raisonnable* ! répéta-t-elle d'un ton théâtral, une main sur le cœur. Personne ne te force à quitter ton existence et ton indépendance !

— Je sacrifierais tout sans hésiter pour mon pays, déclara-t-il farouchement.

— Je ne t'appartiens pas. Tu ne peux pas disposer de moi contre mon consentement ! rétorqua-t-elle, une lueur d'hostilité dans les yeux. Ah, mais j'oubliais ! Nous sommes dans l'endroit le plus rétrograde et reculé de la planète. Le plus primitif ! Ici, les femmes existent à peine et tu crois que je vais me soumettre à ton bon vouloir sans protester !

Le seul mot de *primitif* fit sortir Azrael de ses gonds. Il travaillait dix-huit heures par jour pour sortir Djalia de l'obscurantisme où l'avait plongé Hashem. Ce despote avait tyrannisé son peuple en perpétuant des pratiques barbares. Il s'était comporté avec une brutalité innommable, réduisant en servitude des femmes sans défense pour assouvir son appétit sexuel. Il entretenait un harem de concubines, de jeunes beautés arrachées à leurs familles. On racontait sur lui des histoires terrifiantes. Après la prise du palais, Azrael avait éprouvé un soulagement coupable quand Hashem avait succombé à une crise cardiaque, et échappé ainsi à la justice. Son procès aurait exhumé des horreurs qu'il valait mieux taire pour la tranquillité générale et la renommée du pays.

— Arrête... de... crier, commanda-t-il sèchement, en détachant chaque syllabe.

— Tu ne me dresseras pas comme on dompte un cheval, rétorqua-t-elle.

— Je traiterai mon épouse avec respect, mais tu dois te comporter de même avec moi.

— Désolée, cela m'est impossible, répliqua Molly en tremblant de rage. Je ne vais pas me taire parce que tu l'ordonnes !

Un éclair menaçant dans les yeux, il avança d'un pas.

— Non ?

— *Non !* hurla-t-elle résolument.

Azrael fondit sur elle tel un oiseau de proie et elle poussa une exclamation craintive quand il la souleva dans ses bras, comme une plume.

— Leçon numéro un : ne hausse pas la voix quand je suis fatigué.

Il ouvrit la porte d'un coup de pied et la jeta sur le lit.

— Leçon numéro deux : ne traite pas Djalia de pays primitif ou arriéré...

Comme elle entrouvrait les lèvres, il plaqua une paume sur sa bouche.

— Tais-toi. Insulter mon pays, c'est me porter offense. N'ajoute rien et ne recommence pas.

Rigide de rage, Molly tenta de le repousser. Mais, l'écrasant de tout son poids, il l'immobilisa en s'agenouillant sur elle à califourchon.

— J'ai parfois été contraint de me battre en recourant à la violence, mais jamais je ne maltraiterais une femme, grogna-t-il. Et ne prétends pas que c'est ce que je fais en ce moment parce que c'est faux.

Molly se força à respirer plusieurs fois, profondément.

— Je ne dénigrerai plus ton pays, dit-elle enfin.

— Bien...

Azrael la libéra et se releva, puis s'éloigna un peu.

Il lui tournait le dos et Molly rougit en revoyant malgré elle la scène de la grotte. Quelque chose d'indéfinissable l'étreignait. En même temps, une chaleur intense coulait dans ses veines, comme un feu liquide.

— Il faut apprendre à contrôler tes éclats de voix, déclara Azrael. Il y a des techniques pour cela.

— Cela marche aussi pour l'envie de gifler ? rétorqua-t-elle insolemment.

— Je suis ton mari...

— Arrête de dire cela !

— C'est pourtant vrai.

Une expression un peu mystérieuse passa sur le visage d'Azrael quand un rayon du soleil illumina d'un halo d'or la chevelure cuivrée de Molly.

— Sois raisonnable, reprit-il doucement.

— Il n'y a pas de raison qui tienne, la situation est totalement absurde !

Elle fixait les lèvres ourlées d'Azrael en se remémorant subrepticement le goût de ses baisers.

— Tu n'as qu'à prendre cela comme un job, suggéra Azrael en essayant un autre point de vue. Temporaire, bien sûr, seulement pour quelques mois. Tu seras largement rétribuée, cela va sans dire.

Sa belle voix grave hypnotisait Molly. Elle aurait pu l'écouter pendant des heures. Ce salaire qu'il lui offrait en échange d'un rôle à tenir réglerait définitivement ses problèmes d'argent. D'un autre côté, il semblait immoral d'accepter cette proposition pour le moins saugrenue.

— Je ne sais pas, bredouilla-t-elle, désorientée.

Azrael revint s'asseoir sur le bord du lit.

— Tu peux avoir confiance en moi. Ce ne sont pas des paroles en l'air.

Elle réfléchit tout haut, les sourcils froncés.

— Les frais de séjour de Maurice sont en partie pris en charge par l'assurance maladie, mais ma contribution reste très élevée. Il est heureux à Winterwood... J'ai dû vendre les bijoux ma mère pour payer les dernières factures, mais je n'ai pas assez d'économies pour régler le mois prochain.

— Je peux m'en charger, promit Azrael d'un ton persuasif. Cela me fera plaisir de t'aider.

Il tendit la main pour repousser une boucle derrière son oreille.

— Quel dommage d'avoir sacrifié des bijoux de famille...

— Une bague et une broche qui avaient appartenu à ma grand-mère, murmura-t-elle d'une voix songeuse.

Le contact des doigts d'Azrael sur sa joue lui donnait envie de le toucher elle aussi. Mais la lueur de désir, dans ses yeux d'or, l'emplissait d'une peur diffuse. Il ne fallait pas s'aventurer sur le terrain d'une intimité dangereuse, qu'ils ne souhaitaient ni l'un ni l'autre. Un élancement sourd, dans le creux le plus secret de son corps, ignoré jusque-là, la troubla intensément. Elle bougea un peu les hanches et se sentit encore plus gênée quand la pointe de ses seins se durcit. Un étrange tumulte intérieur l'envahit.

— J'ai des émeraudes de la même couleur que tes yeux, dit Azrael rêveusement. Elles seraient magnifiques sur toi.

Molly lutta contre l'envie d'enfouir les mains dans ses cheveux noirs luxuriants.

— Oh ! Azrael, pour l'amour du ciel..., souffla-t-elle. Les pierres précieuses ne sont pas pour moi.

Il enserra fermement sa taille pour l'attirer vers lui.

— Donne-moi ta bouche, commanda-t-il d'une voix rauque en l'obligeant à rejeter la tête en arrière.

Il lui arracha un petit gémissement en mordillant doucement sa lèvre inférieure. Puis sa langue la pénétra et elle sursauta de surprise, avec toutes sortes de sensations nouvelles. Azrael l'embrassait avec une sensualité sauvage, d'un érotisme torride, tout en caressant avidement l'intérieur de ses cuisses. Instinctivement, elle les écarta, comme pour réclamer davantage.

Il posa une paume sur la soie qui recouvrait délicatement son sexe et elle retint sa respiration. Puis, lorsque ses doigts se glissèrent sous la fine dentelle, les battements de son pouls se précipitèrent. Bientôt, son désir atteignit un point incandescent, car les petits mouvements circulaires d'Azrael la jetèrent dans un étourdissement vertigineux. Et, lorsqu'il s'enfonça dans la tiédeur moite de son sexe, elle se cambra à sa rencontre, emportée par un maelström qu'elle aurait été bien incapable de contrôler, même si elle avait essayé. Elle poussa un cri de plaisir qui la déchira de part en part.

Avec un sourire de satisfaction, Azrael redéposa doucement son corps inerte contre les oreillers.

— Nous devrions coucher ensemble, au lieu de nous disputer, murmura-t-il. Ce serait infiniment plus agréable.

— Mais pas très raisonnable, répliqua-t-elle confusément, avec la tête qui lui tournait. Entre nous, il ne peut pas s'agir d'un vrai mariage.

Azrael ne répondit rien, mais il savait ce qu'il voulait et saurait se montrer patient. Il se battrait pour l'obtenir. Après tout, il n'y avait là rien de très nouveau pour lui. Toute sa vie, il avait combattu pour conquérir son idéal. Ne doutant pas un seul instant du désir de Molly, il saurait en jouer subtilement. Tôt ou tard, ils consommeraient leur mariage, qui deviendrait réel dans tous les sens du terme. Car tel était son bon vouloir.

Lui qui planifiait toujours tout s'était d'abord senti

pris au piège d'un lien matrimonial qu'il n'avait pas véritablement choisi. Néanmoins, à la réflexion, la situation n'était pas si catastrophique. Molly avait déboulé dans sa vie avec la violence d'une tempête de sable. Contrairement à toutes les personnes de son entourage, elle ne le craignait pas, n'avait pas de respect particulier pour son rang ni aucun désir de le flatter. Elle le traitait d'égale à égal et ce trait de caractère lui plaisait infiniment. Pour une fois, on ne le mettait pas sur un piédestal et il n'était plus seul, tenu à l'écart, mais un être humain à part entière. Avec son tempérament passionné, n'était-elle pas la femme qui lui fallait ? Pourquoi, dans ces conditions, se séparerait-il d'une épouse qui lui convenait parfaitement ?

Un coup frappé à la porte le tira de ses pensées. Il était fatigué. S'il ne dormait pas un peu, il allait s'effondrer.

— Organise un voyage à Londres, suggéra-t-il calmement. Tu en profiteras pour expédier quelques affaires et peut-être choisir une robe de mariage...

— *Une robe de mariage ?* répéta Molly, médusée.

— Il faudra une cérémonie officielle, expliqua Azrael en ouvrant la porte.

— Le prince Firuz est ici en personne, annonça Butrus avec un air d'excuse.

Azrael crispa la mâchoire.

— J'arrive dans quelques minutes.

— Quelle cérémonie officielle ? demanda Molly après le départ du conseiller.

— Il ne faut pas décevoir mon peuple. Un mariage royal se célèbre en grande pompe.

Elle se détourna pudiquement quand il enleva sa chemise pour se changer.

— Je ne serai pas à la hauteur, protesta-t-elle. Je suis très ordinaire...

— Non, tu es quelqu'un d'extraordinaire. Regarde tout ce que tu as enduré ! Tu as une force de caractère et un courage incroyables.

Il avait finalement trouvé les mots pour la convaincre, et elle lui sourit sincèrement. Il avait revêtu une longue tunique d'apparat, d'un blanc immaculé, avec une cape brodée d'or et un turban.

— J'essaierai de tenir ce rôle d'épouse que tu m'imposes, murmura-t-elle. Mais je ne promets pas d'y arriver.

— Cela me suffit pour l'instant, répondit-il en l'enveloppant d'un regard rassurant.

7

— Je n'arrive pas à croire que tu sois mariée ! s'exclama Jan, l'amie de Molly. Raconte-moi tout !

Elle berçait son fils nouveau-né, Robbie, en secouant ses tresses brunes avec une expression incrédule.

Il s'était déjà écoulé une semaine depuis que Molly avait atterri à Londres en provenance de Djalia avec un passeport diplomatique. Pendant ces huit jours, elle n'avait pas arrêté, entre les factures en retard, l'empaquetage de ses quelques effets personnels et les visites à son grand-père. Maurice ne l'avait malheureusement pas reconnue, mais il lui parlait avec naturel et affection. Manifestement, son visage lui restait familier. Dans ses rares moments de loisir, Molly avait couru les boutiques pour s'acheter des vêtements adaptés au climat de Djalia, ainsi qu'une robe de mariée. Azrael lui avait généreusement offert une carte de crédit. Jamais elle n'avait dépensé autant d'argent pour elle.

— Dès que j'ai vu le faire-part de mariage dans les journaux, j'ai pensé que tu avais rencontré l'heureux élu à l'ambassade, poursuivit Jan. Pourquoi ne m'en as-tu pas parlé ? Tu n'as jamais fait aucune allusion à un voyage dans ce pays lointain.

— L'occasion s'est présentée de manière tout à fait imprévue et précipitée, admit Molly, très gênée.

— Tu devais te poser un tas de questions, j'imagine. En tout cas, il est divinement beau. Tu avais bien raison de le garder pour toi...

— Tout s'est passé très vite, expliqua Molly. J'ai moi-même du mal à y croire...

— Les trois gardes du corps dans mon vestibule sont là pour confirmer la réalité ! lança Jan en riant. Soit Azrael veille sur toi comme sur la prunelle de ses yeux, soit il a peur que tu t'enfuies. En tout cas, j'espère que tu as apprécié ma discrétion quand les journalistes ont essayé de me soutirer des informations.

— Oui, merci. Mes cheveux roux m'ont trahie. Je passe tellement peu inaperçue que quelqu'un m'a reconnue sur la photo prise à l'aéroport. Un client du pressing. C'est pour cela qu'on t'a contactée. Je n'imaginais vraiment pas un tel tapage autour de moi quand j'ai débarqué. En plus, j'étais à peine présentable...

— Mais non, tu étais ravissante, comme d'habitude. Simplement surprise qu'on te photographie ! la taquina Jan. Dire que tu vas être reine ! La presse forcément s'intéresse à toi.

— Espérons que personne ne remonte jusqu'aux proches de ma belle-mère. Si on les interroge, je serais le vilain petit canard.

Jan secoua la tête.

— Tu serais plutôt la parfaite illustration de Cendrillon. À ta place, je ne sais pas si je pourrais vivre à l'étranger, surtout dans un endroit arriéré comme Djalia.

— C'est un pays en pleine transformation, corrigea Molly sans hésiter.

— Les femmes portent des robes qui descendent jusqu'aux chevilles, protesta Jan, horrifiée.

— Les reportages que tu as vus datent sans doute dans l'ancien dictateur. Maintenant, il y a de plus en plus de boutiques à la page, même si les importations ne sont pas encore très développées.

— Tu parles comme un politicien, fit Jan, décontenancée.

Molly se mit à rire.

— Azrael a chargé un diplomate de rédiger des notes d'information à mon intention. J'ai lu tellement de dossiers que j'en ai la tête farcie !

— Quelle drôle d'idée, de te donner ce genre de lecture une semaine avant ton mariage !

— Il essaie simplement de m'aider. Je ne veux pas dire des absurdités si on me pose des questions, maintenant que je vais occuper un rang officiel.

Molly se surprenait elle-même à défendre Azrael. En même temps, elle disait vrai. Une pression qu'elle n'avait pas anticipée lui faisait redouter de commettre un faux pas ou de prononcer des propos erronés. Elle n'avait jamais affronté les lourdes responsabilités qu'il endossait quotidiennement et qu'elle avait découvertes pendant les trois jours passés au palais.

Après leur dispute mémorable, Azrael n'était pas revenu dans la chambre où elle dormait, même si c'était la sienne. Butrus avait laissé entendre que le souverain travaillait souvent très tard et qu'il couchait sur le canapé de son bureau. En outre, ce premier soir, le prince Firuz, le père de Tahir, avait accaparé le souverain avec une discussion interminable. Mais Molly avait à peine vu Azrael durant la suite de son séjour, sauf aux repas. Et elle avait dormi seule. Cela valait sans doute mieux ainsi. L'intimité sexuelle aurait jeté une ambiguïté sur leur relation qui devait demeurer impersonnelle. Il s'agissait d'un arrangement mutuel, dont chacun tirait des bénéfices. Tiré d'un mauvais pas, Azrael la rétribuait pour service rendu. Si elle voulait conserver son estime de soi, Molly devait garder ses distances.

La sagesse lui commandait d'ailleurs de se protéger pour ne pas avoir le cœur brisé. Le séduisant monarque ne se satisferait jamais d'une simple roturière, une femme qui avait fait des ménages et travaillé comme serveuse. Il regrettait d'être tombé dans un piège qu'il s'était en quelque sorte tendu à lui-même. Le moment venu, il serait soulagé de divorcer pour aller de l'avant.

Un peu embarrassée, Jan lui tendit le supplément du dimanche d'un grand journal.

— Tu l'as lu ? Il y a un article sur Azrael et Djalia.

— Non, je te remercie. Je le lirai en rentrant à l'hôtel, dit Molly en le fourrant dans son sac.

— Le reportage n'est pas très flatteur, admit son amie d'un air gêné. Ne m'en veux pas de te l'avoir donné.

— Bien sûr que non.

Naturellement, la mise en garde de Jan éveilla la curiosité de Molly, qui ouvrit le magazine dès que la limousine démarra.

La photo horrible de son arrivée à Londres attira aussitôt son regard. Elle avait les cheveux dans un état épouvantable. Pas maquillée, elle avait l'air très fatiguée, avec les traits tirés. Pour compléter le tableau, son jean et son pull manquaient totalement d'élégance et ne la flattaient guère.

Il lui fallut quelques secondes avant de remarquer une deuxième photo, pourtant juste à côté. Comme si on la comparait délibérément à une autre femme auprès de laquelle se tenait Azrael.

Consternée, Molly examina la belle brune qui n'était autre que la princesse Nasira de Quarein, nièce du prince Firuz et supposée fiancée d'Azrael. Dotée de magnifiques yeux en amande, elle avait des cheveux d'un noir de jais relevés en un chignon élégant piqueté de diamants. Cette superbe créature était en outre diplômée de la Sorbonne en sciences politiques, parlait une demi-douzaine de langues vivantes et subventionnait un orphelinat au Quarein. Le contraste atteignit Molly au cœur. L'auteur de l'article ne manquait pas de s'étonner du choix d'Azrael, qui avait heurté la bonne société.

Molly pâlit en se mordant les lèvres. Pourquoi Azrael n'avait-il jamais mentionné sa fiancée ? Il lui avait demandé si elle avait quelqu'un dans sa vie, mais elle n'avait même pas eu la présence d'esprit de lui retourner la question !

La visite du prince Firuz, le premier soir, avait sûrement quelque chose à voir avec cette histoire de fiançailles. Il était sans doute venu de la part de sa nièce exiger des explications au sujet de ce mariage soudain avec une étrangère... Voilà pourquoi Azrael ne l'avait pas rejointe dans son lit. Molly rougit en prenant conscience de ses contradictions. Cette nuit-là, elle l'avait attendu pendant de longues heures, en dressant mentalement la liste de tous les arguments qu'elle lui opposerait pour refuser des relations sexuelles.

Peine perdue, puisqu'il l'avait délibérément évitée par la suite... Depuis qu'elle était à Londres, il l'appelait tous les jours, mais ce n'était vraiment pas le genre de conversation qu'on pouvait avoir au téléphone.

Pendant que Molly tentait de démêler la confusion de ses émotions, Azrael, ironiquement, était lui aussi plongé dans les affres de l'incertitude. Une enquête de la presse britannique avait révélé des informations extrêmement dérangeantes sur sa fiancée.

Contrairement à ce que Molly lui avait raconté, son grand-père maternel était mort bien avant sa naissance et son grand-père paternel l'année dernière. Butrus avait vérifié et confirmé. Molly lui avait donc menti délibérément pour l'apitoyer. L'argent qu'il avait viré sur son compte en banque ne servirait pas à payer des frais médicaux. Très en colère, il comprenait pourquoi elle avait tant insisté pour effectuer elle-même le règlement.

Depuis quand était-il aussi naïf ? Son expérience des femmes ne lui avait-elle donc rien appris ? Elles étaient toutes intéressées, plus sensibles à sa richesse qu'à son charme ou à sa personnalité. Quand il leur offrait des cadeaux, il avait l'impression de les payer comme des professionnelles.

Finalement, Molly n'était pas différente. Aussi cupide que les autres, elle cherchait surtout à tirer parti d'un mariage inattendu pour s'enrichir personnellement. Cette fable forgée de toutes pièces au sujet d'un grand-père âgé et malade n'était destinée qu'à lui soutirer de l'argent. Paradoxalement, il s'agissait pour lui de sommes dérisoires. Mais cela représentait beaucoup pour Molly, issue d'un milieu très modeste. De toute manière, le montant importait peu, c'était le procédé qui le révulsait. Furieux, déçu, il ne lui pardonnerait jamais sa malhonnêteté.

Ce comportement l'indignait. Il ne pouvait pas épouser une femme à la moralité aussi douteuse, qui l'avait trompé délibérément. Pourtant, il n'avait pas le choix...

Molly regagna le château en début de soirée. Azrael ne lui avait pas téléphoné avant son départ de Londres. Un peu triste de ne pas entendre sa voix, elle s'était habillée avec soin pour le voyage, tout en se reprochant ses réactions ridicules. Elle n'aurait pas dû être aussi impatiente à l'idée de le revoir...

Le cœur battant à tout rompre, elle sourit aux domestiques rassemblés pour l'accueillir et se précipita à l'étage pour gagner l'aile des appartements royaux.

— Où est Azrael ? demanda-t-elle à Butrus, tout essoufflée d'avoir parcouru plusieurs pièces vainement.

La mine sévère, le conseiller parvint à esquisser un sourire.

— Le roi est dans son bureau, Votre Majesté.

— Vous pouvez m'appeler Molly. Pas de cérémonie entre nous en privé, dit-elle gentiment.

Butrus hocha la tête tandis qu'elle essuyait ses paumes moites sur une robe verte qu'elle avait payé une fortune, sans parler des chaussures. Jamais elle n'avait dépensé autant d'argent pour des vêtements, mais elle tenait à paraître à son avantage, même si cet accès de vanité l'affligeait...

Azrael leva les yeux de l'écran de son ordinateur quand elle entra dans son bureau sans s'annoncer. Il faudrait qu'elle apprenne à frapper, songea-t-il sévèrement. Elle semblait métamorphosée, avec une robe verte qui moulait à la perfection les courbes de sa silhouette, et de hauts talons qui mettaient en valeur ses jolies jambes fuselées. Il se crispa en découvrant une lueur de vivacité dans son regard vert et un sourire ravi sur sa bouche pulpeuse. Tenaillé par un désir intense, il retint son souffle.

Illuminée par la joie de le revoir, Molly le dévorait des yeux. Comme il était beau, en tenue traditionnelle ! Elle avait beau se répéter qu'il n'était même pas venu à l'aéroport, elle était littéralement subjuguée par son charme et incapable de contrôler son émotion.

— Tu es sans doute très occupé, fit-elle d'un ton léger en reconnaissant l'expression de M. Grincheux. Mais tu aurais pu au moins m'accueillir et me dire bonjour.

— Ah bon ? rétorqua-t-il avec une sécheresse de ton qu'elle ne lui connaissait pas.

— Oui. Ce manque d'égard me surprend de ta part. Les domestiques l'ont certainement remarqué...

— Mon personnel n'a pas à porter de jugement sur moi et je ne t'ai pas manqué de respect, déclara-t-il d'une voix hautaine.

— En tout cas, tu es de mauvaise humeur, répondit-elle avec la franchise qui la caractérisait. Je n'ai pas envie de supporter cela. On m'a toujours appris que c'était mal élevé de passer sa nervosité sur les autres.

— À moi aussi, maugréa-t-il.

Il avait envie de la secouer pour lui demander des comptes. Comment pouvait-elle sourire avec autant de désinvolture, alors qu'elle le trompait depuis le début de manière éhontée ?

— Apparemment, tu n'as pas bien assimilé la leçon..., ironisa-t-elle.

Hésitant à se disputer la veille de son mariage, elle préféra battre en retraite.

— Je retourne à l'étage. Je te laisse travailler en paix...

Azrael la considéra avec colère.

— Tu m'as *menti* ! s'écria-t-il, incapable de contrôler sa fureur plus longtemps.

Interloquée, elle s'immobilisa sur le seuil, en fronçant les sourcils.

— Pourquoi dis-tu une chose pareille ?

— Je t'ai démasquée, lança-t-il rageusement. Ton soi-disant grand-père n'existe pas. Tu l'as inventé de toutes pièces !

Stupéfaite, Molly se demanda un instant s'il était devenu fou. Elle ne l'avait jamais vu dans cet état. Poussée par son instinct de conservation, elle ouvrit la porte et se précipita dans l'escalier.

— Reviens ici immédiatement !

Azrael criait sans se soucier du qu'en-dira-t-on ! Lui qui s'enorgueillissait de garder son sang-froid en toute occasion, il était littéralement hors de lui ! Que lui arrivait-il ? Affolée, Molly se réfugia dans ses appartements comme si le diable en personne était à ses trousses. Pourquoi prétendait-il que son grand-père n'existait pas ? Avait-il perdu l'esprit ?

— Je vais servir le café dans le salon, Votre Majesté, annonça Haifa lorsqu'elle arriva en haut.

— Pas maintenant, merci, bredouilla Molly nerveusement.

Elle pressa le pas en entendant Azrael monter les marches quatre à quatre et fila jusqu'au bout du couloir. Un salon donnait sur un joli jardin en terrasse et elle sortit en prenant soin de refermer les portes-fenêtres.

Mais il en fallait davantage pour stopper Azrael, qui parut sur le seuil.

— Tu vas t'expliquer, maintenant, je l'exige ! lança-t-il d'une voix tonitruante.

Molly se retourna vivement, choquée par la violence de sa colère. Quel événement avait bien pu déclencher une telle fureur ?

— Je ne sais même pas de quoi tu parles, répliqua-t-elle sèchement.

— Ne fais pas semblant de ne pas comprendre ! C'est vraiment trop facile !

— Je ne joue pas la comédie !

Son hostilité ouverte l'irritait plus que de raison. Quelle incorrigible naïveté d'avoir attendu aussi impatiemment leurs retrouvailles... Finalement, elle ne le connaissait guère et cette nouvelle facette de sa personnalité ne lui plaisait pas du tout. Qu'allait-elle encore découvrir ? Qu'en était-il exactement de la princesse Nasira ? Elle avait tort d'avoir confiance en lui. Les rumeurs colportées par les journaux portaient probablement un fond de vérité.

— Faut-il que je mette les points sur les *i* ? questionna Azrael.

— Oui, répliqua-t-elle d'un ton incisif. Pour ta gouverne, sache que j'ai rendu visite tous les jours à ce grand-père qui n'existe pas, pendant mon séjour à Londres.

— La presse a fouillé dans ton passé et j'ai lu les articles. Tes deux grands-pères sont morts...

— Maurice perd peut-être un peu la tête, mais il est bien vivant ! rétorqua-t-elle, consternée.

— C'est faux. Tu m'as menti, s'obstina Azrael.

— Quel intérêt aurais-je eu à inventer cette histoire ?

En même temps, elle commençait à comprendre vaguement la source du malentendu.

— Tu cherchais à m'apitoyer pour me soutirer de l'argent, tout simplement. Tu devrais avoir honte...

— Non, c'est *toi* qui devrais avoir honte d'être aussi

mesquin et suspicieux ! coupa-t-elle furieusement. Je ne t'ai jamais rien demandé ! Je ne suis pas une vile aventurière !

— C'est ce que tu prétends en tout cas.

Décontenancé par la réaction de Molly, Azrael se calma un peu tandis qu'elle l'écrasait de son mépris.

— Je sais lire entre les lignes, Azrael, je ne suis pas stupide. Inutile de chercher un prétexte pour m'écarter, avoue tout de suite ce que tu caches...

— Je ne te cache rien...

— Vraiment ? Il suffit d'un mot pour tout résumer.

Elle se redressa fièrement, rejetant en arrière ses jolies boucles cuivrées.

— Quel mot ? questionna Azrael, qui ne comprenait pas comment la situation avait pu se retourner à son désavantage.

— Nasira, articula-t-elle avec une satisfaction mauvaise. Maintenant, vas-tu continuer à me barrer le passage ? Ou dois-je demander l'autorisation à Sa Majesté de prendre congé ?

Il plissa le front.

— Je ne vois pas ce que Nasira vient faire entre nous.

Il n'avait même pas l'air coupable. Ce n'était pas la réaction qu'elle attendait.

— Toi aussi, tu as des secrets, protesta-t-elle.

— Peut-être, mais pas à ce sujet. Les seuls secrets que j'ai concernent des choses douloureuses qu'il vaut mieux ne pas étaler au grand jour.

Molly posa une paume sur son torse, avec rudesse.

— Laisse-moi passer ! commanda-t-elle.

— Pourquoi ? Où vas-tu ?

— Cela ne te regarde pas...

— Si. Tu es ma femme, lui rappela-t-il sans hésiter.

— Tu as encore beaucoup à apprendre sur les

femmes, susurra-t-elle d'une voix aigre-douce en l'écartant pour se glisser derrière lui. Mais ce ne sera pas avec moi...

— Cela veut dire quoi, exactement ?

Il la suivit dans le couloir, fasciné par l'ondulation de ses hanches.

— Je ne resterai pas auprès d'un homme qui me prête de noirs desseins et me condamne moralement. J'en ai plus qu'assez de Djalia et de son roi à l'esprit dérangé...

— Reste courtoise je te prie !

Elle ne se laissa pas démonter.

— Tes gardes du corps m'ont accompagnée tous les jours au centre où je rendais visite à mon grand-père imaginaire. Tu aurais pu leur poser des questions avant de faire un tel éclat, non ? Mais tu n'y as même pas pensé.

Dans son for intérieur, Azrael dut reconnaître qu'elle avait raison. Le calme et la logique dont il s'enorgueillissait lui avaient bizarrement fait défaut. Convaincu d'avoir été ridiculisé, il s'était emporté sans réfléchir. Et probablement à tort à en juger par l'attitude de Molly, qui ne se comportait pas comme quelqu'un de coupable.

— Eh bien, explique-moi comment ton grand-père peut être à la fois mort et vivant, dit Azrael très sérieusement.

— Certainement pas. Je m'en vais.

Elle attrapa une valise, puis se ravisa.

— Non, ces vêtements ne m'appartiennent pas. Ils ont été achetés avec ton argent...

— Arrête cela... tout de suite ! tonna Azrael. Je t'interdis de partir...

Elle fit la sourde oreille et se dirigea vers la porte, son sac à la main.

— Tu es ma femme...

— Tu m'as traitée d'aventurière et de menteuse. Je ne resterai pas avec un homme qui a une si piètre opinion de moi.

— Si je me suis trompé, je ferai amende honorable, déclara-t-il en commençant à douter de son pouvoir de persuasion. Mais ne pars pas.

— C'est trop tard. Tu as commis une erreur irréparable, impardonnable.

— Tu ne peux pas me quitter aussi facilement. Nous sommes mariés.

— Sans mon consentement, rappelle-toi !

Azrael jura violemment et la souleva dans ses bras.

— Je m'en moque. Tu ne t'en iras pas, répéta-t-il obstinément tandis qu'elle se débattait.

Il la ramena au milieu de la pièce et la déposa autoritairement sur le lit.

— Tu habites ici, désormais. Avec moi.

— Tu ne peux pas me retenir contre ma volonté ! le défia-t-elle. Je hurlerai toute la nuit. Je m'enfuirai. Tu vivras un cauchemar.

Il s'appuya contre la porte.

— Je veux la vérité sur ton grand-père.

— Tu ne mérites pas mes explications.

— Comporte-toi en adulte.

— Tu es mal placé pour donner ce genre de conseils, ironisa-t-elle.

— Mes expériences précédentes m'ont rendu méfiant et cynique.

Molly ferma les yeux. Elle ne supportait pas qu'il ait connu d'autres femmes avant elle. C'était insensé de se sentir aussi possessive, surtout en ce moment...

— J'attends tes éclaircissements, dit Azrael.

— Devenue veuve, ma grand-mère a épousé Maurice Devlin quand ma mère était encore bébé. Le père de ma mère est mort avant même sa naissance. Maurice a donc été le seul grand-père que j'ai connu, même si nous ne sommes pas vraiment liés par le sang. Il a élevé ma mère comme sa propre fille. Quand elle est morte, il a continué à s'occuper de moi. Il est la seule famille qui me reste.

— Merci. Tout est clair à présent, déclara Azrael le plus dignement possible.

Le soulagement se lisait sur son visage. En même temps, il était très en colère contre lui-même.

— Je suis sincèrement désolé, murmura-t-il d'une voix bourrue. Je n'aurais pas dû être aussi véhément. Tu t'es sentie insultée.

Comme il devait lui en coûter de s'excuser ! songea Molly.

— Je suis encore fâchée, admit-elle.

Il opina du menton et la fixa intensément.

— J'ai perdu mon sang-froid...

— Tu vois, cela arrive à tout le monde, ironisa-t-elle.

Elle avait terriblement envie de le prendre dans ses bras. En même temps, elle se trouvait stupide.

— Tu n'as vraiment aucune confiance en moi, ajouta-t-elle. C'est effrayant.

Une sorte de panique s'empara d'Azrael. Il aurait voulu dire un tas de choses, mais les mots lui manquaient. Molly lui apportait beaucoup, il ne voulait pas la perdre. Il s'assit sur le bord du lit et tendit la main pour la poser doucement sur sa joue. Puis, avec son pouce, il suivit le dessin de sa bouche.

— J'adore cette robe, dit-il sans réfléchir, incapable de se concentrer. Elle te va divinement.

Molly retint son souffle.

— La prochaine fois que tu iras à Londres, je t'accompagnerai et nous rendrons visite ensemble à ton grand-père, annonça Azrael.

Rassérénée par cette déclaration d'intention, Molly s'agenouilla pour se rapprocher. Sa gorge se noua quand elle reconnut son parfum épicé, exotique.

— Je suis encore furieuse contre toi..., souffla t-elle malgré son trouble.

— Bien sûr.

Il pencha la tête pour capturer ses lèvres. Le besoin de rétablir un contact physique le submergeait, d'une manière totalement irrationnelle.

8

Au moment où les lèvres d'Azrael se posaient sur les siennes, Molly oublia tous ses arguments contre leur intimité physique. Ils s'évanouirent d'un coup comme s'ils n'avaient jamais existé.

Azrael embrassait divinement, songea-t-elle dans un étourdissement délicieux. Elle rêvait depuis longtemps de ce baiser grisant et langoureux. Elle déroula son *kaffiyah* pour enfoncer les doigts dans ses longs cheveux noirs. Comme s'il n'attendait que cela, Azrael jeta sa cape par terre et commença à déboutonner sa tunique sans quitter sa bouche, qu'il pillait avec une délectation évidente. Sa langue éveillait en Molly des sensations très vives. Au début, des picotements coururent le long de sa colonne vertébrale, puis ses seins se tendirent et une chaleur moite gonfla son sexe.

Azrael descendit la fermeture Éclair de sa robe, mais la situation se compliqua lorsqu'il voulut libérer ses épaules, car le tissu en élasthanne résistait. Molly l'aida avec un rire étouffé et se dégagea jusqu'à la taille.

— Quelle épreuve, plaisanta-t-il. Je dois te paraître bien maladroit.

Elle secoua la tête et prit son visage entre ses paumes, en fondant littéralement devant son sourire.

Il fixa longuement sa bouche très rouge. Puis son regard descendit le long de son cou, s'attardant sur sa peau constellée de taches de rousseur avant de contempler sa poitrine bien galbée, à demi recouverte d'un joli satin à pois bleus et blancs.

— J'adore tes seins, murmura-t-il d'une voix rauque en dégrafant son soutien-gorge avec plus d'habileté que la robe.

Sa carnation d'albâtre le fascinait autant que ses rondeurs fermes et généreuses. Le souffle court, il commença à la caresser, frottant la pointe rose entre le pouce et l'index.

— Tu es vraiment très belle.

Pour la première fois de sa vie, Molly le croyait. Comment n'aurait-elle pas été convaincue par son expression de pure admiration ? Elle avait l'impression d'être brusquement élevée au rang de déesse. Bientôt, la bouche d'Azrael, puis sa langue et ses dents remplacèrent ses doigts et elle arqua les reins avec un gémissement de plaisir.

— Enlève ta tunique, chuchota-t-elle en tremblant.

Il s'écarta pour la passer par-dessus sa tête, trop impatient pour la déboutonner complètement, et Molly eut enfin sous les yeux son torse sculptural, magnifiquement musclé, avec ses épaules larges et son ventre plat. Puis, brusquement, il sauta du lit et se débarrassa d'un même geste de son pantalon en lin et de son caleçon.

La gorge de Molly se contracta à la vue de son sexe dressé, tandis qu'il achevait de lui ôter robe et chaussures avec le même empressement.

— Non, tu vas trop vite, lança-t-elle, cramoisie. Rappelle-toi... C'est la première fois pour moi.

— Tu ne peux pas me reprocher mon enthousiasme, *aziz*, la taquina-t-il.

Elle se glissa entre les draps.

— Je suis un peu timide... Désolée.

— Au contraire de toi, j'ai été élevé pour être téméraire et entreprenant. On m'aurait puni si je m'étais comporté autrement...

— Puni ? questionna-t-elle, étonnée. Par qui ?

— Firuz était un beau-père très strict. J'ai souvent été battu, confia-t-il calmement, comme s'il était normal d'agir ainsi avec les enfants.

— Mais c'est horrible !

— Je m'en suis remis. Je peux survivre aux mauvais traitements, affirma-t-il fièrement. J'ai été élevé à la dure.

— Tu traiterais ainsi tes propres enfants ?

— Non, bien sûr que non ! protesta-t-il, offusqué. Firuz est un abominable tyran domestique. J'ai supporté ses punitions pour ne pas peiner ma mère. Elle aurait souffert si je m'étais rebellé. Mais je suis contre les châtiments corporels, bien évidemment.

Les larmes aux yeux, Molly pressa un baiser sur son épaule.

— Tu as eu une enfance horrible.

— C'est du passé, répondit-il avec philosophie. Je ne regarde pas en arrière.

— C'est une façon de voir...

Elle avait la voix étranglée.

— Tu as trop de cœur, *aziz*, murmura-t-il en s'allongeant à côté d'elle.

Ils quittèrent ce ton sérieux quand il recommença à la caresser et lui ôta le minuscule tanga qui la protégeait encore. Ses mains expertes faisaient naître en Molly toutes sortes de frissons et de frémissements, ainsi qu'une folle envie qu'elle ne savait nommer. Lentement, il glissa le long de son corps, avec ses cheveux contre l'intérieur de ses cuisses.

Jamais elle n'avait imaginé le merveilleux tourment qui suivit. Elle agrippa le drap et serra les poings de toutes ses forces en s'arc-boutant à la rencontre de cette bouche qui la dévorait. Des sensations incroyables l'envahirent, gagnant en intensité jusqu'à l'étourdir. Elle se tendit convulsivement et poussa un cri à l'apogée de la volupté, tandis que des vagues de spasmes la secouaient.

— Préviens-moi si je te fais mal, dit Azrael d'une voix altérée en se dressant au-dessus d'elle.

Totalement abandonnée, elle écarta les jambes pour l'accueillir. Elle était prête pour lui et il poussa un grognement de plaisir. Les paillettes d'or qui brillaient dans ses yeux hypnotisaient Molly. Quand il s'enfonça plus profondément et se mit à bouger, elle retint un petit gémissement de douleur. Le premier rapport sexuel n'était jamais complètement indolore, mais elle était déterminée à en profiter également.

Azrael savourait l'instant. Malgré le désir furieux qui le taraudait, il s'efforçait de garder le contrôle. Plusieurs fois, il se retira et la pénétra, encore et encore, pour lui laisser le temps de s'habituer à lui. Cependant, son plaisir qui montait exigea bientôt l'assouvissement.

La tête de Molly retomba sur l'oreiller et elle ferma les paupières pour contenir l'ardeur des émotions qui l'envahissaient. De nouveau, un désir l'envahit, incoercible. Le rythme d'Azrael s'accélérait avec une puissance et un érotisme dont l'issue était inéluctable. Sa respiration se fit haletante et, brusquement, elle connut un deuxième orgasme, encore plus éblouissant que le premier, avec l'impression que le monde explosait dans un feu d'artifice multicolore. En même temps, dans une communion parfaite, Azrael s'effondra, vaincu lui aussi.

Lorsqu'elle reprit ses esprits quelques minutes plus tard, pelotonnée dans les bras d'Azrael, Molly eut l'impression de flotter sur un petit nuage rose, avec un sentiment de complétude qu'elle n'avait encore jamais éprouvé.

— C'était prodigieux... Je veux te garder, déclara Azrael à brûle-pourpoint.

— Comment ? bredouilla-t-elle timidement.

— Je ne veux plus te quitter... Je veux te garder, répéta-t-il très calmement, comme si c'était la chose la plus naturelle du monde.

Je veux te garder. Comme si elle était sa propriété, songea-t-elle, décontenancée.

— Il n'en a jamais été question et nous n'en avons pas discuté.

— Il n'y a rien à discuter, décréta-t-il.

Brusquement, il s'assit.

— Nous n'avons même pas pensé à nous protéger.

Elle l'interrogea du regard.

— Je n'ai pas mis de préservatif, je suis désolé...

— Il y a quelques semaines, cela n'aurait pas eu d'importance, répondit-elle d'un air inquiet. J'étais sous contraception, mais j'ai oublié ma pilule plusieurs jours de suite quand Tahir m'a kidnappée. J'avais l'intention de recommencer une plaquette à la fin du mois.

— Tu pourrais tomber enceinte, *aziz*, dit Azrael tranquillement. J'étais tellement excité que j'en ai oublié la prudence élémentaire. Si jamais cela arrive...

— Je n'en ai aucune envie ! protesta Molly. C'est

beaucoup trop tôt pour moi. Je ne suis pas du tout prête à être mère.

Elle était prise de court. Quelques minutes à peine après avoir connu l'intimité la plus parfaite avec cet homme, elle se rendait compte qu'il pensait et fonctionnait totalement différemment.

Les sourcils froncés, il se glissa hors du lit.

— Où est le problème ? Tu es ma femme ! Quoi de plus naturel que de porter mon enfant ?

Molly leva les yeux au ciel.

— Nous n'avons pas la même mentalité en Occident. Avant d'avoir un enfant, un homme et une femme discutent et prennent la décision *ensemble.*

Azrael se crispa.

— Si cela a autant d'importance pour toi, tu aurais dû y penser. J'ai peut-être oublié, mais toi aussi.

Molly n'était pas d'humeur à reconnaître ses torts. Vexé, Azrael, avait une expression hostile et outragée, comme si avoir un enfant de lui était un honneur qu'aucune femme normale n'aurait dédaigné...

En fait, Azrael venait de prendre conscience qu'il avait très envie d'être père, et surtout avec Molly. Il imaginait qu'elle saurait entourer un enfant de tendresse et d'affection, contrairement à la mère qu'il avait eue, trop distante et réservée. Mais ce rêve venait de se briser. Pourquoi rejetait-elle aussi brusquement cette idée ? Parce que c'était lui ?

— Je ferai attention à l'avenir, reprit-il, glacial. Et j'attendrai patiemment le jour où tu voudras bien *discuter* de cette chose pourtant très *naturelle.*

Molly pinça les lèvres sans rien répondre. Quoi qu'en dise Azrael, Djalia n'était pas un endroit très progressiste. Dans ce pays, on se mariait pour avoir des enfants, purement et simplement. Azrael ne comprenait pas qu'elle ait un point de vue différent.

— Maintenant, je dois te laisser, jusqu'à la cérémonie de demain, ajouta-t-il. Des domestiques viendront t'aider à te préparer.

M. Grincheux ne dissimulait même pas le soulagement qu'il éprouvait à quitter une femme dont les conceptions étaient si éloignées des siennes...

Je suis en train de tomber amoureuse de lui, se dit Molly dans un éclair de lucidité. Elle lisait en lui comme dans un livre et avait envie de le consoler. Il avait tort d'interpréter sa réaction comme un rejet violent. Mais elle ne voulait pas le détromper. Il fallait qu'il apprenne certaines choses. Elle ne plierait jamais sous l'autorité d'un homme.

Je veux te garder.

Croyait-il qu'il suffisait de déclarer son bon vouloir ? Elle retint un éclat de rire. Il n'aurait pas compris.

Elle aurait pu lui expliquer qu'elle n'était pas opposée à la maternité. Mais cela l'aurait amenée sur un terrain où elle n'était pas prête à s'aventurer avec lui. Quand elle aurait un enfant, ce serait par choix, pas par accident. En outre, elle n'avait aucune garantie que leur mariage dure.

Ils n'avaient parlé de rien lorsqu'elle avait accepté sa proposition. Azrael avait simplement promis de payer les factures de la maison de santé. Elle qui voulait toujours toutes sortes de garanties n'avait rien demandé. Le sexe, l'argent, la contraception, même le divorce, tout était resté dans le flou. Naturellement, il fallait s'attendre à des complications. Aujourd'hui, ils osaient à peine aborder les sujets délicats par peur de blesser leurs susceptibilités respectives. Ils avaient des points de vue si différents...

Azrael avait changé, inexplicablement. Au début, il reconnaissait avoir commis une énorme erreur en prétendant qu'ils étaient mariés. Il s'en mordait les doigts.

Je veux te garder. Il tenait un autre discours, maintenant. Que pouvait-elle répondre ? Que voulait-elle vraiment ? Il était trop tôt pour prendre des décisions qui risquaient de bouleverser son existence. Et elle se méfiait de son attachement pour un homme comme Azrael. Sous une apparence calme et pondérée, il était bien trop mystérieux et imprévisible. Avait-il des sentiments pour elle ? Ou ramenait-il tout au sexe ? Manquait-il à ce point de raffinement ? Ou était-elle trop cynique et suspicieuse ?

9

— Zahra !

En fin d'après-midi le lendemain, Molly, à sa grande surprise, reconnut un visage familier qu'elle accueillit avec un sourire ravi. Zahra avait été sa première élève à l'ambassade de Djalia à Londres. Fille de diplomate, la jeune fille avait tellement apprécié les leçons de Molly qu'elle l'avait chaudement recommandée comme professeure d'anglais pour Tahir.

— Ton mari pense que je peux t'être utile, expliqua la jolie brune. Pour t'expliquer les rituels de mariage.

— Je me marie à la mode traditionnelle ? demanda Molly avec intérêt.

— Bien sûr ! l'assura Zahra, amusée. Le premier mariage royal du siècle se doit de respecter nos coutumes. Il sera célébré dans le désert, chez les tribus nomades.

— Je compte sur toi pour me dire ce que je dois faire, chuchota Molly, soulagée d'avoir quelqu'un pour la conseiller et lui servir d'interprète.

— C'est un grand honneur pour moi et ma famille d'avoir était choisie pour tenir ce rôle, reprit Zahra. Ma mère est très fière.

Elle étouffa un rire.

— Mes parents espèrent aussi que tu me présenteras

à un beau parti… Mais j'aime autant te prévenir tout de suite, ils sont pour la plupart trop vieux pour moi. Beaucoup de jeunes gens sont morts en combattant Hashem et ses troupes.

— Comme c'est triste…

— Heureusement, le meilleur d'entre tous a survécu. Nous vénérons tous notre roi dont nous admirons la bravoure et la sagesse.

— Il est assez extraordinaire, acquiesça Molly en rougissant.

— Oui. Il est le seul, à Djalia, à pouvoir rassembler des factions opposées. Il a même réussi à préserver l'alliance avec le prince Firuz, cet affreux rétrograde. Mais c'est notre voisin le plus proche, nous ne pouvons pas nous brouiller avec lui. Et il a tout de même sauvé notre roi des griffes de Hashem quand il était enfant.

Molly hocha la tête en pensant qu'Azrael, avec les châtiments qu'il avait subis, avait payé très cher sa protection. Escortée par Zahra, elle monta dans l'un des véhicules tout-terrain garés devant le palais, pendant que les domestiques s'entassaient avec les bagages dans deux autres 4×4.

— Le prince Firuz n'assistera pas à la cérémonie parce qu'on y a incorporé des rites chrétiens, expliqua Zahra en faisant la moue. Il est très rigide. Je suis peut-être indiscrète en te racontant cela. Mon père aurait honte…

— Ne t'inquiète pas, cela restera entre nous. Je suis très curieuse et j'ai envie de tout savoir.

On les conduisit jusqu'à un petit terrain d'aviation où les attendait un hélicoptère. D'en haut, Molly découvrit un chantier de construction à l'arrière du palais.

— Des bureaux et les nouvelles cuisines, l'informa Zahra.

Ensuite, elles se turent car il y avait beaucoup trop de bruit pour bavarder.

Quand elles débarquèrent devant un campement de tentes noires, elles furent littéralement assaillies par des groupes de femmes qui poussaient des youyous stridents. Zahra les dispersa gentiment. Sinon, elles auraient assisté avec le plus grand naturel au bain de Molly dans un grand tub en cuivre doublé de lin blanc.

— Je reste dehors pour garder l'entrée, annonça Zahra en se détournant pudiquement pendant que Molly se déshabillait. Je leur ai expliqué que dans ta culture la toilette était une affaire strictement privée.

— Merci.

Même si elle était prête à faire quelques efforts, Molly n'avait guère envie de s'exposer à la curiosité générale. Elle se plongea dans l'eau parfumée d'huiles odorantes. Puis, enveloppée dans une serviette moelleuse, elle se dirigea vers l'endroit où on avait préparé ses vêtements et Zahra l'aida à agrafer sa robe.

— Elle est magnifique, soupira-t-elle en admirant la finesse de la dentelle et la coupe élégante. Tes photos vont sûrement lancer la mode des mariages à l'occidentale.

On apporta en fanfare un coffret en argent, à l'intérieur duquel Molly découvrit une somptueuse parure d'émeraudes.

— Le cadeau du marié, expliqua Zahra. Des bijoux royaux que le roi a hérités de sa mère. La princesse Nahla les a portés une seule fois dans sa vie, le jour où elle a épousé le prince Sharif.

Elle attacha le collier sur la nuque de Molly et accrocha les boucles à ses oreilles.

Molly eut l'impression de vivre un moment historique en rejoignant ce roi majestueux qui l'attendait gravement dans son habit traditionnel. À en juger par sa mine sévère, il était encore fâché. Peu importait, songea-t-elle avec une résignation un peu ironique. Sa vue suffit à réveiller en elle un désir fou, dont elle avait un peu honte et qui la mortifia. Elle en rougit.

Le célébrant, un pasteur américain, conduisit la cérémonie très simplement. Lorsque Azrael glissa un anneau d'or à son doigt, Molly se sentit véritablement mariée.

Dans son for intérieur, Azrael approuvait le choix de Molly pour cette robe d'un chic absolu, qui mettait discrètement ses formes en valeur. Les taches de rousseur, au bord de son décolleté sage, attiraient irrésistiblement son regard. Il adorait sa peau. En ce moment même, malgré la solennité de l'instant, un désir fulgurant le traversa. Ils s'étaient pourtant quittés en très mauvais termes. Comment pouvait-il avoir autant envie d'une femme qui refusait de porter son enfant ? Qui ne voulait pas fonder une famille avec lui ? Qui refusait catégoriquement d'envisager l'avenir... Elle l'avait rejeté avec une dureté qui ne lui laissait aucun espoir.

Dès la fin de la célébration religieuse chrétienne, qu'on avait spécialement organisée pour elle, un nouveau tourbillon emporta Molly. On lui enleva sa robe occidentale pour la revêtir de la tenue traditionnelle de Djalia, une longue gandoura vert émeraude, richement rebrodée de perles. On dessina ensuite un tatouage au henné sur ses mains et ses pieds, selon des motifs très élaborés. On lui vernit les ongles et on la maquilla à la mode orientale, avec du khôl et plus de fards qu'elle n'en avait l'habitude. Lorsqu'elle se regarda dans la glace, ses cheveux disparaissaient sous un voile tissé de fils d'or. Elle se reconnut à peine. Elle se demanda fugacement quelle version Azrael préférerait. La deuxième lui arracherait peut-être un sourire...

Il l'attendait en présence d'un imam solennel, avec le contrat de mariage en évidence sur une table, et leurs deux témoins, Butrus et Zahra. Avec l'aide de cette dernière qui traduisait, Molly répondit aux trois questions rituelles de l'imam avant d'apposer sa signature au bas de l'acte officiel. On l'installa ensuite sur les coussins d'une chaise à porteurs en bois, délicatement sculptée, que quatre hommes hissèrent sur leurs épaules pour la transporter sous une autre tente, immense, remplie d'une foule nombreuse. Les roulements de tambour se mêlèrent aux youyous et aux acclamations de joie. On amena ensuite Azrael jusqu'à l'estrade où elle trônait, avec encore plus de pompe et de cérémonie. Agenouillée à ses pieds, Zahra commentait les moindres détails. Des coupelles sur un plateau contenaient sept épices et aliments rituels censés préserver la pureté du corps. On leur servit une boisson à l'eau de rose et à la grenade qu'elle but distraitement, en dévorant des yeux Azrael, somptueusement vêtu.

— Son portrait était accroché à l'ambassade, à Londres, confia Molly à Zahra. Je ne savais pas qui c'était, à l'époque, mais je le trouvais déjà suprêmement beau.

— Sa Majesté plaît beaucoup aux femmes, répliqua Zahra avec un sourire. Si j'en crois Butrus, tu as séduit notre roi au premier regard.

Molly se demanda si c'était vrai. Mais il était fort possible qu'Azrael ait ressenti lui aussi cette décharge électrique qui l'avait littéralement tétanisée. Pendant que les musiciens prenaient place, des danseuses entrèrent pour jeter des friandises aux invités. Zahra s'éclipsa au moment où on dressait une table devant le couple royal.

— Elle a été merveilleuse, déclara Molly. Son aide m'a été très précieuse.

— Oui, tout est tellement nouveau pour toi. Tu dois être désorientée.

Malgré la magnificence du festin, Molly, un peu embarrassée de se retrouver au centre de l'attention, mangea du bout des lèvres. Elle finit tout de même par se détendre au cours de la soirée. Il régnait une atmosphère de liesse communicative et le spectacle l'enchanta. Elle fut particulièrement fascinée quand Azrael se produisit en exécutant un exercice acrobatique extraordinaire avec un sabre, sous de chaleureux applaudissements. De temps à autre, Zahra s'approchait pour présenter quelqu'un. Molly ne compta plus le nombre de fois où on la complimenta sur les émeraudes qui brillaient à son cou. Apparemment, tout le monde connaissait la signification symbolique de ces bijoux et se félicitait de les admirer publiquement.

Le couple royal quitta les festivités avant la fin, en hélicoptère.

— Où allons-nous ? demanda Molly.

— Tu verras. J'espère que j'ai fait le bon choix. Butrus m'a traité de fou. Normalement, nous aurions dû passer la nuit au campement.

Elle était contente d'échapper à la foule et aux débordements d'enthousiasme. D'un autre côté, elle avait un peu peur de se retrouver seule avec Azrael. Comment se comporterait-il en privé, débarrassé de la présence des journalistes et des photographes ?

Après l'atterrissage, il la prit dans ses bras pour la déposer à terre, parce qu'elle s'empêtrait dans ses voiles et ses soieries. Il lui tardait de se changer pour se mettre à l'aise. On ne voyait rien dans l'obscurité, malgré la lueur d'une torche contre un mur.

— Où sommes-nous ? questionna-t-elle, étonnée par le profond silence.

— C'est une surprise, répondit Azrael. L'hélicoptère reviendra nous chercher demain matin.

Ce qu'elle avait pris pour un mur était en fait une paroi rocheuse, remarqua-t-elle confusément.

— Je t'ai ramenée dans la grotte..., annonça-t-il, hésitant.

Ce fut seulement alors qu'elle comprit. Il avait dû faire un gros effort d'imagination pour se montrer romantique...

— Waouh ! s'exclama-t-elle avec une humeur enjouée.

Il guida ses pas dans le sable.

— La lune est pleine et le ciel constellé d'étoiles...

Il s'évertuait à lui faire plaisir, mais cela la déstabilisait. Elle aurait préféré garder ses distances, s'abstenir de relations sexuelles en attendant de voir où ce mariage les mènerait. Le sexe la rendait incapable de penser de manière cohérente... Mais comment résister maintenant qu'il l'avait conduite jusqu'ici, dans cet endroit chargé de souvenirs ?

Devant l'entrée de la grotte, des hommes en djellaba s'écartèrent pour les laisser passer, en s'adressant à Azrael dans leur langue.

— Ils sont très honorés de monter la garde pour nous, traduisit Azrael.

Molly leur sourit avant de pénétrer à l'intérieur, méconnaissable. Il y avait un vrai lit et des lampes disséminées çà et là. On avait aménagé un espace avec des tapis et des coussins devant le feu, et posé des serviettes au bord de l'eau. Sincèrement émue, elle se tourna vers Azrael.

— Tu as bien fait. C'est une merveilleuse idée.

Il la tira par la main.

— Comment t'es-tu arrangé pour faire apporter un lit jusqu'ici ? chuchota-t-elle, sidérée.

— J'ai été aidé par la même tribu qui nous ravitaillait ma mère et moi, expliqua-t-il tandis qu'elle ôtait son voile et secouait ses boucles rousses.

Elle enleva ses chaussures et s'assit au bord du lit. À ce moment-là, Azrael sortit un écrin de sa poche.

— Je voulais te l'offrir avant la cérémonie, mais nous n'avons jamais été seuls.

Molly resta sans voix devant une énorme émeraude ovale sertie de diamants, qu'il glissa à son doigt.

— Elle est splendide ! Merci.

— Je l'ai fait faire spécialement pour toi, pour aller avec le collier.

Contrairement à la parure royale, il s'agissait d'un cadeau personnel. Décemment, Molly ne pouvait pas entamer une discussion sur leur avenir. Azrael s'était surpassé, manifestement pour transmettre un message...

Je veux te garder.

La petite phrase résonnait constamment dans sa tête, comme une ritournelle. Elle aussi avait envie de le garder...

— Cela ne t'ennuie pas si je me baigne ? s'enquit-il

poliment en déroulant son turban. Il fait très chaud à l'intérieur et la journée a été longue.

— Bien sûr que non.

Inévitablement, la scène lui en rappela une autre, la première fois qu'elle l'avait aperçu de dos, nu.

Elle se leva pour se déshabiller et se coucher. Même si c'était leur nuit de noces, Azrael était probablement épuisé. Il aurait envie de dormir.

— Laisse-moi t'aider, murmura-t-il en soulevant la lourde gandoura pour la passer par-dessus sa tête. Garde les émeraudes. C'est une joie pour moi de les voir sur toi.

À son tour, il se débarrassa de sa tunique et du pantalon en lin qu'il portait dessous, avec son caleçon. La lumière tombait directement sur lui et Molly, soudain, poussa un cri.

— Ton dos..., s'écria-t-elle en s'approchant.

Elle effleura du bout des doigts les cicatrices qui entachaient la perfection de son torse sculptural.

— Que t'est-il arrivé ?

— Firuz m'a fouetté quand j'avais dix-sept ans, admit-il d'une voix contrainte en lui faisant face. Les marques se voient encore beaucoup ?

— Non... Non, elles sont très estompées, bredouilla-t-elle gauchement. Mais... On t'a vraiment fouetté ?

Il acquiesça du menton avant de s'éloigner vers le bord de l'eau. Manifestement, il n'avait guère envie de s'étendre sur le sujet.

Mais Molly le suivit, incapable de retenir la question qui lui brûlait les lèvres.

— Mais pourquoi ?

— Quand Firuz a épousé ma mère, il était convenu, entre Hashem et lui, que ni ma mère ni moi n'aurions de contacts avec les rebelles qui tentaient de renverser le régime en place à Djalia. Mon beau-père avait très peur de déplaire à Hashem parce que le Quarein est un pays pauvre, sans force militaire à proprement parler.

— Oui ?... encouragea Molly.

Azrael, cependant, n'en dit pas davantage et plongea pour ressortir un peu plus loin. Avec un soupir, Molly surmonta ses hésitations et le rejoignit.

— Et donc ? insista-t-elle en rompant le silence.

— Depuis que Hashem avait exécuté mon père, ma mère était devenue sa pire ennemie, la plus implacable. C'était une femme très courageuse. Elle a levé des fonds pour les rebelles, dont elle était *de facto* le chef, jusqu'à ce que je sois assez âgé pour prendre la tête du mouvement. Elle utilisait le Quarein comme base arrière, mais sa vie auprès de Firuz était très dure. C'est un homme emporté qui peut se montrer extrêmement brutal. Le jour où Hashem a intercepté des messages téléphoniques entre son palais et les rebelles, il a immédiatement averti Firuz, ce qui a mis gravement ma mère en danger.

— J'imagine, chuchota Molly.

— Pour la protéger, je me suis dénoncé à sa place, et il m'a condamné au fouet. Je pense qu'il savait la vérité, mais il aimait ma mère à sa manière. Malgré tout, il fallait punir quelqu'un pour contenter Hashem.

— Je connais au moins un de tes sombres secrets, maintenant, dit Molly en effleurant son bras, mais sans oser le toucher vraiment.

Sa modestie et son courage l'honoraient. Ses qualités émouvaient Molly. Un homme fort comme lui la protégerait en toutes circonstances.

— Quel besoin as-tu de savoir ces choses ? questionna-t-il d'un air étonné.

— Je ne sais pas, mais cela m'intéresse.

Il la fixa de ses yeux d'or.

— Tu es une femme étrange.

— Les différences qui nous séparent me fascinent, répliqua-t-elle d'une voix mal assurée.

Azrael se pencha, captura ses lèvres charnues et lui prit la main pour la poser sur son sexe, comme s'il devinait sa timidité. Molly commença à le caresser doucement et il retint son souffle de peur de rompre le charme. Puis, tout à coup, dans un élan incontrôlé, il la souleva dans ses bras en la pressant avidement contre lui et courut jusqu'au lit, avec un enthousiasme plein d'exubérance.

— Nous allons tout mouiller ! protesta-t-elle.

Pour toute réponse, il éclata de rire, s'écartant un peu pour la contempler avec une expression émerveillée. En même temps, une idée un peu déplaisante se rappela à lui. Elle ne voulait pas de son enfant... Il la rejeta résolument, comme une chose ennuyeuse à laquelle on ne pouvait rien et qu'il valait mieux oublier. Pour la première fois de son existence, il décida de vivre l'instant, sans se soucier de l'avenir. Il voulait juste savourer le bonheur de vivre, sans regarder ni en avant ni en arrière. Pour sa nuit de noces, il n'était plus le roi de Djalia, mais simplement un homme à l'appétit vorace qui allait se rassasier des plaisirs de la chair.

Molly le repoussa contre les oreillers au moment où il allait l'embrasser à nouveau.

— À mon tour, déclara-t-elle, le rouge aux joues.

D'abord, elle le regarda longuement. Puis elle promena les paumes sur ses épaules et son torse, et descendit plus bas, le long de son ventre, jusqu'à son sexe érigé. Il ne la quittait pas des yeux, mais cela ne la gênait pas. Elle avait au contraire l'impression de le tenir en son pouvoir, à sa merci.

— Je risque d'être un peu maladroite, fit-elle.

Mais il se prêta volontiers à l'expérience. Lorsqu'elle le prit dans sa bouche, avec ses boucles cuivrées qui se répandaient sur le haut de ses cuisses, il vécut un moment d'érotisme absolu. Il fut même obligé de retenir son plaisir. Puis, quand cela devint impossible, il l'attira vers lui, cherchant éperdument sa bouche et ses seins voluptueux qu'il adorait.

— Je te veux... Je ne peux plus attendre, grogna-t-il d'une voix rauque.

Elle sursauta de surprise quand il se leva prestement pour aller fouiller dans un tiroir et revint avec un préservatif qu'elle le regarda mettre impatiemment. Elle ouvrit largement les bras. Une pulsation insistante creusait son ventre, que seul Azrael saurait calmer. Il la pénétra d'un seul coup et elle eut envie de crier, mais se retint en se souvenant des hommes qui montaient la garde à l'entrée de la grotte. Un gémissement sourd lui échappa. Ensuite, le monde extérieur cessa d'exister. Inexplicablement, elle avait seulement peur qu'il s'arrête. Elle ne l'aurait pas supporté.

Son cœur battait très vite, emplissant ses oreilles. Azrael accéléra le rythme de ses va-et-vient, qu'elle accompagnait de ses hanches. Le souffle court, elle s'abandonna totalement à la fureur indicible qui les emportait toujours plus loin. Après une éternité comme suspendue, elle sombra, vaincue par des convulsions irrépressibles, inouïes d'intensité.

Tandis qu'elle flottait dans une semi-inconscience, allongée près de son mari, Molly songeait que la perspective d'un bébé avec Azrael n'était pas forcément catastrophique. Elle en serait peut-être même heureuse. C'était un amant accompli. En plus d'être beau, courageux, noble, honnête... Le lieu extraordinaire qu'il avait choisi pour leur nuit de noces l'influençait peut-être aussi, ainsi que ses cadeaux somptueux. Mais, surtout, elle lui donnait son cœur parce qu'il était un vrai héros. Il avait souffert des horreurs inimaginables qu'il préférait taire modestement pour ne pas l'inquiéter. En pensant au jeune et fier Azrael qui choisissait d'endurer la douleur et l'humiliation afin d'épargner sa mère, elle se représentait un petit garçon à son image...

— À propos du bébé..., lança-t-elle en hésitant.

— Oublions cela, coupa-t-il. J'ai tenu des propos irrationnels.

Déconcertée par sa réponse, Molly se tut. C'était elle maintenant qui se sentait rejetée. Azrael avait réfléchi de son côté, mais pour parvenir à une conclusion diamétralement opposée. Il avait changé d'avis. Il n'avait plus envie de se projeter dans l'avenir avec elle et un enfant. Il en avait parfaitement le droit. Mais cela signifiait-il qu'il ne voulait plus la garder ? Dans ce cas, que devait-elle faire ?

Il ne lui avait jamais demandé de l'aimer. C'était sa faute si elle est tombée amoureuse. Elle n'avait qu'à s'en prendre à elle-même. Tout avait commencé le jour où elle avait vu son portrait à l'ambassade de Djalia...

Cependant, dès le début, il avait seulement été question d'un mariage de quelques mois. Azrael avait peut-être compris que cette option lui convenait mieux, finalement. Projetait-il d'épouser ensuite la princesse Nasira, quand la parenthèse serait refermée ?

En temps normal, Molly lui aurait posé la question.

Mais son amour-propre le lui interdisait. Elle n'avait pas assez confiance en elle.

Trouverait-elle jamais l'amour ? Elle s'efforça de refouler ses pensées tumultueuses. Il ne servait à rien de se tourmenter pour quelque chose qu'on ne pouvait pas changer. Si Azrael ne voulait pas d'elle, la raison commandait de prendre du recul et de se détacher au lieu d'entretenir de faux espoirs.

10

— Tu as oublié quelque chose d'important, dit Molly.

Azrael lui avait demandé son avis sur un vaste projet immobilier pour la capitale de Djalia.

— Si tu veux attirer des experts pour développer l'économie de ton pays, il faudrait monter une école internationale…

Azrael haussa les sourcils.

— Alors que notre système scolaire est encore tellement rudimentaire ?

— Il faut établir des priorités, remarqua Molly. Tu as besoin de spécialistes étrangers et ils n'accepteront pas de s'installer ici pendant plusieurs années sans leur famille. Ils voudront offrir à leurs enfants une scolarité qui leur permette de poursuivre leurs études à l'université lorsqu'ils rentreront chez eux.

Azrael s'absorba dans ses réflexions. Avec sa perspicacité, Molly abordait souvent les problèmes d'un point de vue différent, imaginant des solutions auxquelles il n'avait pas pensé. Elle était intelligente et progressiste.

Elle avait raison. Pour recruter les meilleurs spécialistes, les ingénieurs et les cadres qui propulseraient

Djalia dans le XXIe siècle, il fallait leur proposer des conditions intéressantes.

— Zahra est enseignante, déclara-t-il. Parles-en avec elle.

Molly rosit de plaisir.

— Elle est plus qualifiée que moi pour concevoir ce projet.

— Mais c'est toi qui as eu l'idée. À toi de la mettre en œuvre. Ce sera ta punition, conclut-il en riant.

C'était plutôt une récompense. En deux mois, Molly avait suffisamment gagné la confiance et le respect d'Azrael pour qu'il lui donne des responsabilités importantes. Elle s'en réjouissait secrètement. En dépit de ses efforts, elle n'avait pas réussi à garder ses émotions à distance, encore moins à refouler ses frêles espoirs. Elle aimait Azrael de toute son âme. Chaque moment passé avec lui renforçait ses sentiments. Jusque-là, à part Maurice, personne ne l'avait écoutée avec une véritable attention. Et aucun homme n'avait jamais exprimé un désir comme le sien. Mais, habitée par une insécurité fondamentale qui lui venait de son enfance, elle avait peur de ne pas être digne d'amour. Cela confinait parfois à la terreur. Elle avait l'impression de vivre un rêve qui pouvait s'effondrer d'un moment à l'autre. Le jour où Azrael la verrait telle qu'elle était vraiment, il ne comprendrait pas ce qu'il faisait avec elle et la congédierait.

Pour cette raison, elle s'abstenait de poser la question qui la taraudait. Elle se taisait au lieu de demander combien de temps leur mariage continuerait. Elle se raisonnait. Il valait mieux étouffer son angoisse et profiter de l'instant, sans penser à ce qu'elle deviendrait quand tout serait fini.

Ils avaient passé les premières semaines à visiter le pays en hélicoptère. Molly avait tout vu, depuis le désert aride qui abritait encore des tribus nomades jusqu'aux champs pétrolifères et aux terres plus fertiles et montagneuses du nord. Zahra, qui l'accompagnait très souvent pour lui servir d'interprète, était devenue une amie. Néanmoins, Molly conservait ses secrets en essayant de ne pas trop ressasser.

Molly et Azrael avaient tous les deux été embarqués malgré eux dans l'aventure du mariage, sans réfléchir. Depuis la cérémonie officielle, le sujet était mystérieusement devenu tabou. Exactement comme le bébé depuis qu'Azrael avait battu en retraite en refusant de discuter. Molly avait parfois l'impression de vivre dans le monde irréel d'une série à l'eau de rose.

Du coup, ce projet concret d'école internationale, qui ne pouvait se réaliser que dans le long terme, boosta sa confiance en elle. D'autres indices la confortaient dans l'idée que leur mariage allait durer. Azrael avait pris le temps de l'accompagner à Londres pour faire la connaissance de son grand-père. Ils y étaient même retournés et il traitait Maurice comme un proche parent. Lors de leur dernière visite, il avait partagé avec sincérité la joie de Molly lorsque son grand-père, pour la première fois depuis des mois, avait reconnu sa petite-fille et évoqué quelques souvenirs.

En fait, Azrael était le mari idéal. Ils s'étaient découvert des goûts communs, comme le sport. Ils se rendaient ensemble tous les matins au gymnase du palais, au rez-de-chaussée. Ils partageaient aussi les mêmes valeurs morales. Sur un plan plus intime, Molly avait la chance d'avoir épousé un amant empressé et attentif et elle se sentait la plus sexy des femmes. Il la surprenait régulièrement avec de petits cadeaux, des parfums ou des bijoux et même de la lingerie. Son embarras, le jour où il lui avait acheté une parure affriolante, le rendait encore plus attachant à ses yeux.

En réalité, sans doute à cause de l'existence très rude qu'il avait menée, Azrael n'était guère plus sophistiqué qu'elle-même. Cela la rassurait. Le vif intérêt qu'il portait à son peuple l'impressionnait, ainsi que sa puissance de travail et les longues heures qu'il consacrait à sa charge. Il était infatigable. En plus de l'aimer, elle l'admirait et le respectait et était incroyablement heureuse d'être sa femme.

Cependant, il survenait aussi des moments de contrariété qui menaçaient son cocon de bien-être. Quinze jours après leur premier rapport sexuel non protégé, elle avait eu ses règles comme d'habitude, avec une légère déception, mais en se reprochant cette déconvenue parce qu'il ne semblait guère souhaitable de concevoir un enfant dans leur situation précaire. Azrael pensait manifestement la même chose, car il n'avait plus jamais oublié de prendre ses précautions.

— Au moins, tu n'auras plus à t'inquiéter, avait-il dit en croyant la rassurer.

Les sous-entendus de cette remarque sibylline avaient hanté Molly pendant des semaines. Était-ce une manière discrète de lui rappeler que leur mariage n'était que temporaire ? Que le divorce viendrait en son temps, même si la date n'était pas encore fixée ? À la perspective de perdre Azrael, une tristesse infinie étreignait Molly. Elle n'osait imaginer dans quels abîmes de souffrance elle tomberait. En peu de temps, cet homme était devenu tout pour elle.

Molly avait l'impression d'avoir manqué de chance

et d'amour au cours de son existence. Même si son grand-père l'avait entourée d'affection, avait-il vraiment eu le choix ? À l'époque, elle n'avait nulle part où aller, il était son seul refuge. Son père l'avait laissée partir sans réclamer son droit de visite parce que sa femme lui importait plus que son enfant. Elle avait souvent eu envie de lui demander des comptes. Mais le courage lui avait manqué, par peur de souffrir davantage s'il osait lui dire la vérité en face.

Dans la situation présente, la même crainte la retenait. Qui sait si, poussé dans ses retranchements, Azrael n'en profiterait pas pour rompre prématurément, alors qu'elle pouvait encore grappiller quelques instants de bonheur...

Le portable d'Azrael sonna et il décrocha aussitôt. En l'espace de quelques secondes, Molly comprit qu'il se passait quelque chose de grave. Son attitude changea complètement. Il se dressa d'un bond, des éclairs dans les yeux. Son expression reflétait un mélange d'irritation et de vive inquiétude. Les poings serrés, il posa plusieurs questions en cascade en faisant les cent pas comme un lion en cage, furieux et sous tension.

— Je dois partir, annonça-t-il abruptement en raccrochant.

— Qu'est-il arrivé ?

— Tu n'as pas besoin de savoir, maugréa-t-il.

— Pourquoi ? Bien sûr que si !

Mais la sonnerie retentit de nouveau. Apparemment, ce deuxième appel était de nature différente. Il ferma les yeux en grinçant des dents avec une grimace et prononça quelques phrases courtes et mesurées, sur un ton beaucoup plus pondéré. Molly plissa le front croyant reconnaître le nom de Tahir. Avait-il provoqué un nouveau désastre ?

À peine Azrael avait-il terminé sa conversation que Butrus frappa à la porte, tout rouge et essoufflé d'avoir monté l'escalier quatre à quatre.

— Il s'agit… euh… d'un incident diplomatique, dit Azrael. Je dois m'en occuper personnellement.

À ces mots, il s'éloigna en parlant à voix basse à Butrus.

Molly poussa une exclamation rageuse. Pourquoi faisait-il tant de mystères ? D'habitude, il ne lui cachait rien.

Elle proposa à Zahra de la rejoindre pour déjeuner. Mais son amie paraissait si mal à l'aise que Molly lui en demanda la raison.

— J'ai conscience que tu te retrouves dans une situation très délicate, expliqua Zahra d'un air d'excuse.

Molly se raidit.

— Comment cela ?

— Avec l'arrivée du prince Tahir. Le roi doit être lui aussi très embarrassé. Tahir est à la fois son petit frère qui appelle au secours et le kidnappeur de sa femme…

— J'ignorais que tu étais au courant de mon enlèvement, confia Molly en se demandant pourquoi Tahir avait besoin de son frère.

— Le scandale a été retentissant, même s'il est resté circonscrit au petit monde de la diplomatie. Tout le monde a été très choqué, dans les hautes sphères. Tahir a forcément eu des complices. Ces gens-là auraient dû intervenir, au lieu de lui obéir servilement par peur des retombées. Je ne m'excuserai jamais assez de t'avoir recommandée comme professeure auprès du prince.

— Oh ! pour l'amour du ciel ! Ce n'est pas ta faute ! s'écria Molly. Tahir est seul responsable. Mais que fait-il ici aujourd'hui ?

— Je me charge de répondre, lança Azrael depuis le seuil.

À sa vue, Zahra se leva immédiatement et s'inclina très bas devant lui, avant de disparaître en bredouillant quelques mots d'excuse dans sa langue.

— Normalement, je n'aurais pas dû être obligée d'interroger Zahra, remarqua Molly, sur la défensive. Pourquoi suis-je la dernière à savoir ce qui se passe ?

— Parce que je ne voulais pas te contrarier ou t'inquiéter, tout simplement, répondit Azrael. Une fois de plus, Tahir a fait des bêtises et je dois réparer les dégâts. Mais, pour être tout à fait franc, je dois reconnaître que son père a exagéré et est largement responsable de sa fugue...

— Tahir s'est enfui ?

— Si ce n'était que cela...

Azrael eut une moue sardonique.

— Il est poursuivi par les soldats du Quarein après avoir forcé un barrage de sécurité. Il y a eu une escarmouche entre les soldats à la frontière. Les autorités du Quarein exigeaient qu'on leur remette leur prisonnier, mais nos gardes ont refusé de le livrer parce que son état de santé nécessite des soins médicaux. Il réclame l'asile et le statut de réfugié politique.

Molly écarquilla des yeux stupéfaits.

— *Tahir ?*

— Légalement, il en a le droit... Tout juste. Je suis déchiré entre la colère et l'empathie, mais le prince Firuz est fou de rage.

— Tahir est passé maître dans l'art de s'attirer des ennuis, soupira Molly en secouant la tête.

— Je suis désolé de devoir l'accueillir sous mon toit. Tu dois être complètement retournée.

— Je ne suis pas sensible à ce point ! protesta-t-elle. C'est certainement beaucoup plus ennuyeux pour toi.

— Tu es très généreuse. Comme vous dites en Occident, je suis pris entre le marteau et l'enclume. J'ai pitié de lui parce que c'est mon frère et je sais ce qu'il endure pour être passé par là… Son père l'a fouetté pour le punir de ce qu'il t'a fait.

Molly blêmit, horrifiée. En réclamant un châtiment pour lui ôter toute envie de recommencer, elle était loin d'imaginer de tels sévices.

— Firuz dépasse toujours les bornes, déclara Azrael. Il n'a aucun sens de la mesure. Depuis sa naissance, Tahir a été choyé et dorloté parce que c'est un enfant unique. Mais on ne forme pas un futur leader en le gâtant outrageusement, et en lui infligeant ensuite une cruauté sans nom, que même un adulte ne supporterait pas. Tahir est au fond de la détresse. Il est complètement désemparé et a pleuré dans mes bras comme un enfant terrorisé. Comment pourrais-je l'obliger à rentrer au Quarein auprès de son père ?

Molly s'efforça de garder la tête froide pour réfléchir.

— Qu'il reste ici jusqu'à ce que les esprits se calment. Il n'y a rien à gagner à une confrontation entre père et fils tant que la colère n'est pas retombée. Il vaut mieux prendre son mal en patience et ne pas ébruiter l'affaire.

Un sourire de gratitude étira les lèvres d'Azrael tandis qu'il contemplait le beau visage concentré de Molly.

— C'est exactement ce que je pense. Tu es admirable. Combien de femmes, à ta place, auraient exigé que je le jette dehors ?

— D'après ce que tu dis, il a largement payé pour son méfait...

Et sans lui, je ne t'aurais jamais rencontré, ajouta-t-elle intérieurement. Le rouge lui monta aux joues, cependant qu'un désir ardent, viscéral, l'aiguillonnait. Au même instant, elle croisa le regard d'or d'Azrael. Des réminiscences de leur dernière nuit affleurèrent à sa mémoire et elle devint carrément écarlate, avec des picotements dans tout le corps. Changeant brusquement de position, elle croisa les bras dans une attitude défensive, honteuse d'éprouver un tel émoi dans un moment pareil. Sa gorge se contracta nerveusement.

— Dès que le médecin m'y autorisera, je le ferai transporter ailleurs, déclara Azrael avec détermination.

Il se détourna et alla jusqu'à la fenêtre pour réprimer les pulsions charnelles qui l'assaillaient toujours en présence de sa femme. Jamais il ne parvenait à assouvir complètement son désir, en dépit des nombreuses fois où ils faisaient l'amour. Il ne se rassasiait pas de Molly. Au contraire, le sexe avec elle devenait une puissante addiction.

— Son état est si grave ? demanda Molly, consternée.

Azrael acquiesça sombrement.

— Firuz s'est comporté comme un imbécile. Son pire ennemi n'aurait pas mieux fait. Il a perdu l'amour et la confiance de son fils. Il leur faudra beaucoup de temps avant de se réconcilier.

— Il a agi pareil avec toi.

— Certes. Mais nous n'étions pas du même sang et j'étais aussi beaucoup plus résistant que Tahir.

Firuz s'est affolé parce qu'il a très peur du scandale. En plus, il désapprouve totalement la liberté sexuelle et ne tolère pas des mœurs dissolues, encore moins chez son fils que chez les autres. Mais ce qui est fait est fait.

Molly le rejoignit et posa les mains sur ses épaules nouées par la tension.

— Tu n'es pour rien dans tout ceci. Ne te tracasse pas inutilement. Tahir a mal agi et son père aussi.

La mine sombre, Azrael se tourna vers elle.

— Je regrette ce qui arrive. Cela doit te rappeler des moments difficiles...

— Ne t'inquiète pas, tu n'es pas responsable, murmura-t-elle doucement. Tu ne peux pas résoudre les problèmes d'un coup de baguette magique. C'est à Tahir et à son père de les régler. Cela paraîtra-t-il dans les journaux ?

— Non. Heureusement, la presse est très modérée chez nous. Il y aura quelques rumeurs, inévitablement, mais personne n'osera attiser l'animosité de notre plus proche voisin, et encore moins m'embarrasser, parce que Tahir est mon frère. Il est tellement inconscient et provocateur...

— Arrête d'y penser, le pressa Molly.

Il soupira.

— Nous sommes obligés de sortir, ce soir. Il y a une réception à l'ambassade du Quarein à laquelle nous sommes invités. Firuz présidera. Dans l'humeur qui est la sienne, cela promet d'être une vraie corvée. Avant même son arrivée, il a exigé qu'on lui rende son fils.

— Tout se passera bien, le rassura Molly tranquillement.

Il prit son visage entre ses mains et saisit sa bouche

avidement. Aussitôt, Molly s'embrasa et se pressa contre lui fébrilement. Au moment où il la prenait par la taille dans un geste possessif, un coup frappé à la porte les dérangea et il poussa un grognement de frustration.

Accoutumée à ce genre d'interruptions, Molly recula de quelques pas et se retourna afin de cacher ses lèvres gonflées et ses pommettes rouges. Puis elle se retira pour se préparer en vue de la réception. Puisqu'elle allait rencontrer le prince Firuz en personne, elle choisit une tenue traditionnelle.

Pendant qu'elle se maquillait, Azrael, dans le plus simple appareil, se dirigea vers la douche qu'elle avait fait installer depuis peu au palais.

— Je peux mettre les émeraudes ? demanda-t-elle. Je ne voudrais pas rappeler de mauvais souvenirs à ton beau-père.

— N'aie aucune crainte. Ma mère ne les a plus portées après la mort de mon père, répondit-il.

Il fronça les sourcils en regardant sa gandoura.

— Pourquoi es-tu habillée ainsi ?

— Ton beau-père est très proche des traditions...

— Ne te préoccupe pas de lui. Habille-toi comme bon te semble.

Molly se changea en hâte et mit la robe verte qui plaisait tant à Azrael.

— Tu es superbe, murmura-t-il en l'aidant à agrafer le collier sur sa nuque. Il me tarde déjà de rentrer pour te séduire, mais je te laisserai le soin de te déshabiller.

Elle gloussa en se remémorant ses tentatives infructueuses, la première fois. Au moment où ils descendaient l'escalier, Butrus annonça à Azrael que le docteur désirait s'entretenir avec lui au sujet de Tahir.

Dix minutes plus tard, avec l'assurance que le roi la rejoindrait dès que possible, Molly pénétrait dans le salon chichement décoré de l'ambassade du Quarein, où se tenait la réception. Un petit homme sec à la barbe grisonnante se dirigea à sa rencontre, accompagné de l'ambassadeur qui fit les présentations. Le prince la considéra froidement tandis qu'elle excusait le retard d'Azrael d'une voix crispée. Firuz n'était pas dans les meilleures dispositions à son égard.

— Votre Altesse, dit-elle poliment en tirant sa révérence, selon les conseils avisés de Zahra.

Malgré un échange de propos courtois, l'atmosphère était extrêmement tendue. Tous les invités, sans aucun doute, savaient que Tahir avait fugué pour chercher refuge chez son frère. Quand quelqu'un appela l'ambassadeur, Molly resta seule avec le prince.

— Vous êtes une femme très intelligente, remarqua le prince Firuz avec raideur.

Redressant les épaules, Molly décida de l'affronter sans faux-fuyants.

— Pourquoi ?

— Vous commencez par aguicher mon fils en le rendant fou de désir. Ensuite, vous séduisez et épousez mon beau-fils, déclara-t-il avec une amertume acerbe. Mais vous ne régnerez jamais, je peux vous l'assurer.

— Vraiment ? répliqua-t-elle d'un ton neutre, déterminée à ne pas répondre à la provocation.

Elle n'avait aucune raison de s'abaisser au niveau de Firuz.

— Ma nièce Nasira deviendra reine de Djalia lorsque Azrael la prendra comme deuxième épouse. C'est elle qui sera sa vraie femme, proclama-t-il avec un sourire mauvais. Vous ne serez qu'une distraction, un amusement. Si vous n'êtes pas prête à partager votre mari avec une autre, je vous conseille de vous retirer tout de suite.

Malgré les gouttes de transpiration qui perlaient à ses tempes, Molly refusa de réagir. Toute tremblante, elle avait les jambes en coton et se sentait au bord de la nausée. Une seconde épouse ? Même si elle ne voulait pas envisager cette éventualité, elle n'avait jamais abordé le sujet avec Azrael... Dans ce pays encore attaché aux coutumes ancestrales, la bigamie pouvait parfaitement être légale. D'ailleurs, l'infâme Hashem avait entretenu un harem. C'était de notoriété publique.

Une main solide la prit par la taille et Azrael s'adressa fermement à Firuz, dans leur langue, probablement pour lui donner des nouvelles de Tahir. Un silence glacial accueillit ses paroles. Puis, avec un regard assassin, le vieil homme tourna les talons sans rien ajouter.

— Nous prendrons congé d'ici une demi-heure, déclara Azrael d'une voix tendue. Tu aurais dû amener Zahra...

— Nous étions en retard et elle était déjà repartie chez elle. Je n'ai pas voulu la déranger, sachant que tu devais me rejoindre très vite.

Son calme apparent ne trompa pas la perspicacité d'Azrael.

— Tu es très pâle. Que s'est-il passé ?

— Je te le dirai plus tard... Pas ici, murmura-t-elle, mal à l'aise.

Elle n'était même pas certaine de pouvoir répéter les propos de Firuz.

Fallait-il accorder de l'importance à ces absurdités ?

C'était de la pure méchanceté. Le prince Firuz était furieux qu'Azrael ait épousé une banale roturière anglaise à la place de sa nièce bien née aux multiples talents. Il accusait en outre Molly d'avoir corrompu son fils et ne semblait pas avoir une grande affection pour Azrael...

— Tahir a besoin de soins médicaux. Il n'est pas en état de voyager, même s'il le voulait, ce qui n'est pas le cas, dit Azrael dans la voiture, quand ils rentrèrent au palais. Je ne peux pas le rejeter. D'un autre côté, je dois aussi te ménager...

— Ne t'inquiète pas pour moi, le rassura Molly. Je suis parfaitement capable de gérer un adolescent en crise, surtout s'il est malheureux. C'est ton frère et il a besoin d'aide, quoi qu'il ait fait.

Elle leva la main pour lui intimer silence.

— Non, ce n'est ni de la noblesse d'âme ni de la générosité, parce que je ne lui ai pas encore pardonné. Je suis simplement pragmatique. Nous ne pouvons pas le jeter dehors. De toute façon, Tahir a droit à une deuxième chance, comme tout le monde.

— Nasira me conseille de le forcer à rentrer au Quarein.

Une lueur d'irritation s'alluma dans les yeux verts de Molly.

— Tu es en contact avec elle ?

— J'ai parlé avec elle quand tu étais à Londres. Depuis, elle m'envoie des messages de temps en temps.

— Tu l'as vue ou tu lui as téléphoné ? questionna Molly, au bord de l'écœurement.

— Je suis allé à Dubaï pendant ton absence, pour une soirée de gala. Son oncle l'avait amenée, manifestement pour provoquer une rencontre en public. Elle était très mal à l'aise sans son voile. Elle m'a fait pitié.

Molly digéra l'information en silence. Il communiquait par texto avec une autre femme. Quelle révélation ! Azrael avait au moins la franchise de l'avouer, mais aurait-il été aussi honnête si les circonstances ne l'y avaient pas poussé ? Elle avait l'impression que le monde s'écroulait sous ses pieds.

Alors, que t'a dit Firuz ? reprit-il abruptement.

— Je n'ai pas envie d'en parler. J'ai un peu mal à la tête.

Il plissa le front.

— Il t'a contrariée...

— Non, non...

Heureusement, ils arrivaient. Elle avait besoin de recouvrer son sang-froid avant d'aborder le sujet. Si Azrael et Nasira étaient en relation et communiquaient régulièrement, les allégations de Firuz devenaient plus plausibles. S'était-elle montrée trop naïve, encore une fois ?

Elle monta directement à l'étage, mais Azrael la suivit, déconcerté par son attitude fuyante.

— Je veux savoir exactement ce que Firuz t'a dit avant mon arrivée.

Molly pâlit.

— Tu insistes ?

— Oui, répondit-il d'un ton arrogant. Tu es très fâchée, c'est évident...

La colère emporta Molly.

— Je suis furieuse contre toi parce que je ne peux pas te faire confiance ! Tu es en relation avec une autre femme...

Il roula des yeux effarés.

— N'en fais pas un drame ! Ce n'est pas du tout ce que tu imagines. Nasira serait très choquée de savoir...

— Oh ! vraiment ? coupa Molly rageusement.

Pourtant, elle ne se gêne pas pour envoyer des textos à un homme marié ! En plus, Firuz voulait que tu l'épouses, non ?

— Il me l'a fortement suggéré, admit Azrael. Mais à l'époque ce genre de sujet était très éloigné de moi. J'étais trop occupé pour envisager le mariage avant plusieurs années. Pareille décision requiert du temps et de la réflexion. Je préférais attendre avant de m'engager.

Molly se détourna pour dissimuler ses émotions. Chacun de ses mots la blessait cruellement en confortant ses doutes. Il s'était marié uniquement pour se sortir d'un mauvais pas et sauver les apparences. C'était comme si un vent violent soufflait brusquement, emportant les beaux souvenirs des deux derniers mois.

Son séjour à Djalia, avec l'intimité qu'ils partageaient, avait malheureusement brouillé les limites de l'étrange contrat qu'ils avaient conclu. Car Azrael ne se comportait pas comme un mari « de circonstance ». Au contraire, il jouait son rôle d'une manière très convaincante, donnant l'impression de désirer et de chérir réellement sa jeune épouse. C'était trop beau pour être vrai... La réalité rattrapait Molly, comme si elle ne méritait pas de vivre un conte de fées. L'intervention de Firuz avait réveillé son insécurité fondamentale.

Elle inspira profondément.

— Nasira, donc...

— Nasira n'a rien à se reprocher, coupa Azrael impatiemment. Elle n'a rien fait de mal et souffre seulement d'être sous la coupe de son oncle.

— Tu es très empressé à la défendre ! s'écria Molly vivement.

— Je t'assure qu'il n'y a aucune ambiguïté entre nous, déclara-t-il avec un mélange de sécheresse et d'exaspération. Elle m'a simplement conseillé de ne pas m'interposer entre Firuz et son fils. En temps normal, j'aurais écouté la voix de la sagesse, mais elle ne se rend pas compte de la gravité de la situation. Tahir menace de se tuer si je le renvoie chez son père !

L'information relégua évidemment les angoisses de Molly au second plan.

— Il veut se suicider ? lança-t-elle, consternée.

— D'après le psychiatre, quelques semaines loin de son cadre de vie habituel suffiront à le remettre sur pied.

— Je suis désolée... Je n'imaginais pas qu'il allait si mal, murmura-t-elle, embarrassée. Tu aurais dû m'expliquer.

— J'en avais l'intention, mais je ne me rendais pas compte moi-même de son état avant de discuter avec le psychiatre. Un séjour au calme lui fera du bien.

Il soupira.

— Légalement, mon frère est mineur. J'espère seulement que Firuz sera suffisamment compréhensif pour lui laisser le temps de se rétablir, moralement et physiquement. Il pourrait me traîner devant les tribunaux, mais il n'osera sans doute pas s'exposer à une publicité fâcheuse.

— Pauvre Tahir...

— Cela s'arrangera, conclut Azrael pour clore le sujet. Maintenant, pour en revenir à ton obsession avec Nasira...

— Je ne suis pas obsédée ! protesta Molly. Simplement, tu aurais dû être plus franc avec moi, surtout quand Firuz a organisé une rencontre juste avant notre mariage. Il espérait peut-être te faire changer d'avis à la dernière minute !

Azrael lui jeta un regard froidement interrogateur.

— Molly, réfléchis à ce que tu dis et sois un peu conciliante. J'ai connu Nasira quand elle était toute petite et je ne l'avais pas revue depuis. De toute manière, j'étais déjà légalement marié avec toi avant la cérémonie officielle.

Cela ne suffisait pas à dissiper l'anxiété que les insinuations de Firuz avaient instillée chez Molly. Elle se gratta la gorge.

— Il espérait peut-être que tu prendrais une seconde épouse, suggéra-t-elle timidement.

Azrael se figea.

— Quoi ?

Elle redressa le menton avec une expression de défi.

— Cela reste une possibilité, non ?

— Jamais de la vie, répondit-il d'un ton sinistre. Crois-tu que je marcherais dans les pas de Hashem ? Ces pratiques d'un autre âge ont encore cours au Quarein, mais pas à Djalia. D'ailleurs, quand ma mère s'est remariée, elle a exigé que Firuz lui promette de ne pas prendre une deuxième épouse.

Molly lissa nerveusement sa robe sur ses hanches.

— Je t'ai vexé, excuse-moi.

Il serra les lèvres. Était-ce ainsi qu'elle le voyait ? Comme un homme qui pouvait s'intéresser à une autre alors qu'il était déjà engagé ? Il était peut-être en partie responsable, parce que la situation qu'il avait créée était pleine de zones d'ombre et d'ambiguïtés. Il préférait les actes à la parole, mais il en fallait davantage pour convaincre Molly.

Elle lui raconta alors mot pour mot ce que le prince Firuz lui avait dit.

— Et tout de suite après, je découvre que vous communiquez tous les deux par textos ! ajouta-t-elle. Mets-toi à ma place !

Il ne se laissa pas ébranler.

— Nasira n'est qu'un pauvre pion manipulé par Firuz. Il s'est d'abord servi d'elle pour tenter d'étendre son influence, et maintenant il essaie de semer la discorde entre nous. Il t'a menti de façon éhontée. Comme il sait pertinemment que je ne prendrais jamais une seconde épouse, il a joué le tout pour le tout en espérant nous séparer.

Molly serra les poings anxieusement. Pouvait-elle lui faire confiance ?

— Je suis choqué que tu aies pu croire à ses mensonges, reprit Azrael.

Elle se détendit un peu, comme si on ôtait un poids énorme de ses épaules.

— D'accord, concéda-t-elle.

— Quelle image as-tu donc de moi ? Pourquoi aurais je besoin d'une autre femme ?

Elle se balança nerveusement d'un pied sur l'autre en rougissant.

— Notre mariage n'est qu'une façade...

— Pas pour moi.

Elle tressaillit, décontenancée.

— Nous avons conclu un arrangement provisoire, pour une durée de quelques mois, lui rappela-t-elle.

— Quand j'ai dit que je voulais te garder, je le pensais vraiment. Je ne parle jamais à la légère. Comment aurais-je plaisanté sur un sujet pareil ?

— Je sais que tu étais sérieux sur le moment, répliqua-t-elle, poussée dans ses retranchements. Mais tu n'as jamais rien dit de plus...

— Qu'y avait-il à ajouter ? s'écria-t-il impatiemment. C'était assez clair, il me semble.

Elle protesta vigoureusement.

— Non, je ne suis pas d'accord ! Cela restait flou. On est parfois mené par des pulsions irréfléchies, sans rapport avec la réalité.

— Tu es injuste. Et pourquoi t'aurais-je ouvert mon cœur alors que tu ne me donnais aucun signe d'encouragement ? Pire, tu ne voulais pas d'un enfant avec moi. Il était évident que nous n'étions pas sur la même longueur d'onde.

— C'est-à-dire ?

— Tu devrais le savoir, déclara-t-il avec une colère rentrée. C'est tellement flagrant ! Je n'ai peut-être pas utilisé les mots qu'il fallait, mais je t'ai prouvé mon amour de toutes les manières possibles…

Saisie par un vertige, Molly recula jusqu'au bord du lit pour s'asseoir. La tête lui tournait.

— *Prouvé ton amour*, répétait-elle comme si elle avait du mal à comprendre le sens de ses paroles. Es-tu en train de me dire que tu m'aimes ?

— Je crois que je suis tombé amoureux de toi dans la grotte, mais j'ai pris conscience de mes sentiments plus tard, après la cérémonie. Ensuite, le malentendu au sujet de ton grand-père m'a dévasté. J'étais dans une colère noire. Je n'avais jamais ressenti un lien aussi fort avec une femme. Je n'ai pas eu la chance de connaître la passion avant toi. Bien sûr, je voulais te garder. Et je le veux encore. Je veux rester ton mari pour toujours. Je n'éprouverai jamais pour une autre les sentiments que j'ai pour toi.

— Quand tu commences à parler, je ne me lasserais pas de t'écouter, chuchota Molly, bouleversée, les larmes aux yeux. Mais toi aussi tu es injuste avec moi. Je n'ai jamais dit que je ne voulais pas d'un enfant avec toi. Je t'ai seulement expliqué qu'idéalement, cela se prévoyait au sein d'une relation stable. J'ignorais que c'était notre cas.

— Si tu veux rester mariée avec moi...

Elle se jeta à son cou.

— Quelle question ! Bien sûr que oui. Moi aussi, je t'aime.

Un sourire magnifique illumina le visage d'Azrael, qui saisit la taille de Molly entre ses mains.

— Si tu n'as pas toi non plus prononcé les mots magiques, comment peux-tu me tenir rigueur de mon silence ?

— J'aurais dû deviner, quand tu m'as emmenée dans la grotte pour notre nuit de noces, répondit-elle en se pelotonnant contre lui avec un petit air coupable. J'ai été stupide. Je luttais contre mes sentiments, je me débattais en vain.

Azrael la contempla avec une expression de ravissement et d'adoration qu'elle se reprocha de ne pas avoir reconnue avant.

— Nous sommes tous les deux des êtres de passion, fit-il tendrement. Avec toi, je peux enfin être moi-même, me décontracter et mettre de côté ma fâcheuse tendance à la perfection...

— Tu n'as jamais été aussi haut dans mon estime, le taquina-t-elle.

Sans plus de discours, elle se débarrassa prestement de sa robe. Ébloui par la révélation de ce corps dont il ne se lasserait jamais, Azrael se déshabilla en hâte et se jeta sauvagement sur le lit avec elle.

— J'aimerais attendre quelques mois avant d'avoir un enfant, dit Molly en toute honnêteté. L'idée de fonder une famille m'enchante, mais je ne suis pas encore tout à fait prête.

Il éclata de rire.

— À vrai dire, moi non plus. Je veux te garder pour moi seul un peu plus longtemps... Même si ton refus, ce jour-là, m'a beaucoup affecté.

— Je souhaitais d'abord entendre que tu m'aimais.

— Cela aurait dû paraître évident de la part d'un homme qui désirait un bébé, objecta-t-il doucement. En fait, nous avons tous les deux terriblement envie de la sécurité qui nous a tant manqué dans notre enfance.

— Oui.

Touchée par la justesse de sa remarque, Molly se pressa avidement contre lui. Des sensations de plénitude et de bonheur éclataient en elle, l'emplissant d'une énergie enivrante. Azrael était à elle, corps et âme, pour toujours. Cette pensée lui ouvrait les portes d'un avenir radieux.

— Nous retournerons tous les ans en pèlerinage dans la grotte pour fêter notre anniversaire de mariage, déclara Azrael avec une ferveur toute romantique. C'est là que tout a commencé.

— Tu ne m'as jamais expliqué ce qui était arrivé à mon soutien-gorge, plaisanta Molly.

— Je l'ai déchiré en tirant dessus quand il s'est pris dans la serviette, répliqua-t-il d'un ton penaud. Du coup, je l'ai enterré...

— Vraiment ? s'écria-t-elle en riant.

— J'étais trop gêné pour te raconter ce qui s'était passé.

Il lui sourit tendrement en lui caressant le ventre et elle frissonna.

Ensuite, le silence tomba, entrecoupé de gémissements

et de mots doux. Débarrassée de ses innombrables appréhensions, Molly était enfin capable de lui dire combien elle l'aimait et il renchérissait joyeusement. Puis le langage des corps l'emporta et ils sombrèrent dans des délices ineffables.

Épilogue

Presque trois ans plus tard, Molly pénétrait dans les grands salons de réception qu'on avait aménagés dans les anciens bureaux après l'achèvement du nouveau bâtiment. À la naissance de leur fils Sharif, deux ans plus tôt, le couple royal avait rénové et agrandi leurs appartements privés. Tahir, qui leur rendait visite régulièrement, était dans la salle de jeux, en train de jouer aux petites voitures avec son neveu.

Le jeune homme, qui suivait une formation d'officier à l'Académie royale de Sandhurst, au Royaume-Uni, était actuellement en permission. Le prince Firuz avait eu une crise cardiaque et sa santé déclinait. Depuis quelque temps, son fils prenait en charge une grande partie de ses fonctions officielles. Son adolescence perturbée l'avait beaucoup changé. Après une dépression nerveuse qui l'avait mûri, il était rentré directement à l'école militaire, dont il avait supporté la rude discipline grâce au soutien d'Azrael.

— Molly ! s'écria-t-il chaleureusement. Ton fils est très exigeant. Chaque fois que j'essaie de m'en aller, il pleure et s'agrippe à mes jambes.

Molly prit le bambin dans ses bras. Il avait les yeux verts de sa mère et les cheveux noirs de son père. Elle était tombée enceinte aussitôt qu'ils l'avaient décidé et ils envisageaient maintenant d'avoir un deuxième enfant. Mais elle avait tellement d'occupations qu'elle préférait attendre encore un peu. Elle siégeait au conseil d'administration de l'école internationale et gérait l'accueil des professeurs et des élèves. En plus, le rythme de vie s'était beaucoup accéléré à Djalia. Elle n'arrêtait pas.

Dorénavant, elle pouvait faire son shopping à Jovan, où de nombreuses boutiques avaient ouvert. De plus en plus de jeunes femmes s'habillaient à la mode occidentale et Molly était fière de contribuer à la transformation du royaume aux côtés d'Azrael. Elle avait lancé une campagne de publicité enthousiaste pour faire connaître son pays d'adoption à l'étranger. Les affaires étaient florissantes, ainsi que les investissements financiers, et le tourisme explosait. Mais ses meilleurs moments, elle les passait avec son mari et son fils.

— Il ne faut pas céder aux caprices de ce chenapan ! s'écria-t-elle affectueusement. Dans cette maison, Azrael et moi sommes les seules personnes à oser lui dire non.

— N'arrêtez surtout pas, répondit Tahir avec une ironie légère. Si j'avais entendu ce mot plus souvent dans mon enfance, cela m'aurait évité bien des dérives.

— Mais tu t'en es parfaitement sorti, déclara Molly. Quel dommage que tu ne restes pas plus longtemps !

Tahir fit la grimace.

— Le devoir m'appelle. Et je suis content de rendre service à mon père maintenant qu'il a besoin de moi.

— S'est-il un peu radouci ?

— Non, répondit-il, amusé par sa question. Ce

n'est pas possible, pour un homme comme lui. Mais nous nous entendons mieux, malgré nos différences.

Azrael apparut sur le seuil, grand et majestueux. Il suffisait d'un regard à Molly pour avoir un coup au cœur. Sa fascination ne fléchissait pas et leur intimité la comblait. Elle n'aurait pas pu être plus heureuse.

Quand son grand-père était mort, l'année précédente, elle était restée à Londres plusieurs semaines pour accompagner sa fin de vie. Elle avait dit au revoir le cœur brisé à ce vieil homme qu'elle aimait tant. Azrael lui avait apporté un soutien et un réconfort sans faille pendant cette période difficile.

Sharif traversa la pièce en courant pour se jeter dans les bras de son père avec des cris d'excitation. Ils jouèrent tous les deux à se bagarrer en riant aux éclats.

— J'aurais aimé m'amuser comme lui quand j'étais petit, murmura Tahir avec nostalgie.

— Tu sauras offrir cette joie à des enfants, lui dit Molly gentiment.

Il roula les yeux avec une expression faussement horrifiée.

— Ce n'est pas pour demain j'espère !

Elle le prit affectueusement par les épaules. La profondeur de leur attachement l'étonnait toujours. Ils avaient appris à se connaître et à s'apprécier pendant le séjour forcé du jeune homme à Djalia et sa convalescence. Peu à peu, Molly avait cerné les motivations qui avaient poussé Tahir à la kidnapper. Plutôt qu'un rêve romanesque, il cherchait surtout un peu de chaleur humaine. Très malheureux, il n'avait pas encore fait le deuil de sa mère et avait cru trouver l'amour qui lui manquait. Il avait fini par comprendre, et s'était pris d'une sincère affection pour Molly, qui le lui rendait bien.

— Il va bien, dit Azrael avec satisfaction après le départ de son frère. Ce sera un homme fort, raisonnable et pondéré, pas brutal comme son père, Dieu merci.

— Oui, il te ressemble, répondit Molly en se frottant amoureusement contre lui.

Quand la nounou vint chercher Sharif pour le goûter, Azrael entraîna Molly à l'étage, dans leur chambre.

— J'ai une surprise pour toi, annonça-t-il.

Cela lui arrivait très souvent, avec plus ou moins de bonheur. Pour leur premier Noël, il lui avait offert un piano alors qu'elle n'avait pas joué depuis des années. Elle avait pris des leçons et pratiquait assidûment, tous les jours. Il ne faisait plus la grimace quand elle s'asseyait au clavier…

Elle ne lui voyait quasiment plus l'expression de M. Grincheux, sauf quand il était obligé de partir en voyage sans elle. Il détestait se séparer de sa famille.

Il lui tendit un petit coffre.

— Cela m'a pris un temps fou de retrouver ces bijoux. J'ai eu aussi beaucoup de mal à persuader les nouveaux propriétaires de s'en séparer. Mais j'étais déterminé à te restituer ton héritage familial.

Molly soupira en se demandant de quoi il parlait.

— Une famille aussi ordinaire que la mienne n'a jamais possédé de biens de valeur…

À l'intérieur, elle découvrit avec un étonnement sans bornes la broche et la bague de sa grand-mère.

— Comment as-tu fait ? s'écria-t-elle, stupéfaite.

— Les pierres sont très belles. Je serais curieux de savoir comment elles sont arrivées dans ta famille si *ordinaire*, la taquina-t-il. Tu as peut-être d'illustres ancêtres, qui sait ?

— Cela représente tant pour moi ! Je suis tellement émue que tu te sois donné tout ce mal pour me faire plaisir...

Azrael essuya une larme sur sa joue.

— Ton sacrifice pour Maurice m'avait beaucoup touché, murmura-t-il. J'admire ta loyauté et ta gentillesse. J'ai beaucoup de chance de t'avoir trouvée. Je t'adore, Molly.

— Moi aussi, je t'adore.

En récompense, il embrassa fougueusement sa bouche sensuelle et elle frissonna des pieds à la tête.

— J'avais l'intention d'attendre notre anniversaire de mariage à la grotte pour te les offrir, confia-t-il contre sa bouche. Mais j'étais trop impatient.

— Je vous aime, monsieur Superbe, l'homme de ma vie, mon rêve devenu réalité ! s'écria Molly joyeusement.

— Je préférerais un qualificatif moins pompeux, plaisanta-t-il.

— Oui, mon chéri, tout ce que tu voudras, tant que tu me gardes auprès de toi.

Et elle se perdit dans ses yeux d'or.

ROBYN DONALD

Un comte pour voisin

DIADÈME

HARLEQUIN

Titre original :
CLAIMED BY HER BILLIONAIRE PROTECTOR

Ce roman a déjà été publié en 2019.

1

Dans cette petite ville perdue au nord de la Nouvelle-Zélande, Niko Radcliffe s'attendait à un orchestre sans prétention, avec de la musique country un peu kitsch. La péninsule étroite, aux paysages de volcans et de côtes spectaculaires, attirait de nombreux touristes pour ses beautés naturelles, mais la région était très rurale.

Quand il gara sa voiture à l'arrière de la salle des fêtes de Waipuna, l'écho d'une mélodie harmonieuse et jazzy le surprit agréablement. Le comité qui avait organisé le Bal du Centenaire avait dû engager des musiciens d'Auckland.

Un homme d'âge mûr l'accueillit à l'entrée.

— Bonsoir, monsieur. Puis-je voir votre billet, s'il vous plaît ?

Niko le lui tendit et il le scanna.

— Bienvenue à Waipuna, monsieur Radcliffe. Je vous souhaite une bonne soirée.

— Merci, dit Niko en s'inclinant avec courtoisie.

En réalité, il ne doutait pas de s'ennuyer copieusement…

Il s'arrêta sur le seuil pour jeter un regard circulaire dans la salle. La municipalité avait bien fait les choses. Des guirlandes de fleurs accrochées aux murs répandaient un parfum léger et délicat. Les hommes en habit de soirée tournoyaient sur la piste avec des femmes en robes longues, multicolores. Il régnait une joyeuse ambiance de fête.

Les personnes chargées de la décoration avaient un talent fou et on avait dépensé sans compter. La profusion de couleurs rivalisait avec les toilettes féminines, pour la plupart des copies de robes à franges et à bretelles des années 1920.

En suivant distraitement des yeux les couples qui dansaient, Niko s'arrêta un instant sur une jolie silhouette élancée, surmontée d'un halo de cheveux cuivrés. Elle évoluait avec grâce et aurait mérité un meilleur cavalier que l'homme entre deux âges qui la guidait avec maladresse, en lequel Niko reconnut Bruce Nixon, le mari de la présidente du Comité du Centenaire de Waipuna.

Quand la musique s'arrêta, le bruit des rires et des conversations emplit l'espace. Mme Nixon se tenait au fond de la salle. Niko n'était à Waipuna que depuis quelques jours, mais elle avait réussi à l'inviter en tant que nouveau propriétaire du ranch Mana.

— Vous ne pouvez pas rater le Bal du Centenaire ! avait-elle affirmé d'un ton sévère qui lui rappelait la gouvernante de son enfance. Et vous rencontrerez les gens d'ici.

Il n'avait pas pu refuser. De toute manière, sa récente acquisition avait donné lieu à des critiques dans les médias nationaux. On se plaignait qu'un étranger venu d'ailleurs achète encore des terres en Nouvelle-Zélande... Il voulait rassurer la population locale.

Fils unique d'une aristocrate européenne tombée follement amoureuse d'un gentleman-farmer néo-zélandais, Niko avait en fait peu de souvenirs de la vieille demeure perdue dans la nature sauvage de l'île du Sud où il avait passé ses premières années. Il avait juste cinq ans quand sa mère s'était enfuie en l'emmenant pour se réfugier dans le palace de son père, à San Mari, une petite principauté de la vieille Europe.

Il était donc assez logique qu'on le considère comme un étranger. L'empire financier qu'il avait bâti dans le commerce international ne l'aiderait pas à gagner l'amitié des paysans kiwis, pragmatiques et terre à terre.

Avec le temps, on se rendrait compte qu'il n'avait rien en commun avec son prédécesseur, lequel ne cherchait qu'à tirer un maximum de profit de l'exploitation. Il avait d'ailleurs confié le ranch à un gérant incompétent et corrompu. Au bout du compte, la faillite l'avait obligé à vendre. Niko avait renvoyé l'employé peu scrupuleux, un geste qui avait suscité commérages et incompréhension.

Mme Nixon lui adressa un large sourire et il s'avança pour la saluer, sous les regards des curieux. La jolie rousse était peut-être sa fille, mais cela semblait peu probable. Elle avait une taille au-dessus de la moyenne, alors que M. et Mme Nixon étaient plutôt petits et enrobés.

Elle avait de jolis traits fins et un teint d'ivoire. Son fourreau de soie violet soulignait des courbes très féminines et des jambes interminables. Elle n'était pas belle à proprement parler, mais un charme indéfinissable émanait de toute sa personne.

Elle avait rejoint Mme Nixon et se tourna vers lui, révélant des yeux en amande et une bouche charnue et sensuelle.

— Monsieur Radcliffe ! s'écria Mme Nixon avec une expression ravie. Je commençais à croire que vous ne viendriez plus.

— Je suis désolé d'être en retard. Votre bal est un succès !

— N'est-ce pas ? Vous connaissez déjà mon mari, Bruce.

Pendant que les deux hommes se serraient la main, elle continua les présentations.

— Et voici Elana Grange, qui nous a beaucoup aidés dans l'organisation de l'événement et la décoration. C'est une de vos voisines à Anchor Bay.

Elle adressa un sourire malicieux à la jeune femme.

— Elana, je te présente Niko Radcliffe, le nouveau propriétaire du ranch Mana.

— Enchantée, monsieur Radcliffe.

La voix était douce et mélodieuse. Sa main s'attarda une fraction de seconde dans celle de Niko et, l'espace d'un battement de cœur, il éprouva une curieuse sensation, une sorte de réponse primitive, incontrôlable, qui le surprit. Elana Grange irradiait un charme subtil qui provoquait en lui une forte réaction.

Il percevait néanmoins des contradictions. Ses yeux d'un beau vert émeraude pailleté d'or lui donnaient un air exotique, mais manquaient de cette coquetterie charmeuse qui brille souvent dans le regard des femmes. Et, malgré sa bouche sensuelle, son menton résolu et déterminé dénotait une nature réservée.

Peut-être se composait-elle une attitude. Quelques malheureuses expériences de jeunesse avaient ôté à Niko ses illusions, et aiguisé sa lucidité. Si Elana Grange espérait exciter sa curiosité en jouant les mystérieuses, elle se trompait. Il avait appris depuis longtemps à détecter les aventurières qui s'intéressaient à lui uniquement pour sa fortune.

Son allure très sophistiquée contrastait avec la petite maison décrépite qu'elle habitait, non loin de chez lui. En la survolant en hélicoptère, il avait même pensé qu'elle était abandonnée. La toiture, en particulier, avait besoin de sérieuses réparations.

— Votre présence me fait tellement plaisir, monsieur Radcliffe ! s'écria Mme Nixon. Mais je dois peut-être dire monsieur le comte ?

— Non. Appelez-moi Niko, tout simplement.

Le léger sourire qui étira les lèvres d'Elana Grange déclencha une nouvelle réaction chez Niko, très charnelle.

— Très bien, *Niko*, répondit Mme Nixon. Elana me demandait justement pourquoi vous aviez jeté votre dévolu sur le ranch Mana qui est en si piteux état.

La jeune femme rougit. En fait, tout le voisinage devait se poser la même question. Sa réponse ferait sans nul doute le tour du district.

— J'ai passé mes premières années dans un ranch de l'île du Sud, expliqua-t-il. Ainsi que toutes mes vacances scolaires par la suite. Je me suis attaché aux somptueux paysages de la Nouvelle-Zélande. Quant à cette propriété en particulier… Il faut la sauver de la ruine.

Elana trouva le commentaire convaincant et intéressant. Mais Niko Radcliffe cherchait peut-être à gagner l'estime des gens du coin, car l'achat de cette terre d'élevage de moutons avait fait grand bruit et suscité beaucoup d'avis défavorables.

Le comte avait une voix agréable, très grave, et

une poignée de main mesurée, assez forte pour en imposer mais sans pour autant broyer les doigts de la personne qu'il saluait. Sa paume l'avait picotée quand il l'avait lâchée, et elle avait failli la frotter contre sa robe pour faire disparaître le fourmillement intempestif.

Dès qu'elle l'avait vu, son port de tête arrogant et sa mâchoire carrée, déterminée, avaient mis ses sens en alerte. La façon dont il l'avait examinée de ses yeux d'un bleu perçant avait renforcé sa réaction défensive. Il était peu probable qu'elle se lie d'amitié avec son nouveau voisin. Cependant, son corps parlait un tout autre langage et bruissait d'une curieuse excitation sensuelle. Le comte Niko Radcliffe possédait une personnalité charismatique, une stature impressionnante, et sa manière de porter l'habit de soirée exhalait une confiance en soi qu'elle n'avait encore jamais vue chez personne.

Calme-toi, s'ordonna Elana dans son for intérieur. Elle avait déjà vu assez de photos de lui dans les journaux pour savoir à quoi s'attendre.

Mais les photos n'exprimaient pas l'autorité naturelle qui émanait de lui, ni cette aura incroyable qui outrepassait la prestance physique pour révéler une personnalité hors du commun. À en croire les médias, il conduisait ses affaires avec une formidable combinaison d'intelligence, de détermination et d'intransigeance.

Une image se présenta à son esprit, celle d'un guerrier des temps anciens régnant par la seule force de son caractère impitoyable.

C'est juste une réaction chimique, se dit-elle ironiquement pour tempérer l'ardeur de sa réaction. Certains hommes provoquaient cela… Il fallait se méfier de leur magnétisme puissant, qui ne devait rien à l'honnêteté, la gentillesse ni aucune autre vertu positive.

D'ailleurs, les milliardaires aristocrates comme Niko Radcliffe n'avaient pas besoin d'être vertueux pour attirer les femmes.

Un peu honteuse, elle chassa promptement cette pensée. Selon Mme Nixon, lectrice assidue des magazines people, il choisissait ses maîtresses pour leur intelligence tout autant que leur beauté. La dernière en date était une *lady* britannique.

Il jouissait d'une bonne réputation parmi les propriétaires terriens. Elle avait lu un article qui racontait comment il avait sauvé de la ruine le ranch hérité de son père. Il avait dépensé des sommes folles pour arracher les pins sauvages qui envahissaient les prairies et les transformaient peu à peu en forêts impropres à l'élevage. À présent, il allait s'attaquer aux chèvres et aux lapins qui pullulaient.

Risquant un regard à la dérobée, elle sentit les battements de son cœur s'accélérer quand leurs yeux se croisèrent. Elle n'arrivait pas à l'imaginer dans la peau d'un éleveur de bétail. Mais il avait des employés, bien sûr.

— Bienvenue dans l'île du Nord, monsieur Radcliffe, dit-elle.

Il fronça les sourcils.

— Niko, corrigea-t-il presque sèchement, tout en lui adressant un sourire qu'elle trouva irrésistible...

— Je vous félicite pour la décoration, ajouta-t-il. C'est superbe !

Elle contrôla avec peine une décharge d'adrénaline et s'obligea à se concentrer sur son accent étranger. Son intonation anglaise provenait certainement de son éducation dans un palace de la vieille Europe.

— Merci, répondit-elle en réprimant le tremblement de sa voix. Le comité a fait un excellent travail, en effet.

Un roulement de tambour réclama l'attention générale et le maître de cérémonie, un fermier du coin, s'empara du micro. Envahie par un soulagement inexplicable, Elana se détourna pour l'écouter.

Cesse de te comporter comme une idiote, s'admonesta-t-elle. *D'accord, le nouveau propriétaire de Mana est très séduisant. Et alors ?*

Il était l'exemple même du mâle dominant, autoritaire, intolérant et très intimidant.

Comme son père. Exactement le genre d'homme qu'elle méprisait.

Et qui lui faisait peur...

Quand on annonça la prochaine danse, le comte se tourna galamment vers Mme Nixon qui déclina, les pommettes roses.

— Mon cher monsieur, vous êtes charmant, mais je ne peux pas danser. Je me suis foulé la cheville hier.

Il s'adressa alors à Elana, sans doute par pure politesse.

— Me ferez-vous ce plaisir ?

Dis non.

Cependant, il aurait été ridicule de refuser... S'appliquant à masquer son premier mouvement, un peu abrupt, elle posa le bout des doigts sur son bras tendu.

— Donc, vous vivez à Anchor Bay, dit-il pour engager la conversation.

— Oui.

— Vous voyez le ranch depuis chez vous, j'imagine.

— Oui.

— Vous remarquerez bientôt quelques changements.

Gênée par son regard insistant, elle baissa les yeux.

— Cela vous surprend ?

Elle chercha une réponse banale et conventionnelle.

— Non. Il est grand temps que quelqu'un s'occupe de redonner un peu de lustre à Mana.

Il hocha la tête.

— Absolument. Ne vous inquiétez pas, je ne vais pas vous ennuyer avec le récit détaillé des aménagements que j'ai entrepris. Dansons.

Un frisson courut le long de la colonne vertébrale d'Elana lorsqu'il l'entraîna. L'espace d'un instant, elle eut l'impression de se trouver dans un univers interdit, dangereux, où les règles qu'elle connaissait ne s'appliquaient plus. Le battement de son pouls s'accéléra quand Niko l'emprisonna dans ses bras et qu'elle sentit son eau de toilette, légère mais très excitante.

D'ailleurs, elle n'était pas *emprisonnée* ! Quelle pensée saugrenue !

La chaleur de sa paume sur sa taille la troublait et, sous la soie violette, des picotements lui hérissaient la peau.

Il dansait très bien. Un homme tel que lui faisait sans doute tout à la perfection. Était-il aussi un amant accompli ?

— Tout va bien ?

Elle sursauta au son de sa voix.

— Oui. Pourquoi ? lança-t-elle avec une pointe de défi.

— Vous paraissez un peu tendue. Rassurez-vous, je mords rarement, et jamais méchamment.

Elle rougit jusqu'à la racine des cheveux.

Était-il en train de lui faire des avances ?

Au moment même où cette idée lui traversa l'esprit,

elle la rejeta avec force. Non, il ne flirtait pas avec elle ! Le comte Niko Radcliffe n'avait pas de temps à perdre en frivolités avec une femme dans son genre. Mais alors, que signifiait son comportement ?

S'il se moquait, ce n'était pas très gentil. Il était aussi peu à sa place à Waipuna qu'elle l'aurait été dans son environnement à lui. D'après Mme Nixon, il fréquentait de célèbres stars de cinéma... Et sans doute aussi des princesses dignes de son rang.

Ce dont elle se moquait éperdument, se dit-elle en tâchant de s'en persuader.

— Vous n'avez rien à craindre, insista-t-il.

Son intonation railleuse la vexa.

— Merci de me rassurer, répliqua-t-elle sur le même ton.

— Il ne faut pas croire tout ce qu'on raconte sur moi. Je ne suis pas un vil séducteur.

Au moment même où ces paroles sortaient de sa bouche, Niko se demanda pourquoi il les prononçait. D'habitude, il passait son temps à repousser les femmes, pas à les rassurer...

Il ne nourrissait aucune illusion sur l'intérêt qu'on lui portait. L'argent et le pouvoir attiraient beaucoup d'indésirables. Néanmoins, Elana Grange n'avait rien d'une aventurière.

Inexplicablement, elle le touchait.

Pendant les présentations de Mme Nixon, il avait tout de suite remarqué ses longs doigts fuselés, dépourvus de bagues, en imaginant leurs caresses. À son contact, lorsqu'ils avaient commencé à danser, son corps s'était d'instinct tendu vers elle.

Cependant, malgré son élégance, Elana Grange n'était pas assez sophistiquée pour lui plaire. Contrairement à ce que prétendaient les journaux à sensation, il attachait beaucoup d'importance à l'intelligence. Pour lui, l'esprit comptait autant que le physique.

Il affichait toujours ses convictions et jouait franc jeu. Ses maîtresses savaient dès le départ que le mariage n'était pas à l'ordre du jour.

Elana Grange dansait divinement bien, avec une grâce très sensuelle.

Ce fut elle qui rompit le silence.

— Monsieur Radcliffe, toutes sortes de rumeurs circulent sur Mana. On dit par exemple que vous allez découper la propriété en parcelles pour les vendre à des promoteurs.

— Pas du tout. Je compte bien rendre au ranch sa vocation première, l'élevage de bétail.

— Pourquoi ?

Il haussa les épaules.

— J'ai horreur du gâchis. À San Mari, nous n'avons pas beaucoup de place. La terre est précieuse et traitée avec respect. Il devrait en être ainsi partout dans le monde. Mais appelez-moi Niko, conclut-il en se radoucissant.

— Moi, c'est Elana, répondit-elle en dissimulant sa réticence.

Il éclata de rire.

— J'essaye de me plier aux usages du pays. À mon arrivée en Nouvelle-Zélande, j'ai été surpris par l'usage presque automatique du prénom. Il m'a fallu plusieurs semaines pour comprendre que cela n'impliquait pas nécessairement des relations amicales.

Elle réfléchit un instant.

— Je n'y avais jamais pensé, mais vous avez raison. Nous sommes très ouverts, mais cela ne signifie pas forcément que les autres nous sont sympathiques.

— Le jour où vous déciderez que je suis antipathique, vous m'appellerez M. Radcliffe !

Elle s'autorisa un léger sourire.

— Ou je vous éviterai, tout simplement.

— Eh bien, si cela arrive, je saurai que j'ai fait quelque chose pour vous déplaire.

Une décharge d'adrénaline secoua de nouveau Elana. Pourquoi Niko Radcliffe l'affectait-il ainsi ? Il n'était que son voisin, rien de plus.

— De toute façon, je ne suis pas du genre à fuir les gens, déclara-t-elle. Surtout dans ce pays, où la société est très égalitaire. Il me semble avoir lu quelque part que vous étiez aussi néo-zélandais ?

— J'ai la double nationalité.

Il l'entraîna de côté pour ne pas être bousculé par un couple qui dansait un lindy hop échevelé.

— Ils se trompent d'époque, commenta-t-il. Ils devraient apprendre le charleston.

Au même moment, le jeune danseur rata une figure et trébucha en se rattrapant de justesse.

Aussitôt, Elana sentit les bras de son cavalier se raffermir autour d'elle. *Concentre-toi sur la danse.*

— Merci, souffla-t-elle. J'ai failli tomber.

Pas affecté le moins du monde, il s'écarta, comme si cette proximité soudaine lui déplaisait, et lâcha :

— Vous êtes fleuriste ?

Elana hésita. De toute manière, il ne s'intéressait pas vraiment à elle et cherchait juste à faire la conversation.

— Je travaille à mi-temps dans la boutique de fleurs de Waipuna.

— Vous vous destinez à ce métier depuis toujours ?

— Non… J'étais bibliothécaire à Auckland, mais

une situation familiale difficile m'a obligée à revenir à Waipuna il y a deux ans.

Un accident de voiture avait coûté la vie à son beau-père et confiné sa mère à un fauteuil roulant.

— Et vous avez décidé de rester ici ?

— Oui.

— Il n'y a pas de bibliothèque à Waipuna ?

— Si, mais tenue par des bénévoles.

— Je vois. Vous aimez les fleurs ?

Elle regrettait d'avoir abandonné sa carrière et l'agitation de la grande ville lui manquait, mais elle n'avait pas envie d'en parler avec un inconnu.

— Oui, beaucoup, répondit-elle. Depuis toujours. Ma mère adorait le jardinage...

Elle s'interrompit. Sa mère se réfugiait dans cette activité dès que son tyran de mari lui en laissait le loisir.

— En tout cas, vous êtes douée pour la décoration, observa Niko. Mme Nixon m'a également parlé du fascicule que vous avez écrit sur l'histoire du bâtiment où nous sommes. J'ai l'intention de le lire.

Elana rougit.

— Vous êtes aussi historienne ?

— J'ai une licence d'histoire. Ensuite, mon beau-père m'a obligée à compléter ma formation avec un cours de gestion.

— Il a eu raison.

Steve avait toujours été de très bon conseil et l'avait infiniment plus aidée que son propre père...

— C'est vrai. Cela m'a été très utile.

Surtout les deux dernières années. Une de ses amies lui avait demandé d'enregistrer les souvenirs de son arrière-grand-mère et de les transcrire pour les publier à l'occasion de son centième anniversaire.

L'expérience avait tellement passionné Elana qu'elle ne s'attendait pas du tout à être rémunérée par la famille. Ensuite, le bouche-à-oreille avait fonctionné et la direction d'un hebdomadaire régional l'avait chargée d'écrire des articles sur l'histoire locale. Cette source de revenus supplémentaires, inattendue, venait à point nommé pour compléter son salaire à temps partiel.

À son grand soulagement, la musique s'arrêta et Niko la reconduisit sur le côté. Tout en réprimant un soupir, elle éprouva comme une sorte d'abandon quand il la lâcha.

Tu es stupide ! Sois raisonnable, s'admonesta-t-elle en rejoignant M. et Mme Nixon. *Niko Radcliffe t'attire. La belle affaire ! Tu n'es certainement pas la seule ici ce soir...*

Depuis la nuit des temps, ce genre d'homme plaisait. C'était dans l'ordre des choses. Au fil des siècles, les mâles dominants avaient assuré la survie de l'espèce grâce à leur force physique et leur intelligence.

Le comte était en outre très beau, charismatique et fortuné, ce qui ne gâtait rien, songea Elana non sans ironie. Mais ce n'était pas une raison pour s'abandonner à des fantasmes qui n'étaient pas de mise, même si elle se sentait délicieusement bien dans ses bras.

— Vous avez évité de justesse l'accident, Niko, commenta Mme Nixon. Le jeune Hamish et sa petite amie ont encore besoin de se perfectionner avant de se produire en public !

Niko esquissa un sourire.

— Dieu merci, j'avais une excellente cavalière.

Mme Nixon soupira.

— Ma grand-mère dansait très bien le charleston. Dommage qu'elle ne m'ait pas appris... Cette musique me rend très nostalgique. De nos jours, les chanteurs articulent si mal qu'on ne comprend pas la moitié des paroles.

— Ce qui n'est peut-être pas plus mal, observa Niko. Dites-moi, pourquoi le comité a-t-il choisi le thème des années 1920 si la salle des fêtes a été construite en 1900 ?

— Personne n'aurait accepté les costumes de cette période ! expliqua Mme Nixon. À la Belle Époque, les femmes portaient encore des corsets et des vêtements très élaborés. Comme nous voulions absolument fêter le centenaire, nous avons choisi de faire une légère entorse à l'exactitude historique.

— Pour le plus grand bonheur de tous, ajouta Elana. Il est plus facile de confectionner une toilette des années 1920 qu'une robe victorienne !

Niko contempla un instant les reflets qui jouaient sur les cheveux blond vénitien de la jeune femme. Fugacement, il les imagina répandus sur un oreiller autour de son visage au teint d'ivoire, tandis que ses yeux vert et or l'invitaient...

Irrité par cette pensée importune, il la repoussa avec énergie.

Il s'était rendu sans enthousiasme à l'invitation de Mme Nixon, mais si sa présence à ce bal pouvait convaincre les habitants de ses bonnes intentions, elle n'aurait pas été vaine. La remise en état de Mana créerait des emplois et les locaux accepteraient plus facilement le nouveau gérant.

Un jeune homme s'approcha d'Elana Grange pour l'inviter à danser et elle accepta avec un sourire. En les observant s'éloigner, Niko éprouva une pointe de jalousie irraisonnée, absurde. Décontenancé, il entraîna à son tour une amie de Mme Nixon, mais eut un mal fou à se concentrer sur la conversation. La silhouette d'Elana Grange l'attirait comme un aimant.

La jeune femme, très populaire, fut accaparée tout au long de la soirée, mais ne privilégia personne en particulier. Apparemment, elle n'avait pas de petit ami.

Évitant soigneusement de regarder dans la direction de Niko Radcliffe, Elana bavarda avec des connaissances et de vieux amis. Le comte ne l'invita plus et elle lui en sut gré.

Un peu après minuit, fatiguée, elle décida de rentrer, et sortit du parking en même temps que Niko Radcliffe. Il avait une belle voiture, à son image, grande et confortable, hypersophistiquée mais solide...

Arrête cela tout de suite ! *Tu te comportes comme une idiote. D'accord, il ressemble à un héros romantique, mais ce n'est pas une raison pour perdre la tête. Tu n'as pourtant presque pas bu de champagne !*

Elle étouffa un bâillement et concentra son attention sur la conduite. Il avait plu et la route brillait à la lueur des phares. Après quelques kilomètres, le goudron s'arrêtait, remplacé par des gravillons. Le chemin bordé de kanukas plongeait vers le bord de mer.

Soudain, les feux arrière de la voiture de devant s'allumèrent et elle dut freiner violemment.

— Oh non..., s'écria-t-elle en apercevant la cause de cet arrêt brutal.

2

Un véhicule était couché sur le côté. Le conducteur avait manqué le virage et la voiture était tombée dans le fossé, puis avait glissé sur le sol argileux avant de s'immobiliser.

Aussitôt, d'effroyables souvenirs affluèrent à la mémoire d'Elana. Son beau-père était mort dans l'accident qui avait paralysé sa mère et avait fini par l'emporter. L'estomac noué par l'appréhension, elle vit Niko Radcliffe se précipiter.

Les doigts tremblants, elle détacha sa ceinture de sécurité et ouvrit la portière. Son premier instinct fut de foncer, puis elle se ravisa et sortit une trousse de premiers secours de la boîte à gants.

Le cœur tambourinant, elle rejoignit Niko Radcliffe, qui avait arraché la portière pour se pencher à l'intérieur.

— Oh ! mon Dieu..., souffla Elana en priant le ciel.

— Reculez, vite ! Cela sent l'essence.

Effectivement, l'odeur âcre couvrait le parfum mentholé des kanukas.

— Allez ! ordonna Niko Radcliffe.

En même temps, avec une force herculéenne, il sortit le conducteur de l'habitacle.

— Je vais vous aider...

— Vous avez un portable ?

— Oui, mais...

— Retournez à votre voiture et appelez les secours.

Comme elle hésitait, il haussa la voix.

— Qu'attendez-vous ? Dépêchez-vous ! Et restez là-bas.

Elle obtempéra, tandis que Niko portait le corps inanimé pour l'éloigner du danger d'une explosion.

— Ambulance, pompier et police, dit Elana à l'opératrice, avant de donner des détails.

Niko avait réussi à mettre le conducteur à l'abri, en tout cas elle l'espérait. Il se redressa et reprit sa respiration.

— Ils arrivent dans combien de temps ? demanda-t-il.

— Un quart d'heure. J'espère que les pompiers bénévoles n'ont pas trop fait la fête...

Elle s'agenouilla auprès du blessé inerte et lui prit le pouls.

— Jordan ! Jordan, tu m'entends ? C'est Elana Grange. Ouvre les yeux, si tu peux.

— Qui est-ce ? s'enquit Niko.

— Jordan Cooper. Un gamin... Il vient tout juste d'avoir dix-huit ans.

— Son cœur bat ?

— Non.

Bouleversée, elle essaya encore.

— Oui, mais très faiblement...

Elle posa une paume à plat sur son torse qui se souleva sensiblement.

— Il respire.

— Continuez à surveiller son pouls. Prévenez-moi si vous remarquez un changement.

Elle insuffla dans sa voix une assurance qu'elle était bien loin de ressentir.

— Jordan, tout va bien. Nous sommes là. Le médecin arrive d'une minute à l'autre. Tu vas t'en sortir. Tiens le coup.

L'entendait-il ? Peut-être pas... Pourtant, il lui sembla que sa respiration devenait plus régulière, moins hachée.

Accroupi sur les talons, Niko observait les efforts qu'Elana Grange déployait pour maintenir le jeune homme en vie. Elle lui parlait sans cesse, prodiguant des paroles de réconfort et d'encouragement.

— Continue à respirer, Jordan. N'arrête surtout pas. L'ambulance ne va plus tarder.

Le temps n'avait jamais passé aussi lentement. Niko espérait qu'il n'avait pas aggravé les blessures de Jordan en le tirant hors de la voiture. La ceinture de sécurité avait sauvé la vie du jeune homme, mais le choc avait dû être très violent puisqu'il avait perdu connaissance.

Et l'odeur d'essence continuait à monter, de plus en plus inquiétante.

Autour d'eux, le silence nocturne, troublé seulement par les hululements d'un hibou, fut enfin interrompu par des sirènes stridentes.

Elana poussa un soupir de soulagement.

— Ils arrivent, Jordan.

Niko remercia secrètement les généreux bénévoles qui donnaient de leur temps pour sauver des vies et se promit de doubler les dons en faveur des différentes organisations caritatives qu'il sponsorisait.

Il tendit la main à Elana pour l'aider à se relever. Comme elle frissonnait, il enleva sa veste pour la mettre sur ses épaules.

— Ça va ?

— Oui.

Elle tremblait comme une feuille. Elle était sous le choc, ce qui était compréhensible puisqu'elle connaissait bien le jeune accidenté.

Quand il posa une main sur son bras pour la réconforter, elle s'écarta.

— Tout va bien.

Pendant que les sauveteurs s'affairaient, il ne la quitta pas des yeux, à la fois irrité et décontenancé par son comportement.

— Elana ? lança un agent de police en s'approchant. Je suis désolé pour toi...

— Ne t'inquiète pas, Phil.

— Que s'est-il passé ?

— Nous n'avons rien vu, indiqua Niko. Le conducteur roulait probablement trop vite. Il aura perdu le contrôle de son véhicule dans le virage. Cela venait de se produire quand nous sommes arrivés.

— En tout cas, merci d'avoir réagi aussi vite. D'après les pompiers, le moteur allait exploser d'une minute à l'autre.

L'agent considéra Elana d'un air soucieux.

— Cela te rappelle forcément des mauvais souvenirs. Tu as besoin de rentrer et de boire quelque chose de chaud. Je t'emmènerais volontiers à la maison...

— Je t'en prie, Phil, coupa-t-elle.

Sa femme était enceinte et avait assez à faire sans s'occuper d'une invitée surprise.

Niko comprenait mieux les réactions d'Elana, qui avait elle-même été traumatisée lors d'un accident...

— Elle peut venir à Mana, déclara-t-il sans réfléchir. Les travaux ne sont pas terminés, mais il y a de la place.

— Ce ne sera pas nécessaire, je vous remercie, répondit-elle faiblement. J'espère juste que tout ira bien pour Jordan.

— Moi aussi, dit l'agent. Il a eu de la chance et s'en sortira avec des côtes cassées et quelques égratignures. Ses parents sont prévenus, ils l'attendent à l'hôpital.

Il se tourna vers Niko.

— Elana n'est pas en état de conduire. Si vous pouvez la déposer chez elle, je m'arrangerai pour lui ramener sa voiture.

— Phil, vraiment ce n'est pas la peine ! protesta Elana.

— Vous êtes choquée, intervint Niko. Je vous raccompagne.

— Mais non, pas du tout ! se récria-t-elle.

— Allons, soyez raisonnable. Donnez votre clé de voiture à ce monsieur.

Elle le foudroya du regard, mais finit par capituler en haussant les épaules.

— Elle est sur le contact. D'accord, Phil, si tu juges que c'est plus prudent ainsi... Je vais chercher mon sac.

Quand elle fut hors de portée de voix, le jeune policier expliqua la situation.

— Elle a perdu ses parents, enfin, son beau-père, dans un accident il y a à peu près deux ans. Il est mort sur le coup, mais sa mère est restée paralysée.

— Ah bon ?

— Oui. Elana était avec eux. Un camion a heurté leur voiture de plein fouet.

Il s'interrompit en secouant la tête.

— Elle a eu de la chance d'en sortir indemne. Mais elle a été obligée de quitter son travail à Auckland pour s'occuper de Mme Simmons... sa mère, qui est morte d'une attaque cérébrale il y a six mois. C'est vraiment dommage qu'elle soit passée là au mauvais moment.

Niko jeta un coup d'œil en direction d'Elana qui avait récupéré sa pochette en satin et revenait vers eux.

Il tendit la main et se présenta.

— Niko Radcliffe, du ranch Mana.

— Oui, je vous ai reconnu, j'ai vu des photos dans le journal.

Niko ouvrit la portière du passager.

— Montez, dit-il à Elana qui hésitait encore.

Elle obtempéra d'u air maussade après avoir remercié Phil.

— Je vais dire un mot aux pompiers, dit Niko.

Quand elle fut installée à l'intérieur, il s'éloigna de quelques pas avec l'agent.

— Je vais passer un coup de fil à ma gouvernante pour lui demander de venir préparer la chambre d'amis.

— Parfait. C'est mieux qu'elle ne reste pas seule. Je vous contacterai dès que j'aurai du nouveau sur Jordan.

Le policier esquissa un sourire.

— Attendez-vous à des étincelles. Elana n'est pas commode.

Mais, lorsque Niko rejoignit Elana Grange après s'être assuré que tout danger d'incendie était écarté, elle ne lui parut pas très vindicative. Livide, la tête renversée sur le dossier du siège, elle gardait les yeux clos. Très remuée, elle revoyait sans doute les images de la tragédie survenue deux ans plus tôt…

Elle entrouvrit les paupières et inspira profondément.

— Merci. Je ne m'attendais pas à être… aussi bouleversée.

— On reste très longtemps vulnérable, après un accident. C'est normal.

Phil l'avait donc mis au courant. Les larmes lui montèrent aux yeux.

— Je croyais… J'espérais avoir surmonté le traumatisme.

Elle se demandait parfois si elle se remettrait un jour de la mort de ses parents.

— C'est une banalité, bien sûr, mais avec le temps on finit par guérir, assura Niko en démarrant. En tout cas on souffre moins.

Elle lui lança un regard surpris. Elle n'était visiblement pas la seule à avoir subi des expériences douloureuses.

— Je sais, murmura-t-elle. Mais ils me manquent tant !

À son grand étonnement, il lâcha le volant d'une main pour presser ses doigts entre les siens, un geste qui la réconforta étrangement.

— Je comprends. Mais vous apprendrez à vivre sans eux. Vous retrouverez goût au bonheur.

Sa compassion lui réchauffa le cœur. Avait-il souffert lui aussi la perte d'un être cher ? Elle n'osa pas lui poser la question. Même si les événements de la soirée les rapprochaient, elle ne le connaissait pas assez pour se confier à lui.

Brusquement, elle aperçut des paddocks à la lueur des phares, en surplomb de la baie.

— Arrêtez-vous !

— Pourquoi ? demanda-t-il sans ralentir.

— Vous avez dépassé ma maison. Désolée… J'aurais dû vous prévenir…

— Je sais très bien où vous habitez.

— Alors pourquoi avez-vous continué ?

— Parce que votre ami agent de police a raison. Il vaut mieux que vous ne soyez pas seule ce soir.

De quoi se mêlait-il ? Indignée, elle ouvrit la bouche, mais n'eut pas le temps de protester.

— J'ai téléphoné à ma gouvernante qui va vous préparer un lit.

Puis il ajouta, sur un ton ironique :

— Vous tirerez le verrou, si vous avez peur de moi.

— Je... Je ne...

Il avait une *gouvernante* ?

— La maison est encore en travaux, mais c'est presque terminé, annonça Niko tranquillement.

— Oui, tout le monde est au courant, dans le coin...

Elle reprit un peu de vigueur.

— Je vais très bien, je vous assure. Je n'ai pas besoin qu'on s'occupe de moi.

— Votre ami n'avait pas l'air de cet avis.

— Phil est très gentil mais un peu trop protecteur. Ce n'est pas la peine de déranger votre gouvernante pour moi.

— Ne vous inquiétez pas pour elle.

Il tourna dans l'allée de la propriété gardée par de hauts murs en pierre.

— Merci.

— Je vous en prie. Il est naturel que vous soyez chamboulée.

— Je n'ai besoin de personne.

— Vous êtes toujours aussi rétive quand on propose de vous aider ?

Elana ne trouva rien à répondre. L'accident de Jordan ne suffisait pas à expliquer sa gêne. Niko Radcliffe l'affectait beaucoup, depuis le premier instant de leur rencontre.

Et il ne fallait évidemment pas se trahir.

Il rompit le silence le premier.

— Si Mme Nixon était là, je suis certain que vous accepteriez d'aller chez elle.

— Je... C'est-à-dire... oui. Mais je connais les Nixon depuis toujours. C'est différent.

— Eh bien, acceptez que je la remplace. Et si vous avez peur des ragots, tranquillisez-vous, ma gouvernante servira de chaperon.

Il lui parlait comme à une jeune fille guindée sortie tout droit d'un roman victorien.

— Je ne m'inquiète pas pour ma réputation ou ma sécurité. Je veux juste rentrer chez moi.

— Non, répliqua-t-il froidement.

Contrariée, elle observa son profil arrogant, comme taillé dans le marbre. Sa mâchoire carrée, volontaire, suggérait une détermination souveraine.

— C'est un kidnapping !

Il esquissa un sourire.

— Vous ne convaincrez personne à Waipuna.

— En tout cas, ce n'est pas correct. J'aurais préféré en discuter avant au lieu de me retrouver devant le fait accompli.

— Cela n'aurait pas changé grand-chose. Nous serions parvenus au même résultat. Soyez assez raisonnable pour admettre que vous êtes non seulement fatiguée, mais bouleversée par cet accident qui vous rappelle celui de vos parents.

Elana se détourna. Devant eux se dressait la vieille ferme, méconnaissable. Longtemps négligée par son ancien propriétaire, le bâtiment, métamorphosé, avait retrouvé son lustre d'antan. L'argent faisait des miracles...

Niko considéra sa passagère avec perplexité.

— Je vous ai froissée, excusez-moi.

Il faillit lui prendre la main pour la réconforter mais se ravisa.

Quelques années plus tôt, une expérience malheureuse lui avait appris qu'il valait mieux, parfois, ne pas céder à la compassion. La sœur d'un ami avait essuyé une déconvenue et il l'avait emmenée en croisière sur son yacht pour lui changer les idées. Hélas, elle était tombée amoureuse de lui, alors qu'il ne ressentait pour elle qu'une affection fraternelle. Il le lui avait expliqué le plus doucement possible, mais elle était inconsolable.

Il remercierait le ciel jusqu'à la fin de ses jours que sa tentative de suicide se soit soldée par un échec. Elle était maintenant mariée et très heureuse.

Depuis, il veillait à ne jamais susciter d'espérances qu'il ne puisse satisfaire. Il choisissait pour maîtresses des femmes indépendantes, affranchies, qui comprenaient son attachement au célibat.

Elana Grange secoua la tête.

— Ce n'est pas grave. J'en ai un peu assez de dire que je vais bien. Je vous remercie, vous êtes très gentil, déclara-t-elle d'un ton acerbe.

Puis elle se radoucit et parla d'autre chose.

— Je suis ravie de voir combien le ranch a changé ! L'ancien propriétaire était très négligent. Les pohutukawas, au bord de la plage, ont plus de trois cents ans. Il voulait les abattre au prétexte qu'ils lui bouchaient la vue.

— Heureusement qu'il ne l'a pas fait !

— Les gens ont protesté vigoureusement et ont menacé de le poursuivre en justice pour atteinte à l'environnement. De toute façon, il ne venait presque jamais à Mana.

Elle marqua une pause.

— Le chêne, au bout de l'allée, a été planté par la femme du premier pionnier qui s'est installé ici.

— Vous avez peur que je massacre la nature ?

Elana hésita.

— J'espère que non.

— Je préfère planter des arbres plutôt qu'en arracher.

Il coupa le contact et descendit pour ouvrir la portière du passager pendant qu'elle ôtait sa ceinture de sécurité.

Une femme d'une quarantaine d'années ouvrit la porte avec un sourire accueillant et Niko fit les présentations.

— Elana, je vous présente Mme West. Patty, Elana Grange, ma voisine, qui vient de subir un choc. Une bonne tasse de thé ou de café lui ferait le plus grand bien. Ou peut-être un alcool fort.

— Un thé sera parfait, merci, dit Elana. Je suis désolée que M. Radcliffe vous ait dérangée à cause de moi.

— Ce n'est pas un problème. Je vous ai préparé un lit dans une chambre qui donne sur la plage.

— Merci beaucoup.

Malgré l'heure tardive, Elana n'avait plus sommeil. Le thé lui éclaircirait peut-être les idées. Pourquoi avait-elle cédé à l'insistance de Niko ?

De toute façon, il était trop tard pour regretter sa faiblesse. Maintenant, elle était à Mana et, à cause de Phil, n'avait même plus sa voiture pour rentrer chez elle.

Cinq minutes plus tard, elle était confortablement installée sur un canapé dans le salon. La fatigue l'avait rattrapée et elle étouffa un bâillement.

— Vous êtes épuisée, remarqua Niko.

— Oui… Mais vous devez l'être aussi. En tout cas, Jordan a eu de la chance. Je crois que je vais suivre une formation de secouriste dès que l'occasion se présentera.

— C'est une excellente idée ! Mais j'espère que vous n'en aurez jamais l'utilité.

La sonnerie d'un portable retentit à ce moment-là et elle se leva sur des jambes chancelantes. Niko posa une main sous son coude pour la soutenir et décrocha en même temps.

— Lui-même… Comment va-t-il ? demanda-t-il avec anxiété.

3

La gorge serrée, Elana attendit dans un silence tendu.

— Il a repris conscience ? s'écria enfin Niko. Super ! En plus, à son âge, les os se ressoudent vite. Il a eu de la chance de ne pas être plus grièvement blessé.

Elana poussa un soupir de soulagement. Niko la tenait toujours par le coude et elle tenta, sans succès, de se dégager.

— Oui, je lui transmets tout de suite. Merci beaucoup...

Il la lâcha après avoir raccroché et jeta son portable dans un fauteuil.

— C'était votre ami policier. Le jeune Jordan souffre d'une légère commotion. Il a quelques côtes cassées et une entaille au bras, mais rien de grave.

Rassurée, Elana restait néanmoins troublée par la proximité de Niko. Ses palpitations ne se calmaient pas.

— Asseyez-vous, commanda-t-il. Vous êtes toute pâle. Vous tenez à peine debout.

Elle se crispa.

— Je suis solide et je n'ai pas l'habitude de m'effondrer. Tant mieux, pour Jordan ! Heureusement qu'il avait mis sa ceinture de sécurité.

— Il n'y a que les idiots pour s'en dispenser. Surtout à son âge et sur une route de campagne.

Cette réflexion méprisante la ramena loin en arrière, ravivant d'affreux souvenirs de son père...

Mme West arriva à ce moment-là avec un plateau.

— Vous êtes livide !

— C'est le contrecoup, expliqua Elana. Mais les nouvelles sont bonnes.

Niko expliqua la situation à la gouvernante.

— Oh ! je suis contente ! s'exclama-t-elle. Il sera vite sur pied.

Niko versa le thé.

— Vous prenez du sucre ?

— Non merci. Pas de lait non plus.

Elle but à petites gorgées, pour se donner une contenance sous son regard intimidant.

Ressaisis-toi ! s'admonesta-t-elle.

— Votre installation à Waipuna commence mal, observa-t-elle. J'espère que vos prochains séjours seront plus paisibles.

— Moi aussi. D'autant que je compte venir assez souvent. Au moins jusqu'à ce que l'exploitation tourne bien.

Niko Radcliffe tenait à s'investir personnellement dans la gestion du ranch et à le faire savoir. Il avait confiance en Dave West, le nouveau gérant, mais ne lui déléguerait aucun pouvoir de décision. Il voulait tout contrôler et surveiller de près la direction du domaine.

Il aurait été agréable d'entretenir une relation privilégiée avec sa charmante voisine. En ce moment même, malgré ses yeux cernés et ses traits fatigués, elle exerçait sur lui un magnétisme subtil. Mais elle n'était sans doute pas assez sophistiquée pour accepter le genre de liaison qu'il recherchait.

— Vous paraissez surprise, pourquoi ?

— Le propriétaire précédent ne venait presque jamais. Par ailleurs, vous devez être très occupé.

Il haussa les épaules.

— L'élevage et l'agriculture me passionnent. L'histoire de San Mari m'a sensibilisé aux problèmes de la faim dans le monde. Les habitants de notre petite principauté ont parfois eu beaucoup de mal à se nourrir et s'approvisionner dans les pays voisins. La situation a évolué avec le développement du tourisme et des moyens de communication. Mais j'assume ma part de responsabilités envers les régions du globe défavorisées.

Elana ne put s'empêcher de sourire devant sa manière de présenter ses activités. Il tirait surtout d'énormes profits de ses entreprises, agricoles ou industrielles...

— J'ai dit quelque chose de drôle ? demanda-t-il.

— Non... J'imaginais que vous vous comporteriez comme les autres propriétaires de Mana qui ne pensaient qu'à l'argent.

Il lui jeta un regard froid, déplaisant.

— Tout le monde ne se ressemble pas. Il ne faut pas penser avec des stéréotypes.

— C'est vrai, admit-elle en buvant une autre gorgée de thé.

— Vous ne voulez rien manger ?

— Non merci. Vous aviez raison, le thé m'a fait du bien.

— Patty va vous montrer votre chambre. Si vous avez besoin de quelque chose, demandez-le-lui.

Elana prit poliment congé de son hôte avant de suivre la gouvernante à l'étage.

Mme West lui donna une chemise de nuit.

— Elle ne vous ira pas, parce qu'elle est à moi, mais c'est tout ce que je peux vous offrir.

— C'est très gentil à vous.

Elana avait de plus en plus de mal à garder les yeux ouverts.

— La salle de bains de la suite n'est pas encore fonctionnelle, reprit Mme West. Il y en a une tout près, deuxième porte à gauche dans le couloir. J'ai mis des serviettes et du dentifrice.

Elana la remercia.

— Je laisserai la lumière allumée sur le palier, ajouta Mme West avant de s'en aller. Si vous avez besoin de vous lever cette nuit, vous vous repérerez facilement.

Rompue de fatigue, Elana se déshabilla, enfila la chemise de nuit trop grande de plusieurs tailles et s'effondra dans le lit, terrassée par le sommeil.

Mais elle dormit mal, tourmentée par les mêmes cauchemars qui l'avaient hantée pendant plusieurs mois après l'accident. Dans ses rêves, elle revoyait l'énorme camion qui se précipitait sur eux, avec les cris de sa mère qui résonnaient à ses oreilles jusqu'à ce qu'elle s'évanouisse de douleur.

Elle se réveilla en sursaut et gémit en se redressant, le cœur battant. Après avoir allumé la lampe de chevet, elle prit conscience de l'endroit où elle se trouvait. La gorge sèche, elle se leva et se dirigea vers la salle de bains. *La deuxième porte sur la gauche...*, se répéta-t-elle en marchant sur la pointe des pieds.

Elle revenait vers sa chambre quand elle entendit

du bruit derrière elle. Elle pressa le pas en espérant que c'était la gouvernante.

— Elana.

Pas de chance... La voix appartenait à Niko Radcliffe. Elle se retourna en serrant l'encolure de sa chemise de nuit trop grande.

Un instant, elle crut qu'il était nu et tressaillit violemment, puis elle osa baisser les yeux. Dieu merci, il portait un pantalon de pyjama.

— Oui... ? souffla-t-elle.

Il la rejoignit en deux enjambées et s'arrêta quand elle commença à reculer.

— Vous êtes tout à fait réveillée ? demanda-t-il en fronçant les sourcils.

Elle s'humecta les lèvres.

— Bien sûr. J'arrive de la salle de bains.

— Vous tremblez. Vous n'avez pas peur de moi, j'espère ?

— Mais non, protesta-t-elle en se raidissant.

Son filet de voix, à peine audible, n'était pas très convaincant. Elle secoua la tête.

— Désolée, bredouilla-t-elle.

Il attendit quelques secondes.

— Vous pouvez marcher ?

— Oui.

Elle repartit mais ses jambes se dérobèrent sous elle et, prise d'un vertige inexplicable, elle dut s'appuyer contre le mur.

— Je vais vous porter, dit-il en la soulevant dans ses bras.

Enveloppée par son odeur, étrangement réconfortée, elle faillit poser la tête sur son épaule.

— Je suis trop lourde, objecta-t-elle.

— Pas du tout. Restez tranquille. Je vous ramène à votre lit.

Elle obéit et se tut.

Lorsqu'il se redressa après l'avoir recouchée, elle se mit à frissonner. La clarté de la lampe de chevet nimbait les traits des Niko d'une beauté singulière. Elle éprouva soudain une sorte d'urgence, irrépressible…

Remarquant le regard du comte sur son décolleté, elle s'empourpra en remontant sa chemise de nuit pendant que, au même moment, il la couvrait pudiquement avec la couverture.

— Je vais vous chercher un remontant.

Émue par la douceur et la gentillesse de sa voix, elle s'adossa contre les oreillers. Elle n'allait tout de même pas tomber en pâmoison comme une ingénue ! C'était *stupide*.

Quand Niko revint avec un grand verre d'eau fraîche, il s'immobilisa à la vue d'Elana, auréolée par une couronne de cheveux blond vénitien. Tout à l'heure, la vue plongeante sur la carnation ivoire de ses jolis seins ronds lui avait un peu tourné la tête. Avec les effluves de son parfum léger et la tiédeur de son corps contre le sien…

Elle troublait dangereusement ses sens.

Il recouvra néanmoins ses esprits en remarquant ses yeux brillants, sous ses longs cils. Il ne fallait pas la brusquer dans un moment de grande fragilité.

— Tenez, dit-il en s'efforçant de parler d'une voix ferme.

Quand elle tendit la main, le drap glissa et elle le rattrapa en rougissant. Puis elle avala le contenu du verre, dans lequel il avait ajouté un trait de cognac.

— Vous voyez bien que votre ami policier avait raison. Il valait mieux que vous ne soyez pas seule chez vous cette nuit.

Elle se raidit. Chez elle, la situation aurait été bien différente. Elle n'aurait pas eu à lutter contre les réactions imprévisibles que lui inspirait le bel apollon qu'elle avait sous les yeux.

Allez-vous-en ! Pour l'amour du ciel, laissez-moi tranquille !

— Merci, dit-elle en se maîtrisant tant bien que mal. Vous êtes très gentil. Je me sens beaucoup mieux.

— Je peux rester jusqu'à ce que vous vous rendormiez, suggéra-t-il. Ou préférez-vous que j'appelle Patty West ?

Elle secoua la tête vigoureusement. Il plaisantait !

— Non, tout va bien maintenant. Je vous assure.

Il s'attarda encore quelques secondes en scrutant son expression.

— À demain matin, alors.

Une fois la porte refermée, Elana s'efforça de respirer lentement pour calmer sa nervosité.

Peine perdue. La tension ne se dissipait pas et des pensées chaotiques tourbillonnaient dans son esprit. Elle avait à peine dormi deux heures, ce n'était pas suffisant pour récupérer. Pourtant elle se sentait complètement réveillée.

Elle ferma les paupières et tenta de relâcher tous ses muscles, faisant appel aux mécanismes de défense qu'elle avait élaborés dans son enfance pour ne plus entendre sa mère pleurer.

Mais des visions dérangeantes la poursuivaient. Il

ne s'agissait pas de fantômes, mais du regard brillant de désir dont son hôte l'avait enveloppée.

Elle avait lutté pour ne pas succomber. Non seulement Niko Radcliffe était très séduisant, mais il émanait de lui une virilité troublante.

Il la faisait penser à son père, à ceci près que chez ce dernier la violence couvait sous la façade charmeuse.

Trois ans plus tôt, elle était tombée amoureuse de quelqu'un comme lui. Heureusement, sa mère était encore là à l'époque. Elle avait su la consoler après la rupture.

— Je suis contente que tu aies eu le courage de rompre avec Roland, avait-elle confié. Moi j'ai été tellement lâche, avec ton père... Il m'a fallu beaucoup de temps pour comprendre le mal qu'il nous faisait, à toi et à moi. Dire que j'étais la femme la plus heureuse du monde quand je l'ai épousé ! J'étais très amoureuse, et convaincue aussi de son amour.

Les larmes lui étaient montées aux yeux.

— Ce n'était pas vraiment de l'amour, juste un instinct de possession, un besoin maladif de tout contrôler.

Elle avait hésité un peu avant d'ajouter :

— Et quand il usait de violence pour s'imposer, il disait que c'était ma faute, que je l'avais bien cherché.

— Je m'étais juré de ne pas commettre la même erreur, avait répondu Elana. Au moins Roland ne me battait pas. Mais comment distingue-t-on l'amour de la possessivité ?

Sa mère avait fait la grimace.

— Oh ! ma chérie, si seulement je pouvais te donner des règles et un mode d'emploi... Hélas, c'est impossible. Après avoir quitté ton père, quand j'ai rencontré Steve, je me suis rendu compte que j'avais confondu amour et désir. L'attention que ton père me portait me flattait, mais nous n'avions rien en commun, rien à partager.

Les mots de sa mère étaient restés gravés dans l'esprit d'Elana.

— La passion physique ne suffit pas. Il faut un terrain d'entente, une profonde amitié. Le sexe seul est dangereux et ne mène qu'à la destruction.

Pour son second mariage, sa mère avait effectivement choisi son meilleur ami et avait été très heureuse avec lui, même s'il n'était pas parfait. D'un tempérament jovial, il était parfois un peu prompt et expéditif, mais d'une extrême gentillesse. Il n'avait jamais caché son adoration pour son amie d'enfance et s'était armé de patience pour se faire accepter par Elana, dont il comprenait les réticences et la jalousie.

Le clair de lune filtrait à travers les rideaux. Dehors, on entendait le murmure des vagues, comme à la maison.

Finalement, sa mère avait tort quand elle prétendait ne pas savoir quels conseils lui donner.

« Il faut un terrain d'entente, une profonde amitié. »

Il fallait fuir Niko Radcliffe, trop dangereux pour elle.

La violente réaction sexuelle qu'il lui inspirait n'augurait rien de bon.

Une femme avertie en vaut deux, songea-t-elle. Elle se répéterait ce proverbe comme un mantra...

Elle ouvrit les yeux en entendant frapper à sa porte. L'espace d'une seconde, éblouie par un rayon de soleil, elle se demanda où elle était.

— Elana ? Je peux entrer ? demanda Mme West.

— Oui, naturellement.

La gouvernante s'approcha, un sac en plastique à la main.

— J'ai préféré vous réveiller. Sinon vous ne pourrez pas dormir ce soir.

— Quelle heure est-il ?

— 11 heures.

— Holà ! Je ne me suis jamais levée aussi tard de toute ma vie !

— Manifestement, vous aviez besoin de repos.

Mme West lui adressa un sourire circonspect.

— Je me suis permis d'aller chez vous… sur les conseils de M. Radcliffe. J'ai pris la clé dans votre sac et je vous ai rapporté des vêtements propres. J'espère que cela ne vous ennuie pas.

Elana la rassura aussitôt.

— Pas du tout. Merci beaucoup.

— Je pensais que vous seriez contente de vous changer, et le patron préférait que ce soit moi plutôt que lui… Il est parti inspecter les terres, mais il vous reconduira quand vous voudrez.

— D'accord. Encore désolée qu'on vous ait dérangée hier soir à cause de moi…

— Oh, je vous en prie ! Ce n'est rien. M. Radcliffe est un très bon patron. Mon mari et moi sommes très heureux de travailler ici.

Une demi-heure plus tard, douchée et vêtue de propre, Elana était tranquillement assise dans le salon.

Jusqu'à ce qu'un bruit de moteur ravive sa nervosité.

Aussitôt, elle se crispa et bondit pour se diriger vers la fenêtre. Malgré les travaux de restauration de la maison, le magnifique jardin avec sa pelouse qui descendait en pente douce vers la plage n'était plus qu'une jungle mal entretenue. À marée haute, les eaux de l'estuaire miroitaient au soleil comme de l'or en fusion. En été, juste avant Noël, les pohutukawas s'embrasaient et leurs corolles rouges tapissaient de vermeil le bord de mer.

En temps ordinaire, la vue aurait enchanté Elana. Mais elle avait tellement les nerfs à fleur de peau qu'elle sursauta en entendant son nom.

— Qu'y a-t-il ? demanda Niko Radcliffe

Il s'approcha pour la saisir par les épaules.

— Rien..., bredouilla-t-elle en chancelant malgré elle.

Il scruta son visage avec un détachement clinique, avant de la lâcher.

— Désolée, vous m'avez fait peur, expliqua-t-elle. Je viens d'entendre le quad et... je ne m'attendais pas à vous voir aussi vite.

— Ce n'est pas moi qui conduisais.

Elle se ressaisit.

— Normalement, je ne suis pas aussi émotive.

Elle prit une profonde inspiration.

— Merci beaucoup pour ce que vous avez fait pour moi.

Il était beaucoup trop près. Pourquoi ne reculait-il pas ?

— Avez-vous eu des nouvelles de Jordan, ce matin ?

— Oui. Il va bien. D'ailleurs, ses parents vous remercient. Ils s'inquiétaient un peu pour vous... Je les ai rassurés.

— Oh. Ils sont vraiment gentils... Si cela ne vous ennuie pas, j'aimerais rentrer, maintenant.

— Mme West nous a préparé le déjeuner. Vous devez avoir faim.

Son estomac choisit ce moment précis pour produire un bruit intempestif.

— Apparemment, oui, acquiesça-t-elle dans un rire.

Le sourire ravageur de Niko la tourneboula. Elle comprit subitement comment une femme pouvait tomber sous l'emprise d'un homme.

— Eh bien, venez manger.

Bien que né en Nouvelle-Zélande, son hôte avait un accent et des manières d'aristocrate européen. Il lui offrit son bras avec une infinie distinction et elle frissonna en l'acceptant du bout des doigts.

— Qu'y a-t-il ? demanda-t-il.

— Je repensais à hier soir. Heureusement que la voiture n'a pas pris feu…

— J'espère que l'expérience servira de leçon à Jordan. À son âge, on a tendance à croire qu'on est immortel et invincible.

— C'est vrai…

Niko Radcliffe avait-il lui aussi commis des imprudences dans sa jeunesse ? Elle en doutait. Il était plutôt du genre à vouloir tout contrôler.

Mme West avait dressé la table sur une terrasse ombragée, en surplomb de la plage.

— Quel décor magnifique ! s'exclama Elana.

— Je cherche un architecte paysager, dit Niko. Auriez-vous quelqu'un à me recommander ?

— Non, désolée. Personne à Waipuna, en tout cas.

— Je pensais plutôt à quelqu'un d'Auckland…

Puis il sauta du coq à l'âne.

— Vous deviez être une petite fille ravissante, avec cette chevelure flamboyante !

Décontenancée, elle rougit violemment.

— Un héritage de ma grand-mère, répliqua-t-elle avec une fausse désinvolture. Cela saute souvent une génération. Ma mère était une vraie blonde.

— C'est intéressant, la génétique.

Puis, de nouveau, il changea de sujet.

— On m'a dit que ce jardin était magnifique, autrefois.

— En effet. Même maintenant, il garde une beauté étrange, un peu sauvage.

— Oui, il me fait penser au château de la Belle au bois dormant, dans un livre de contes que j'avais dans mon enfance.

En croisant son regard, elle sentit comme une décharge électrique.

— Nous avions peut-être le même. Dans le mien, il y avait une jungle de ronces autour du donjon.

— Ces images vous ont-elles influencée quand vous avez choisi de devenir fleuriste ? lui demanda-t-il.

— Non.

Elle avait simplement besoin d'argent et n'avait rien trouvé d'autre à Waipuna.

— Mais qui sait ? ajouta-t-elle. L'inconscient suit parfois des chemins tortueux.

À la fin du repas, en reposant sa tasse de café, Elana contempla son hôte avec une admiration secrète. La lumière du soleil nimbait d'or son visage. Au fond d'elle-même, une boule de feu se formait, qu'elle ne maîtrisait pas.

Elle se força à respirer.

— Ce repas m'a fait du bien. Je vais remercier Mme West. Ensuite, je rentrerai chez moi.

Il se leva.

— Bien sûr. Je vous raccompagne.

Il ne lui laissait pas le choix.

— Ce n'est pas nécessaire, risqua-t-elle néanmoins.

J'habite seulement à un kilomètre. Je peux très bien marcher.

— Je n'en doute pas, rétorqua-t-il avec un sourire ironique. Mais ma mère serait horrifiée.

— Elle n'en saurait rien...

Il haussa les épaules.

— En tout cas ma bonne éducation me l'interdit.

Elana réprima un soupir de frustration. Certaines femmes aimaient peut-être se sentir dominées, mais pas elle.

Décidément, Niko Radcliffe ressemblait trop à son père. Et à Roland...

Mais cela n'avait pas d'importance. Une fois rentrée chez elle, rien ne l'obligeait à le revoir.

Cinq minutes plus tard, elle était installée dans la voiture de Niko, qui l'observait à la dérobée. Elle avait repris des couleurs et avait les traits moins tirés, quoique encore un peu fatigués.

Sur un ton délibérément léger, il lui posa des questions sur les habitants de la péninsule.

— Vous êtes issue d'une famille de pionniers ?

— Pas du tout. Nous sommes d'abord venus en vacances dans la région, dans un bungalow qu'on nous avait prêté. Une de ces cabanes typiques, comme on n'en voit que dans l'île du Nord.

— Je connais encore mal la Nouvelle-Zélande, même si j'ai vécu dans le Sud.

Elle hocha la tête.

— En plus, vous vivez dans deux pays qui se situent aux antipodes. Ça ne doit pas être facile.

Niko lui lança un regard surpris. Il n'y avait jamais vraiment réfléchi, mais il ne se sentait nulle part chez lui. Le palais de San Mari n'avait rien d'une vraie maison chaleureuse. Son grand-père et son oncle, le futur prince, avaient beaucoup trop de responsabilités pour s'occuper de lui. D'ailleurs il avait vécu une grande partie de son enfance en pension, loin de sa famille.

Quant aux vacances qu'il passait dans le ranch où son père élevait des mérinos, elles ne duraient jamais assez longtemps pour qu'il s'enracine véritablement.

Avait-il acheté Mana parce qu'il avait besoin d'un endroit où se sentir chez lui ? À peine avait-il formulé cette idée qu'il la rejeta.

— Vos parents sont tombés amoureux de la région.

Un rayon de soleil embrasa la chevelure cuivrée qui auréolait le visage d'Elana.

— Exactement. Au point que Steve, mon beau-père, a cherché du travail à Waipuna. Il a ensuite acheté un petit cabanon de vacances, qu'ils ont transformé peu à peu en y installant des commodités. Au début, il n'y avait qu'une douche d'été, dehors, et une minuscule cuisine.

Elle parlait avec une grande réserve, comme s'il lui était difficile d'évoquer cette période, survenue peu de temps après le divorce de ses parents... Il se souvenait de sa propre angoisse quand sa mère l'avait emmené à San Mari. Son père lui avait alors beaucoup manqué. Encore maintenant, il regrettait de ne pas avoir forgé une vraie relation avec lui avant sa mort.

— C'est le portail sur la gauche, annonça Elana. Vous pouvez me laisser ici.

— Je vous dépose devant votre porte, répondit-il.

La petite maison et le garage, un peu à l'écart, apparurent après une centaine de mètres, au bout d'une allée bordée de kanukas aux troncs gris.

Tout autour s'étendait un magnifique jardin très fleuri, jusqu'à un promontoire planté de pohutukawas qui surplombait Anchor Bay. Des îlots émergeaient de l'eau miroitante et, de l'autre côté de la baie, de vertes collines se fondaient dans le ciel, à l'horizon.

Niko descendit de voiture et fit le tour pour ouvrir la portière d'Elana. À la vue de ses longues jambes, une pointe de désir le transperça, incontrôlable. Il n'avait rien ressenti de tel depuis son adolescence...

Elana lui tendit la main avec raideur.

— Merci infiniment pour votre aide et votre soutien.

Quel ton guindé, pensa-t-il avec ironie.

— Je vous en prie, ce n'est rien. Si vous avez besoin de quoi que ce soit, n'hésitez pas.

Elle se contenta de hocher la tête avant de tourner les talons.

Niko attendit qu'elle ouvre sa porte pour redémarrer.

En arrivant à Mana, il alla se promener un peu sur la plage. Elana Grange l'intriguait tout autant que ses propres réactions. Elle était aux antipodes des femmes qu'il fréquentait d'habitude. Trop jeune, elle manquait aussi de sophistication pour l'intéresser.

Il ne comprenait pas pourquoi elle l'affectait à ce point. Cela passerait sûrement...

En revenant, il examina la bâtisse qui combinait des éléments d'architecture géorgienne et coloniale. On avait rajouté çà et là des patios, des vérandas et des terrasses qui altéraient un peu la pureté des lignes, mais rendaient aussi la demeure très agréable.

Niko n'avait pas l'intention d'y vivre de façon

permanente. Cependant, il l'avait restaurée avec goût et était satisfait du résultat.

Maintenant, il fallait s'occuper du jardin.

D'après Elana, il était magnifique, autrefois. Avec un peu de temps, il le redeviendrait.

4

— Quels sont les projets Niko Radcliffe pour son ranch, maintenant que les travaux sont quasiment terminés ? demanda Mme Nixon.

Elana dissimula un petit sourire. Mme Nixon n'était pas à proprement parler une commère, mais elle se tenait au courant de tout, dans la petite ville et alentour.

Malheureusement pour elle, la nuit qu'Elana avait passée à Mana ne lui avait rien appris.

— Je n'en ai pas la moindre idée !

— La maison a-t-elle retrouvé son cachet d'antan, comme sur le tableau de la bibliothèque ?

Il s'agissait d'une aquarelle peinte par la première propriétaire de Mana.

— Absolument identique, dit Elana en nouant un ruban autour d'un bouquet.

— Il a peut-être l'intention de vendre ? Ou d'y installer des chambres d'hôte ?

— Je n'en sais rien.

— De toute manière, il n'y vivra pas à longueur d'année.

Elana lui tendit les fleurs.

— J'ai eu un coup de fil de Margot Percy hier, chuchota Mme Nixon avec un air de conspiratrice, en payant avec sa carte de crédit. Greg n'a pas envie de prendre sa retraite, mais toutes les portes se ferment pour lui. Les employeurs demandent systématiquement quelqu'un de plus jeune.

— Je pensais qu'il avait démissionné parce qu'il avait autre chose en vue, quand Niko Radcliffe a acheté Mana.

— Moi aussi. En fait... il faut me promettre de ne pas le répéter, il n'est pas parti de son plein gré. C'est le comte qui a renvoyé Greg.

— Ah bon ? Mais pourquoi ?

— Apparemment, Greg l'ignore lui-même. Vraiment, je compatis. C'est terrible de se retrouver sans emploi à l'approche de la soixantaine.

Elana était choquée.

— Où les Percy vivent-ils, maintenant ?

— Ils ont une jolie maison sur la côte Ouest, près de Dargaville. Margot va essayer de trouver du travail là-bas.

Mme Nixon soupira.

— Oh ! j'allais oublier ! Fran est rentrée de son colloque aux États-Unis. Elle passera le week-end prochain avec nous. Viens dîner samedi.

— Avec plaisir.

Après son départ, Elana mit un peu d'ordre dans l'arrière-boutique. La dureté de Niko Radcliffe la scandalisait. Arrogant et inflexible, il n'avait aucune pitié pour le pauvre M. Percy, qui n'était pas responsable du délabrement de Mana.

Il avait pourtant été très gentil avec elle... quoique d'une façon très autoritaire.

Mais elle devait cesser de penser au comte Radcliffe.

À sa grande honte, elle avait rêvé de lui à plusieurs reprises, depuis le jour où il l'avait raccompagnée.

Chaque fois, elle s'était réveillée avec un étrange sentiment de perte et d'abandon.

Le bon sens appelait à la prudence. Même s'il ressemblait à un héros de roman, avec un charisme hors du commun, il fallait se méfier de sa personnalité. Il s'était taillé un empire financier grâce à une intelligence et une détermination exceptionnelles. Pour réussir dans un monde de requins, il fallait être impitoyable.

C'était idiot de fantasmer sur lui. D'ailleurs, elle s'était juré de ne plus jamais regarder les hommes qui ressemblaient à son père. Elle ne pouvait pas maîtriser ses rêves, mais pendant la journée elle devait bannir Niko de ses pensées.

Le samedi après-midi, Fran passa chez Elana pour bavarder librement avant d'aller déjeuner chez ses parents.

— Devant papa et maman, je ne poserai pas toutes les questions qui me démangent !

Elles s'installèrent dehors pour boire un café.

— Ce paysage me manque ! soupira Fran en contemplant la baie. Je me demande parfois pourquoi j'ai quitté Waipuna... Et à présent parle-moi du comte, comme maman l'appelle.

Elle écouta avec attention le récit qu'Elana lui fit de l'accident.

— Donc tu as passé la nuit chez lui ?

— La gouvernante était là, précisa Elana.

— Elle est peut-être rentrée chez elle dès que tu as éteint la lumière ! lança-t-elle en riant. Alors, que penses-tu de lui ?

Elana hésita.

— Il a tout pour me déplaire. C'est le type même du mâle alpha.

— Ils ne sont pas tous violents comme ton père, répondit Fran, qui connaissait l'histoire familiale d'Elana.

— Bien sûr... Tu sais qu'il a renvoyé Greg Percy ?

— Oui. Mais de nos jours on ne licencie pas quelqu'un sans raison. M. Percy a peut-être commis des erreurs que nous ignorons. Si les magazines passionnants que maman lit chez le dentiste contiennent une quelconque part de vérité...

— Ce qui est hautement improbable ! interrompit Elana.

— Mais possible ! Quoi qu'il en soit, je ne vois pas Radcliffe habiter ici. C'est trop isolé. Son entreprise est en train de construire un nouvel héliport à Auckland, sans doute pour les touristes fortunés qui viendront passer des vacances au ranch.

— Comment le sais-tu ?

— Je l'ai lu dans les journaux. Il a dépensé tellement d'argent pour restaurer Mana qu'il voudra en tirer des bénéfices. C'est logique.

Fran finit son café et éclata de rire.

— Il te chargera de la décoration florale !

— Nous verrons d'abord si cette histoire est vraie. En tout cas, j'espère qu'il ne traitera pas le nouveau gérant comme ce pauvre M. Percy. Mme West, sa femme, qui a été engagée comme gouvernante, est charmante.

— En tant qu'employeur, il a une excellente réputation. Lui, au moins, n'exploite pas des migrants qui vivent dans des taudis avec des salaires de misère.

— Il remonte dans mon estime, commenta Elana, étrangement soulagée.

— Peu d'hommes trouvent grâce à tes yeux ! s'exclama Fran. Remarque, avec le père que tu as eu, je ne te blâme pas. En plus, tu as eu la malchance de tomber sur Roland... Par chance, tu t'en es sortie indemne.

— Et cela m'a servi de leçon.

— Tu te souviens bien de ton père ?

Si elle se souvenait de lui ?

Elle entendait encore sa voix dure et ses cris, immanquablement suivis par les sanglots angoissants de sa mère. Il n'avait jamais frappé sa femme devant Elana. Pourtant, malgré son jeune âge, elle savait très bien ce qu'il faisait et avait très peur de lui. Lorsqu'elles s'étaient enfuies, elle était terrorisée à la pensée qu'il les retrouve.

C'est ce qui avait fini par arriver...

— Oui j'ai des souvenirs très précis, répondit Elana calmement.

Fran lui prit la main.

— Tu ne t'en es jamais libérée... Tu n'as jamais consulté un psychologue ?

— Non. Mais j'ai vu comment Steve se comportait avec maman. Elle se plaignait parfois de son côté fantasque, mais il l'a rendue heureuse. Et moi aussi. J'avais confiance en lui.

— Pourras-tu un jour faire confiance à un autre homme ? Ton père n'était pas normal. Le monde n'est pas peuplé de brutes à son image.

— Je le sais.

— Inconsciemment, tu continues à avoir peur.

Elana ouvrit la bouche pour protester, puis la referma sans rien dire. Fran avait sans doute raison.

— Tu devrais y réfléchir ! conclut joyeusement son amie. En attendant, parle-moi encore de Niko

Radcliffe ! Selon maman, il a tout d'un prince charmant ! D'ailleurs, il serait prince si sa mère n'avait pas épousé un roturier. Alors, que penses-tu de lui ?

Elana haussa les épaules.

— Il a d'excellents réflexes dans une situation d'urgence. Il garde la tête froide et agit rapidement. Il est très fort. Jordan est plutôt massif. Pourtant, il l'a sorti de la voiture en un tournemain.

Elle marqua une pause.

— Il est aussi très arrogant.

— Comment cela ?

— Quand Phil Jacobs lui a parlé de l'accident de maman et Steve, il m'a emmenée chez lui d'autorité, sans même me demander mon avis.

— J'appellerais plutôt cela un instinct protecteur, dit Fran. Moi, cela ne me déplaît pas, chez un homme. D'autant plus qu'il a pris soin d'inviter un chaperon.

Elana s'esclaffa.

— Il a quand même licencié ce pauvre Greg Percy.

— Il avait peut-être de bonnes raisons.

— M. Percy a fait de son mieux, j'en suis sûre.

— En tout cas, tu n'as aucune indulgence pour ce Radcliffe ! Tu devrais tirer un trait sur le passé et te débarrasser de ta peur des hommes.

— Là, tu exagères ! protesta Elana d'une voix tranchante.

— Vraiment ? Pourquoi n'as-tu pas une vie sentimentale plus épanouie ? À part Roland Pearson, qui t'a tourné la tête ?

— Craig Brown...

— Toutes les filles étaient amoureuses de lui au lycée ! s'écria Fran en riant. Non, je parle de ta vie adulte.

Eh bien... Personne, à part Niko Radcliffe, qui

l'avait subjuguée au premier regard ! Mais depuis son expérience avec Roland, Elana se méfiait davantage encore du charisme des séducteurs invétérés.

— L'attirance physique n'est pas tout.

— Feras-tu un jour assez confiance à un homme pour nouer une relation solide ?

Elana considéra son amie avec un mélange d'exaspération et d'affection.

— Ne t'inquiète pas pour moi, Fran. J'ai le temps. Je n'ai que vingt-quatre ans, comme toi !

— Je suis d'accord, le mariage est une affaire sérieuse.

Fran se pencha et posa la main sur le bras d'Elana.

— Et on peut parfaitement être heureuse en restant célibataire, mais... ce serait dommage de gâcher ta vie amoureuse à cause de la mauvaise expérience de ta mère. Tu es intelligente. Tu sais très bien que la plupart des hommes ne sont pas violents, mais il faut en convaincre la petite fille terrifiée qui se cache encore au fond de toi.

Elana ouvrit la bouche, mais Fran continua.

— D'accord, je parle trop ! Et ton travail ? Pas ton job de fleuriste, l'autre... Tout le monde a adoré ton livret pour le centenaire de la salle des fêtes. Tu as dû y passer un temps fou. J'espère que le musée t'a bien payée.

— Oui. J'ai été rémunérée correctement. D'ailleurs, après l'article du journal local, j'ai eu d'autres propositions. Un couple m'a demandé de réaliser des interviews de leurs parents et de leurs oncles et tantes. De plus en plus de gens s'intéressent à l'histoire régionale. On m'a même contactée depuis l'île du Sud, mais c'est trop loin.

— Si tu habitais dans un endroit central, Auckland ou Hamilton par exemple, ce serait plus pratique.

— Pour l'instant, j'ai assez à faire dans l'île du Nord. De toute manière, avec les prix de l'immobilier, je n'aurais pas les moyens d'acheter un appartement à Auckland, ni même d'en louer un. Et puis… Je n'ai pas envie de quitter cet endroit où maman a été heureuse avec Steve. Pas tout de suite, en tout cas.

— Je comprends ton attachement à Waipuna, dit Fran. Ce lieu représente beaucoup pour toi.

Elana hocha la tête. Ce serait un crève-cœur de vendre la maison.

— En attendant, promets-moi de ne pas rentrer dans ta coquille quand tu rencontreras un homme qui te plaît. Sauf s'il est marié, bien sûr !

— J'essaierai, mais ne t'attends pas à un miracle.

Fran rit et jeta un coup d'œil à sa montre.

— J'ai quelques courses à faire pour maman. Il faut que j'y aille.

Après le départ de son amie, Elana contempla rêveusement le somptueux paysage, avec les collines boisées qui plongeaient dans la mer bleue.

Fran avait-elle raison ? Considérait-elle vraiment tous les hommes comme une menace potentielle ? Peut-être… Cela expliquerait la gêne qu'elle avait éprouvée dans ses rapports physiques avec Roland, et le manque de plaisir…

Cette mauvaise expérience ne lui donnait guère envie de recommencer…

5

Elana grimaça en entendant la sirène des pompiers et regarda par la vitrine de la boutique. Il avait plu pendant la nuit, ce n'était pas un incendie de forêt. Quoi, alors ? Un accident de voiture ? Une maison en feu ?

À propos de catastrophe, il faudrait contacter la banque. Elle avait reçu le devis du couvreur. La toiture était à refaire entièrement et ses modestes ressources l'obligeaient à emprunter. Et comme si elle n'avait pas assez d'ennuis, Mme Nixon lui avait annoncé qu'une autre fleuriste allait s'installer à Waipuna.

— C'est stupide, il n'y a pas assez de travail pour deux dans notre petite ville, avait-elle ajouté.

La concurrence contraindrait certainement Rosalie à licencier Elana...

Elle retourna dans la réserve pour terminer sa composition, un bouquet de lys orange. Mais la clochette sonna presque aussitôt et elle retourna dans le magasin.

Son sourire se figea sur ses lèvres.

— Bonjour, Elana ! lança Niko. Comment allez-vous ?

— Très bien, merci, répondit-elle, la bouche sèche.

Elle ne l'avait pas revu depuis quinze jours et il lui sembla encore plus imposant que dans son souvenir.

Malgré son cœur qui battait à tout rompre, elle s'efforça de paraître naturelle et détendue, alors que le monde entier conspirait pour assaillir ses sens. Dehors, la lumière du soleil inondait la rue et, à l'intérieur, la fragrance délicate des fleurs se mêlait à l'odeur virile de Niko. Son regard bleu la fascinait littéralement. Une sorte d'élan vital la poussait vers lui pendant que son être vibrait d'une excitation impatiente.

Respire. Lentement.

— Vous désirez-vous quelque chose ? s'enquit-elle de sa voix la plus impersonnelle.

— Oui, je voudrais envoyer des fleurs en Angleterre.

Elana chercha son carnet et un stylo, mais il lui tendit une feuille de papier.

— J'ai tout noté ici.

Elle y jeta un vague coup d'œil.

Tu t'es affolée pour rien. Non seulement vous n'êtes pas du même monde, mais il n'est pas libre.

— Voulez-vous une date particulière pour la livraison ? demanda-t-elle.

— Non.

Pour Niko, cela ne faisait aucun doute, Elana comprendrait de quoi il s'agissait. En envoyant ces fleurs, il disait courtoisement adieu à sa maîtresse.

— Je m'en occupe tout de suite, déclara-t-elle d'un ton professionnel qui l'exaspéra.

Il la revit dans le couloir de sa demeure, pâle et les traits tirés, dans une chemise de nuit beaucoup trop grande pour elle.

Cette image d'Elana Grange lui revenait un peu trop souvent à l'esprit... Il la refoula et lui tendit sa carte de crédit. Elle avait de longs doigts fuselés.

— J'ai lu le livret qui a été publié à l'occasion du centenaire de Waipuna. Mme Nixon m'a dit que vous écriviez également des articles pour un magazine d'histoire.

Elle lui lança un regard surpris et hocha la tête.

— J'ai découvert des cartons d'archives et de documents personnels dans le grenier de Mana. Cela devrait vous intéresser.

Le visage de la jeune femme s'éclaira.

— Je regrette de ne pas y avoir eu accès avant la fête du centenaire.

— J'ai inspecté le contenu. Il s'agit essentiellement de journaux intimes datant du XIXe siècle. On ne jetait rien dans cette famille.

— Fantastique ! souffla-t-elle comme devant un trésor caché. Je suis surprise — et ravie — que l'ancien propriétaire n'ait rien jeté, ni brûlé.

— Moi, je me demande pourquoi les gens qui lui ont vendu la maison n'avaient pas enlevé leurs affaires personnelles.

— Il n'y avait pas d'héritiers. Le ranch a été mis aux enchères et les bénéfices sont allés à des œuvres caritatives, expliqua Elana. Qu'allez-vous faire de ces papiers ?

— Je vais employer quelqu'un pour les dépouiller et dresser un catalogue. Je ne suis pas capable de voir tout seul ce qui présente un intérêt ou pas. Apparemment, vous avez l'habitude de ce genre de choses.

— Euh... Oui, admit-elle.

— Je vous propose le job.

Elle écarquilla ses grands yeux verts pailletés d'or. Et absolument magnifiques, songea Niko.

— Je n'ai pas assez de temps, répondit-elle sur un ton détaché. Je ne peux pas quitter la boutique.

— Vous travaillez à mi-temps, non ?

— Normalement oui, mais pas en ce moment, tant que Rosalie, ma patronne, est en Australie.

— Elle y est pour longtemps ?

Elana esquissa un sourire.

— Non, juste pour la naissance de son premier petit-enfant.

— Quand revient-elle ?

— Dans une quinzaine de jours.

Niko pensait qu'Elana sauterait sur l'occasion. D'après Mme Nixon, une mine de renseignements, ses parents ne lui avaient laissé que la maison et son salaire lui suffisait à peine pour vivre.

Alors pourquoi se montrait-elle si réticente ?

— Mme Nixon m'a vanté vos compétences et je suis d'accord avec elle, reprit-il. J'aime aussi beaucoup votre écriture. Avec votre formation de bibliothécaire, ce travail ne devrait pas vous poser de problèmes.

— C'est vrai.

— Et je vous paierai, cela va sans dire.

Elle hésita, réfléchit un instant, puis refusa.

— Je ne suis pas disponible. Mais je peux vous donner le nom d'un ami qualifié, et qui a beaucoup plus d'expérience que moi dans ce domaine.

Un ami intime ? Surpris par la vivacité de sa réaction, Niko insista en avançant un argument raisonnable.

— Vous êtes sur place. Et votre connaissance de l'histoire locale vous aidera.

— Certes, acquiesça-t-elle en fronçant les sourcils. Mais...

— Bref, Mme Nixon ne jure que par vous.

La jeune femme esquissa un sourire. Elle avait des

lèvres sensuelles, faites pour embrasser et prononcer des mots tendres, qui contrastaient étonnamment avec la force de caractère qu'il devinait. Elle contrôlait ses émotions, sans rien laisser paraître.

Irrité par son refus, Niko se demanda s'il existait un moyen de la convaincre.

La perspective d'une liaison ardente et passionnée ?

De l'argent ?

Pendant qu'il s'interrogeait, Elana livrait une pénible bataille intérieure. Pourquoi ne pas accepter et remercier le ciel pour cette chance inespérée ? Elle avait besoin d'argent pour réparer le toit.

En plus, le projet l'intéressait.

Elle était lâche.

Non, raisonnable !

Elle se méfiait des sensations troublantes qui l'assaillaient sans répit depuis que Niko avait pénétré dans la boutique. Il lui était étrangement familier, comme s'il n'avait cessé de l'accompagner depuis leur dernière rencontre.

Le voir plus souvent risquait de provoquer le chaos dans son esprit et de perturber son équilibre.

Malgré tout, il ne ferait pas de longs séjours en Nouvelle-Zélande… Au bout d'un silence interminable, elle tempéra sa réponse.

— Je ne peux pas me décider aussi vite. Il faudrait au moins attendre le retour de Rosalie.

Elle soutint sans broncher le regard aigu de Niko. Cet homme exigeant réclamait la perfection. Lui donnerait-elle satisfaction ?

— Eh bien, réfléchissez, dit-il calmement. Je vous appellerai à mon retour d'Auckland, dans deux jours.

Elle le suivit des yeux tandis qu'il s'éloignait. Son jean et sa chemise à carreaux ne lui ôtaient rien de sa distinction naturelle. Avec ses larges épaules, ses hanches étroites et ses longues jambes, il irradiait la puissance et la confiance en lui.

Il ne doutait certainement pas de sa réponse...

Il t'obsède ! Arrête de penser à lui ! Si elle n'y prenait garde, cet homme sèmerait le désastre dans sa vie.

Le lendemain soir, après une journée de fortes averses et la découverte d'une nouvelle tache d'humidité au plafond, Elana apprit en lisant ses mails que la banque lui refusait son prêt.

Pour comble de malchance, la météo annonçait la formation d'une tempête tropicale dans les zones équatoriennes. Les yeux rivés à l'écran, Elana retint son souffle en observant la progression supposée de l'ouragan. Avec un peu de chance, il passerait au large de la Nouvelle-Zélande.

Elle n'avait pas le choix. Il fallait accepter la proposition de Niko Radcliffe.

Elle contempla le paysage par la fenêtre, avec ses plages magnifiques. Le soleil se couchait dans un ciel sans nuages, nimbant d'argent les eaux de la baie. Dans l'estuaire, un voilier se dirigeait vers Bay of Islands pour jeter l'ancre. Au large, un porte-conteneurs faisait route vers Auckland. Il était difficile d'imaginer une tempête dans un cadre aussi idyllique.

Hélas, cela arrivait parfois. Les cyclones étaient rares, mais dévastaient tout quand ils atteignaient la côte.

— Décidément, les dieux sont contre moi, gémit-elle.

Mais aussitôt, elle se ressaisit. Cela ne lui ressemblait

pas de se lamenter. En plus, l'offre de Niko tombait à point nommé.

L'argent qu'elle gagnerait ne suffirait peut-être pas à payer la totalité des réparations, mais cela lui servirait de caution auprès de la banque.

Et sinon ?

Il faudrait vendre la maison.

Elle entreprit un tour d'inspection. Le mobilier un peu ancien, de bric et de broc, s'accordait bien avec le décor. C'était là qu'elle avait repris confiance dans la vie, en découvrant que l'amour pouvait exister entre un homme et une femme. Là aussi qu'elle avait éprouvé pour la première fois la tendresse d'un père et un sentiment de sécurité. La gorge serrée, elle tira les rideaux et regagna le salon où étaient accrochés les jolis tableaux peints par sa mère.

Son instinct de préservation lui avait commandé de garder ses distances avec Niko, mais finalement cela n'avait servi à rien d'atermoyer.

Je dois juste me souvenir que nous vivons sur des planètes différentes.

Elle appela le couvreur aussitôt, puis raccrocha dix minutes plus tard avec un soupir de soulagement. Il acceptait même un délai de paiement.

— Il n'y a pas de problème, Elana. Tu es fiable. Je te connais.

Au lycée, elle avait eu sa femme comme professeur. Même s'il était parfois étouffant de vivre dans un microcosme, cela avait aussi ses bons côtés.

Cette nuit-là, elle souffrit d'insomnie.

Heureusement, le lendemain, un soleil radieux brillait dans un ciel sans nuages. Elle huma avec délices l'air chargé de senteurs en se rendant à la boutique. Par un curieux hasard, la première personne qui se présenta fut Niko Radcliffe.

— Oh ! bonjour, bredouilla-t-elle en rougissant.

— Quelque chose ne va pas ?

— Non...

— Vous avez l'air fatiguée.

Elle ne releva pas son commentaire.

— J'accepte votre proposition.

Il haussa un sourcil sarcastique.

— Je suis désolé de vous avoir causé du souci.

— C'est l'éventualité d'un cyclone qui m'inquiète, répondit-elle froidement.

— Comme nous tous.

— Avec un peu de chance, l'ouragan se perdra au milieu du Pacifique avant d'atteindre le Chili.

— Espérons-le.

Elle hocha la tête.

— J'ai parfois l'impression que le gouvernement exagère les risques pour convaincre les gens de rester sagement chez eux.

— Cela n'empêche pas les plus téméraires de commettre des imprudences.

Oui, personne n'était à l'abri d'une négligence, songea-t-elle. Steve, lui, n'avait pas bouclé sa ceinture de sécurité. Cet oubli l'avait tué.

Niko observait Elana avec attention. Pourquoi se méfiait-elle de lui ? Se comportait-elle ainsi avec tous les hommes ?

Peut-être avait-elle souffert à cause d'une aventure amoureuse qui avait mal tourné.

Pourquoi trouvait-il Elana Grange aussi attirante et désirable ? Il n'arrivait pas à se l'expliquer.

— Qu'est-ce qui vous a fait changer d'avis ? demanda-t-il, beaucoup trop abruptement.

— J'ai succombé à la tentation... et à la curiosité. Ces documents contiennent peut-être des révélations fascinantes !

— Ou bien ils ne relatent qu'un quotidien terriblement ennuyeux, remarqua-t-il avec cynisme. À présent, parlons argent !

Il annonça un montant stupéfiant.

— C'est beaucoup trop, bredouilla-t-elle.

— Pas du tout. C'est le tarif officiel.

— Vous êtes sûr ?

— Absolument. D'ailleurs, vous serez obligée travailler le week-end pour jongler avec vos horaires de salariée. Je vous paierai en heures supplémentaires.

— Mais...

— Je vous suggère de commencer par un inventaire. Rendez-vous demain matin.

Prise de court, Elana protesta.

— Non, c'est samedi. La boutique ne ferme pas avant 13 heures.

Il fronça les sourcils.

— Venez directement à Mana après la fermeture.

Quel ton autoritaire !

— Très bien, monsieur Radcliffe. Mais peut-être devrais-je dire « à vos ordres, mon général » ?

Elle se félicita de l'avoir exaspéré.

— Je ne voulais pas vous commander... D'ailleurs, je vous ai déjà dit de m'appeler Niko.

— Très bien, Niko. J'arriverai vers 14 heures.

Il aimait la façon dont elle prononçait son prénom.

Sa voix aurait-elle la même sonorité s'il la serrait dans ses bras ? Serait-elle plus grave, plus rauque ?

Il refoula ses pensées.

— Prenez tout le temps qu'il vous faut pour inventorier le contenu des cartons. À demain.

Elana ne recommença à respirer normalement que quand il franchit le seuil du magasin. Pour s'occuper l'esprit, elle s'absorba dans le bilan comptable. Elle n'avait encore jamais rencontré un homme tel que Niko Radcliffe. Son magnétisme produisait sur elle un effet tout à fait néfaste.

Ce soir-là, le bulletin météorologique décrivit la progression de l'ouragan à travers le Pacifique. Il n'était pas encore qualifié de cyclone mais tout danger n'était pas écarté. Après avoir essayé de lire un livre emprunté à la bibliothèque, Elana décida d'aller se coucher. L'image de Niko apparaissait en surimpression sur toutes les pages...

Le lendemain, un ciel radieux semblait vouloir reléguer ses craintes aux oubliettes. Son cœur se mit à battre la chamade quand elle approcha de Mana.

Elle s'arrêta devant le portail, prit son sac sur la banquette avant et descendit de voiture. Aussitôt, Niko s'avança à sa rencontre d'une démarche féline qui fit courir des petits frissons érotiques tout le long de son dos. Elle le salua courtoisement, en espérant qu'il ne soupçonnait rien.

— Bonjour.

— Voulez-vous un café ?

— Non, merci. Je préfère commencer tout de suite.

— Je vais vous conduire. Mais venez voir ce que Patty West a trouvé ce matin dans le grenier.

— Quoi donc ?

— Des aquarelles du jardin. Probablement exécutées par un amateur à la fin du XIXe siècle.

En pénétrant à l'intérieur, Elana fut une nouvelle fois frappée par l'élégance de la demeure, qui contrastait avec l'état de délabrement qu'elle avait connu.

— Je suis si contente que vous ayez redonné vie à cet endroit, dit-elle à son hôte.

Il haussa les épaules.

— L'architecte et le décorateur ont fait du bon travail.

Sous les directives du comte Niko Radcliffe qui exigeait l'excellence... Soudain, elle eut peur de le décevoir.

— La maison était solidement bâtie et la structure encore bonne, continua-t-il. Il a juste fallu refaire la toiture. J'ai le même couvreur que vous, on dirait.

Cette remarque la contraria.

— Ah bon ?

— La vie à la campagne a sûrement beaucoup d'avantages, mais pas celui de garantir l'anonymat.

— En effet...

Elle changea de sujet.

— Quels sont vos projets pour le jardin ? Certains arbres sont très mal en point. Il ne faudra pas les abattre, j'espère.

— Ne vous inquiétez pas, dit-il en souriant. L'arboriste que j'ai contacté sacrifiera uniquement ceux qui sont malades. Les dessins sont dans la véranda.

Il resta près d'Elana pendant qu'elle les examinait en plissant les yeux, à cause de la lumière très vive.

— C'est splendide, commenta-t-elle. La personne

qui a exécuté ces aquarelles a observé et reproduit les plantes avec beaucoup de minutie.

— J'ai demandé l'avis d'un expert. La secrétaire a laissé ses coordonnées, pour le cas où vous en trouveriez d'autres en dressant l'inventaire.

En croisant son regard bleu, Elana fut envahie par une brusque sensation de chaleur et oublia ce qu'elle voulait dire.

— Merci, murmura-t-elle d'une voix méconnaissable, qui résonnait bizarrement à ses oreilles.

Dans ce lieu, en présence de Niko Radcliffe, elle éprouvait un étrange sentiment d'appartenance, comme si elle retrouvait enfin son chemin après s'être perdue dans une sombre forêt.

Comme si elle s'était déjà tenue là par le passé, avec cet homme rassurant à ses côtés, devant le jardin dominant l'estuaire...

Désemparée, elle parvint enfin à se soustraire au regard de Niko.

Elle se persuada qu'il ne s'était rien passé. Mais la troublante impression de *déjà-vu* persista, qu'elle s'efforça d'ignorer.

— Que se passe-t-il ? Tout va bien ?

La voix de Niko la fit sursauter et elle cilla les paupières plusieurs fois.

— Oui... J'ai hâte d'examiner les documents dont vous m'avez parlé, maintenant.

— Suivez-moi.

Quand elle se mordit la lèvre, Niko s'interdit d'imaginer le contact de ces jolies dents blanches sur sa peau...

Toutes sortes de fantasmes ridicules l'agitaient.

Son corps le trahissait avec un manque de discrétion qui ne s'était pas produit depuis son adolescence. Heureusement, il s'apprêtait à quitter Waipuna. Certes, Elana était charmante, belle et intelligente, mais il ne comprenait pas comment elle pouvait lui inspirer un désir aussi vif. Pourquoi *elle* ?

— Avant d'aller dans la grange, je vous montre l'endroit où vous pourrez travailler.

Il lui avait installé un bureau qui donnait dans la véranda.

— Mon assistante a préparé tout le matériel dont vous pouvez avoir besoin. S'il manque quelque chose, on vous le fournira rapidement.

Elana jeta un bref coup d'œil.

— Votre assistante a pensé à tout.

— Elle est très attentive. Par certains côtés, elle me fait penser à Mme Nixon.

— Alors elle doit avoir un cœur d'or ! lança Elana en riant.

Sa spontanéité, qu'il ne soupçonnait pas, ravit Niko. Jusque-là, elle était restée sur ses gardes, très réservée.

Avait-elle autant de fraîcheur et de naturel au lit ? s'interrogea-t-il malgré lui. Une fulgurance le traversa, comme une décharge électrique.

Il fallait absolument chasser ces sottises.

Il regarda par la fenêtre en fronçant les sourcils.

— Je vais faire débroussailler cette partie du jardin en premier pour que vous ayez une jolie vue.

— Je ne déteste pas cet enchevêtrement de ronces, répliqua-t-elle, touchée par sa considération. Cela me rappelle le château de la Belle au bois dormant... Oh regardez, une rose !

— C'est votre fleur préférée ?

Surprise, elle lui sourit.

— C'est à peu près vrai pour tout le monde, non ?

— Pas pour vous ?

— Quand j'étais petite, j'adorais les ancolies, qu'on appelle aussi « bonnet de grand-mère ». Leurs corolles, violettes, s'adaptaient parfaitement au bout de mes doigts, comme des petits chapeaux. J'aime aussi beaucoup les magnolias.

— Et les pivoines ?

— Oui, c'est magnifique. Mais elles ne poussent pas ici. Le climat ne leur convient pas.

— Il y en a beaucoup dans les Alpes du Sud, se rappela Niko.

La remarque de Niko ramena Elana à une réalité qu'elle avait tendance à oublier. Même s'il avait vécu dans un ranch de l'île du Sud, il possédait un titre de noblesse et vivait dans un palais. Le jour où il déciderait de se marier, il choisirait une femme de son milieu.

Mais pourquoi pensait-elle à cela ? D'où sortait cette idée de *mariage* ?

Elle s'obligea à le regarder bien en face.

— Comment communiquerai-je avec vous pendant votre absence... Si toutefois vous souhaitez être tenu au courant des avancées de mon travail ?

— Je pars en Chine négocier un contrat et j'ignore encore la date de mon retour. Envoyez-moi des mails. Non, nous parlerons par Skype, ce sera beaucoup mieux. Vous connaissez ?

Comme elle hochait la tête, il ajouta :

— Je fixerai des jours et des heures plus tard. Surtout,

prenez votre temps. Rien ne presse. L'important, c'est de faire les choses comme il faut.

Cela semblait très simple, mais en voyant le volume des documents à traiter, Elana se rendit compte qu'elle allait passer beaucoup de temps à Mana.

Après le départ de l'hélicoptère qui emportait Niko, la propriété lui sembla tout à coup bien vide. En présence de cet homme, l'engourdissement qui l'habitait depuis son deuil se dissipait mystérieusement.

Était-elle en train de renaître à la vie ?

Elle ne devait pas se leurrer. Au contraire, il fallait garder en mémoire les préceptes de méfiance inculqués par sa mère. Niko Radcliffe était l'un de ces hommes charismatiques auxquels il fallait résister, malgré le violent désir qu'ils suscitaient. Quant au sentiment de *déjà-vu* qui l'avait assaillie, il s'expliquait probablement par un souvenir enfoui dans sa mémoire. Enfant, elle s'était promenée dans ce jardin.

Ce soir-là, la météo donna des nouvelles rassurantes. La tempête tropicale perdait en intensité et s'éloignait des côtes de la Nouvelle-Zélande. Cependant, on annonçait une dépression en provenance du pôle Sud avec de fortes précipitations, peut-être même des inondations.

Elana changea de chaîne pour regarder une émission plus divertissante.

6

Le téléphone réveilla Elana dans son premier sommeil. Elle cilla plusieurs fois les paupières en scrutant l'obscurité. La sonnerie insistante la convainquit qu'elle ne rêvait pas. Au milieu de la nuit, il ne pouvait s'agir que d'une urgence. Pleine d'appréhension, elle se dirigea vers le salon pour décrocher.

— Allô, dit-elle d'une voix enrouée.

— Désolé de vous réveiller, mais je viens de voir votre voiture sur la route de Waipuna.

C'était la voix de Niko.

— Comment ? bredouilla-t-elle. Niko ? Mais vous êtes en Chine.

— Plus maintenant. Je suis de retour.

Ils s'étaient parlé quotidiennement depuis quinze jours. Chaque fois, leur conversation emplissait Elana d'une excitation aussi futile que ridicule. Il s'intéressait de près à son travail et lui racontait ses impressions de voyage à Pékin. Mais elle savait très bien qu'il ne fallait pas échafauder des rêves sans espoir.

— Vous n'avez rien entendu ? demanda-t-il.

— Non. Je vais appeler le commissariat.

— Je l'ai déjà fait. J'arrive chez vous d'ici quelques minutes.

Elle raccrocha le cœur battant. Sa voiture lui était

indispensable. Sans véhicule, elle ne pouvait plus se rendre à la boutique à Waipuna. La vieille guimbarde de Steve, dans le garage, n'avait pas passé le contrôle technique et nécessitait sans doute des réparations coûteuses pour une remise en circulation.

— Quelle catastrophe ! marmonna-t-elle.

Puis elle se ressaisit.

— La police va certainement arrêter les voleurs.

Les yeux dans le vague, elle réalisa tout à coup qu'elle était en pyjama... et Niko allait arriver d'une minute à l'autre.

Elle se précipita dans la chambre, enfila un jean et un T-shirt, ainsi qu'une paire de sandales.

Juste à temps. Par la fenêtre, la lueur des phares l'éblouit et elle ouvrit la porte.

Niko s'avança, de sa démarche souple et sûre, tel un prince magnifique tout droit sorti d'un conte de fées.

— Ne vous inquiétez pas, la police va intervenir très vite.

Niko observa la jeune femme en s'efforçant d'ignorer la bouffée de désir qui s'emparait de lui. Manifestement, elle s'était habillée à la hâte sans prendre la peine de mettre un soutien-gorge. Ses beaux yeux verts pailletés d'or étaient encore lourds de sommeil, mais sa bouche sensuelle avait un pli déterminé.

Comme à chacune de leurs conversations sur Skype. Il aurait dû lui proposer de communiquer par mail, au lieu de mettre sa résistance à l'épreuve. Un échange neutre, dénué d'émotions, aurait mieux convenu. À l'écran, son sourire aiguisait un désir de plus en plus vif et réduisait petit à petit son self-control à néant.

Elle lui avait manqué. En ce moment même, il éprouvait une sensation étrange, l'impression de revenir chez lui, de rentrer à la maison...

Il refoula cette pensée sottement sentimentale.

— Les voleurs ont abandonné leur véhicule juste au coin de votre portail. Soit ils sont tombés en panne d'essence, soit ils ont eu un ennui mécanique.

— Je n'ai rien entendu, dit Elana. En tout cas, merci de m'avoir prévenue.

Elle recula d'un pas.

— Je vous tiendrai au courant.

Elle le congédiait sans ménagement, mais Niko n'avait pas l'intention de repartir. Elle avait beau proclamer farouchement son indépendance, elle avait besoin de soutien. D'ailleurs, elle était toute pâle.

— J'ai dit à la police que je resterais avec vous pour attendre des nouvelles.

Elle sembla décontenancée mais il n'y attacha pas d'importance.

— Où rangez-vous votre voiture ?

— Un peu plus loin, sous un abri, dit-elle en montrant un hangar décrépit au bout d'un chemin.

Se sentant tout à coup très vulnérable, elle frissonna à l'idée que quelqu'un s'était introduit dans sa propriété.

— Vous n'êtes pas obligé de rester...

— Nous avons déjà eu cette conversation.

— Pardon ?

— La nuit où nous nous sommes rencontrés, répliqua-t-il avec un sourire ironique. Laissez-moi entrer. De toute façon, je ne m'en irai pas avant de savoir ce qu'il s'est passé. Vous avez un autre moyen de locomotion ?

— Oui. La voiture de mon beau-père.

Elle prit une profonde inspiration.

— J'ai besoin de boire quelque chose. Que préférez-vous, thé ou café ?

— Je prendrai volontiers un café. Vous avez une bonne assurance ?

— Oui, tous risques.

Elle restait très réservée. Quant à lui... La rondeur de ses seins sous le T-shirt, et de ses hanches quand elle se tourna, l'affola littéralement.

Il s'exhorta à la raison. Il ne supportait pas l'idée qu'elle puisse appartenir à un autre homme. Elle lui inspirait un instinct possessif et protecteur à la fois.

À l'origine simple bungalow de vacances, la maisonnette ouvrait sur un salon salle à manger avec une cuisine américaine. Les meubles avaient sans doute été achetés dans une brocante, avec un lot de chaises dépareillées.

En dépit de son aspect vétuste, l'endroit était confortable et chaleureux. Des fleurs du jardin disposées dans des vases ajoutaient des notes colorées, ainsi que plusieurs aquarelles accrochées aux murs avec quelques photos. Sur l'une d'elles, on voyait Elana, radieuse, le jour de sa remise de diplôme.

Il se détourna en entendant du bruit.

Elana ouvrit son vieux réfrigérateur pour en sortir du lait.

— Asseyez-vous, dit-elle avec un sourire forcé. Vous êtes trop grand pour un endroit aussi minuscule. Vous allez vous cogner contre les poutres du plafond.

— Je ne mesure tout de même pas deux mètres. Il y a encore de la marge.

Ce n'était pas uniquement sa taille et sa large carrure

qui en imposaient à Elana, mais sa forte personnalité et son allure méditerranéenne, sans doute héritée de sa mère. Il ressemblait à un fier guerrier venu d'ailleurs, un chevalier des temps anciens.

— Votre mère est originaire d'un pays de montagnes, je crois ? s'enquit-elle.

— Oui.

Elle posa des tasses sur un plateau.

— Les habitants se sont réfugiés là parce que la guerre les a chassés ?

— Non, c'est un territoire qu'ils ont choisi. San Mari est un bel endroit, avec un climat tempéré par la proximité de la mer et un sol fertile. Les premiers pionniers y ont trouvé une terre hospitalière, à l'abri des envahisseurs.

Continue à parler. Cela te préserve de son charme dévastateur...

— On sait qui ils sont ?

— Oui, ils descendraient du premier peuple arrivé en Europe.

— Intéressant.

Il haussa les épaules.

— En fait les archéologues qui fouillent le pays depuis des années s'interrogent encore sur leurs origines véritables.

— C'est fascinant, pour nous, Kiwis. Nous sommes un pays si jeune !

Elle s'interrompit avec un petit rire.

— Les premiers Maoris sont arrivés ici il y a environ huit cents ans, et la découverte de cette partie du globe date seulement de trois siècles.

— Est-ce l'isolement géographique qui amène tant de jeunes Néo-Zélandais à voyager ?

Un peu plus détendue, Elana hocha la tête.

— Oui. Nous sommes avides d'histoire et de vieilles pierres.

— Vous-même, vous avez envie de voyager ?

— Un jour, oui.

La voix grave de Niko et ses yeux pénétrants entamaient peu à peu le calme de la jeune femme. Un coup d'œil à l'horloge lui apprit qu'il n'était pas aussi tard qu'elle le pensait. Si seulement le téléphone pouvait se manifester…

Plus le temps passait, plus elle avait du mal à dominer son trouble. Si Niko s'attardait, elle finirait par oublier qu'il appartenait à une famille d'aristocrates fortunés et qu'il avait séduit quelques-unes des plus belles femmes du monde.

Il l'affectait plus que de raison, mais elle ne devait rien trahir.

— Du sucre ? demanda-t-elle d'une voix altérée. Du lait ?

— Ni l'un ni l'autre, merci. Comme vous.

Sa remarque lui remémora la nuit qu'elle avait passée à Mana, et la sensation réconfortante qu'elle avait éprouvée entre ses bras…

Une vague de chaleur l'envahit, dangereuse et inopportune. Il l'avait désirée, à cet instant-là.

Et son corps de femme avait aussitôt réagi, prêt à se rendre. Elle avait reconnu une pulsion primitive, un instinct purement animal. Le bon sens l'avait rattrapée avant qu'elle s'y abandonne.

Pourtant, elle avait une envie folle de redécouvrir ces sensations fugaces qui l'avaient aussitôt rassurée. Près de lui, elle se sentait en sécurité.

Elle versa le café.

— Voulez-vous manger quelque chose ?

Sa question de pure politesse lui permit de recouvrer son équilibre.

— Non merci.

Bizarrement, sa froideur lui rappela le ton de son père, qui ne haussait jamais la voix, même quand il était en colère.

Choquée par ce rapprochement inattendu, Elana réussit néanmoins à dompter ses pensées tumultueuses. Elle tendit sa tasse à Niko et lui indiqua un fauteuil.

Il attendit qu'elle s'installe dans le fauteuil préféré de Steve.

De nouveau, elle chercha un sujet de conversation.

— Resterez-vous plus longtemps à Mana cette fois-ci ?

— Quinze jours, déclara-t-il, laconique.

Le temps de donner ses directives au nouveau gérant, songea-t-elle. Même si elle lui reprochait d'avoir licencié Greg Percy, il fallait reconnaître que le ranch s'était déjà bien amélioré.

Mais l'argent dépensé par Niko comptait aussi pour beaucoup dans le résultat. Il y avait un va-et-vient continuel de camions de livraison. Les vieilles clôtures avaient été remplacées et des arbustes replantés sur les rives de l'estuaire. Même les pâturages semblaient plus verts.

— J'espère que la circulation ne vous dérange pas trop, observa-t-il comme s'il lisait dans ses pensées. Désolé pour la poussière, mais cela continuera pendant quelque temps.

— Ah bon ?

— Oui, jusqu'à ce que les nouvelles dépendances soient achevées. À part la maison du gérant, tout a été laissé à l'abandon pendant des années. C'est meilleur marché de démolir les vieux baraquements pour reconstruire du neuf.

— Je vois. Le précédent propriétaire…

— N'est pas entièrement responsable de cette décrépitude, coupa-t-il.

Que voulait-il dire ? Incriminait-il Greg Percy ? Elle n'avait pas choisi le bon sujet…

— Ne vous inquiétez pas pour ma tranquillité. Les arbres me protègent du bruit et de la poussière.

Le téléphone sonna à ce moment-là et elle se précipita avec soulagement pour répondre.

— Allô !

Niko se leva, les yeux fixés sur son visage.

— Oh bonsoir, Phil, dit-elle en se détournant.

Pourquoi lui tournait-elle le dos ? songea Niko avec une colère inexpliquée.

— D'accord. Ils n'ont rien ?

Les idiots qui lui avaient volé sa voiture avaient-ils eu un accident ? Qui était donc ce Phil pour se montrer aussi envahissant ? Il y avait tout de même d'autres policiers à Waipuna !

— Je me débrouillerai, Phil. J'ai toujours la voiture de Steve. En tout cas, merci d'avoir appelé. Salue Jenny de ma part, s'il te plaît.

Jenny était-elle la femme de Phil ? De toute manière, peu importait…

En réalité, cela avait beaucoup d'importance, au contraire… Parce qu'il avait de plus en plus envie d'Elana.

Il l'admettait enfin… D'ailleurs, il la désirait depuis le premier instant où il l'avait aperçue au bal. Et ce qu'il apprenait sur elle jour après jour renforçait sa première impression. Son indépendance, son intelligence et son sens de l'humour, la force de caractère qui lui avait permis de surmonter une terrible tragédie, tout parlait en sa faveur.

Elle raccrocha et attendit quelques secondes.

— La voiture est accidentée. Les deux hommes qui l'ont volée sont soit ivres, soit drogués.

— Votre assurance couvrira les frais de réparation.

Elle hocha la tête et mit la main devant la bouche pour dissimuler un bâillement.

— Désolée, je suis fatiguée. En tout cas, merci de vous être déplacé.

Refoulant son irritation, il contempla son teint d'ivoire, plus pâle que d'ordinaire, et ses lèvres sensuelles. Ses cils baissés masquaient son regard indéchiffrable.

Sans comprendre pourquoi il voulait tant la protéger, il prolongea sa visite.

— Finissez votre café, suggéra-t-il calmement.

— Tout va bien, ne vous tracassez pas pour moi, répondit-elle en s'asseyant.

Il s'installa en face d'elle et lui posa quelques questions sur le catalogage des documents de Mana. En parlant, elle reprit des couleurs.

— Depuis quand n'avez-vous pas utilisé la voiture de votre beau-père ? demanda-t-il soudain.

— Un certain temps... Pourquoi ?

— Les moteurs ont besoin de tourner, pour rester en état de marche.

— Oui, je sais.

Elle réfléchit un instant.

— Le mois dernier, il a bien démarré.

— Vous avez roulé ?

— Pas depuis deux ans.

— Dans ce cas, il vaut mieux vérifier. S'il y a un problème, il faudra vous organiser pour demain matin.

— D'accord.

Elle se leva et ne fut pas surprise quand il l'accompagna.

En le précédant sur le sentier qui menait au hangar, Elana se remémora les remarques de Fran à propos de son attitude protectrice, qui lui venait certainement de son éducation de parfait gentleman.

À la lueur de la lampe de poche, on apercevait le parterre d'herbes aromatiques et les citronniers, équipés de pièges qui empêchaient les opossums de grimper aux troncs. On entendait le clapotis des vagues sur la plage toute proche. Au-dessus d'eux, les étoiles brillaient dans un ciel d'un noir profond.

— La voici, dit Elana en arrivant devant la vieille voiture.

Elle tendit la torche à Niko et frissonna lorsque leurs doigts se frôlèrent.

— Allez-y, mettez le contact, commanda-t-il, de ce ton autoritaire qu'elle détestait.

Elle s'installa au volant et tourna la clé. Rien ne se passa. Crispée, elle fit une deuxième tentative.

Toujours rien.

— La batterie doit être déchargée, dit-elle en essayant une troisième fois.

— Oui... Sinon, c'est peut-être le solénoïde, suggéra Niko. Je vais regarder. Tenez-moi la lampe.

Il souleva le capot pendant qu'elle s'exécutait de mauvaise grâce.

— Vous avez un tournevis ?

Comme elle l'interrogeait du regard, il expliqua :

— Pour shunter le contacteur.

Où avait-il appris la mécanique ? Certainement pas dans son palais...

— Ah... La caisse à outils de Steve devrait être par là.

Hélas, elle n'était pas à sa place. Pour une raison inexplicable, cela la perturba plus que tous les désagréments de la soirée.

— Je ne la trouve pas, gémit-elle en balayant le faisceau lumineux sur la paroi en tôle ondulée.

— Cela ne fait rien. Vous êtes fatiguée. Donnez-moi la torche.

— Je vais très bien, protesta-t-elle.

Depuis qu'elle avait ouvert sa porte à Niko, l'adrénaline montait et elle avait de plus en plus de mal à se contrôler.

Leurs conversations, pendant son voyage en Chine, avaient entretenu l'étincelle que leur rencontre avait allumée, avec une émotion qu'elle n'avait encore jamais ressentie. Elle avait la sensation étrange, vertigineuse, de se trouver au bord d'un précipice, devant un paysage inconnu, magnifique, mais qui recelait toutes sortes de dangers.

— Non, vous n'allez pas bien. Rentrez.

— Arrêtez de me dire ce que je dois faire, déclara-t-elle d'un ton péremptoire.

Je suis seule juge de ce que je veux, se retint-elle d'ajouter. Dans un éclair de lucidité, elle prit soudain conscience que ce qu'elle voulait au fond d'elle-même, c'était Niko Radcliffe...

Avec une telle intensité que ç'en était douloureux...

Elle s'obligea à respirer profondément, mais le calme ne vint pas. Elle avait des palpitations.

Niko se pencha pour reprendre la clé et referma le capot.

— Je suis désolé.

La surprise arracha un demi-sourire à Elana.

— Cela ne vous ressemble guère, de vous excuser !

Quand il se mit à rire, les défenses de la jeune femme s'effondrèrent. Elle s'avança vers lui, dans un élan irrépressible, avant de s'immobiliser gauchement, surprise par ce geste équivoque.

— Attention, le sol est inégal, dit-elle d'une voix rauque, en dirigeant le faisceau de la lampe sur le sentier.

En arrivant devant la porte, elle avait recouvré un peu d'assurance.

— Je vais voir si je peux trouver un tournevis...

— Ce n'est pas la peine, j'en ai sûrement un dans ma voiture.

— Ne vous dérangez pas...

— Il faut régler le problème. Ne restez pas dehors. Rentrez, vous grelottez.

Elle ouvrit la bouche pour protester, puis se ravisa. Elle avait besoin de se ressaisir pour museler ce désir fou qui la tenaillait, dangereux...

— Très bien, merci.

En sécurité dans la maison, elle s'appuya contre le comptoir du petit déjeuner et s'efforça de calmer ses turbulences intérieures. En même temps, elle guettait les bruits du dehors en espérant entendre démarrer la vieille voiture de Steve.

En vain. Quelques minutes plus tard, Niko frappait à la porte.

— Ce n'est pas le solénoïde, annonça-t-il. Plus probablement la batterie, mais à en juger par l'état du moteur il pourrait aussi s'agir d'autre chose.

Quoi qu'il en soit, vous n'avez aucun moyen d'aller travailler demain.

Elle y avait déjà réfléchi.

— Je louerai une voiture en attendant d'effectuer les réparations nécessaires.

Il plissa les yeux.

— Comment irez-vous à Waipuna ? À pied ?

— Il y a des avantages à vivre dans une petite ville, répliqua-t-elle, irritée par son ton sarcastique. Je connais très bien Ted, le loueur, il m'apportera une voiture.

— C'est un ami à vous ? demanda Niko d'une voix bizarre.

— Oui.

Cela ne le regardait pas, de toute façon.

En fait, c'était un compagnon de pêche de son beau-père. Ils avaient le même âge et partageaient le même hobby. Steve avait passé de longues journées en mer sur le bateau de Ted.

Le téléphone sonna. C'était Phil.

— Désolé, Elana, j'ai de mauvaises nouvelles. Un expert va examiner la voiture, mais elle est probablement bonne pour la casse.

— *Oh non...*

— Si... Comment vas-tu faire pour aller travailler demain matin ?

— Je me débrouillerai.

— L'assurance ne va pas te rembourser tout de suite et cela coûte cher de louer un véhicule.

Phil se comportait souvent comme un grand frère avec elle, mais elle n'avait pas envie de poursuivre cette conversation devant Niko.

— Oui, je sais. Merci d'avoir appelé, Phil.

— En tout cas, si tu ne sais pas comment faire, appelle-moi.

— D'accord.

Niko l'interrogea du regard.

— C'était votre ami Phil ?

— Oui… Ma voiture est certainement irréparable.

— Je vois. À quelle heure commencez-vous votre travail ?

— 8 heures. Pourquoi ?

— Je vous accompagnerai.

— Non, ce n'est pas nécessaire, protesta-t-elle un peu trop vivement. Je m'arrangerai.

Il haussa les épaules.

— Quelle intransigeance ! Pourquoi refusez-vous un simple service de bon voisinage ?

Brusquement, elle eut envie de se débarrasser de lui au plus vite. La tension montait, insupportable, en même temps qu'une sensation étrange, une envie de capituler, de le laisser s'occuper de tout.

Elle se mordit la lèvre.

— Je peux tout à fait gérer seule mes problèmes. *Je n'ai pas besoin d'aide.*

Elle se dirigea vers la porte, qu'elle ouvrit en grand.

— Merci beaucoup pour votre proposition. C'est très gentil mais…

— Je passerai vous prendre à sept heures et demie.

— Niko, non…

Le regard sombre, il s'approcha tandis qu'elle retenait sa respiration. Elle tenta de prendre un air féroce, mais quand il tendit la main pour toucher sa bouche, le cœur lui manqua. Fascinée, complètement paralysée, elle était incapable de bouger. Sous la caresse, ses lèvres formèrent son nom — mais aucun son n'en sortit.

Elle avait envie de cela depuis qu'ils avaient dansé ensemble, et ce désir ne l'avait plus quittée. Elle se remémora vaguement l'avertissement de sa mère, mais pour le reléguer aussitôt dans un coin obscur. De toute manière, elle n'avait pas l'intention d'épouser Niko. Elle n'était pas amoureuse de lui et n'avait rien à craindre...

— Non..., répéta-t-elle néanmoins, dans un chuchotement.

— Non quoi ?

— Je ne sais pas.

— Vous frissonnez. Vous avez froid ?

— Non... Oui.

— Laissez-moi vous réchauffer.

Il attendit son assentiment. Et quand elle hocha la tête, il l'attira contre lui. Ses bras puissants formaient comme un rempart protecteur, délicieusement sécurisant. Une impatience incontrôlable lui ôtait toutes ses défenses. Quelque part dans son cerveau, une alerte s'alluma, lui commandant de se dégager.

Elle ne pouvait pas.

— Elana, murmura Niko.

— Oui.

Il se pencha et captura sa bouche comme s'il avait envie de ce baiser depuis des mois, des années... Depuis toujours.

Puis il releva la tête.

— Qu'y a-t-il ? Vous avez peur ?

— Oui... Non, pas vraiment, bredouilla-t-elle.

Une lueur d'amusement brilla dans les yeux bleus de Niko.

— C'est-à dire ?

— Je n'ai pas peur de vous.

— Bien.

Il l'embrassa de nouveau, avec une ardeur fébrile qui trouvait un écho en elle. Elle n'avait pas la force de résister. Au contraire, son désir gagnait en intensité, telle une faim insatiable...

— Dites-moi d'arrêter maintenant, si vous ne voulez pas aller plus loin.

Déconcertée, elle hésita. Elle avait combattu son attirance parce que Niko ressemblait trop à son père. Mais l'amour et le désir physique étaient deux choses différentes. Et puisqu'elle ne serait jamais amoureuse de lui, elle ne courait aucun danger. De plus, son instinct lui soufflait que Niko était un bon amant...

— Elana ?

Elle le désirait de toutes ses forces. Chaque cellule de son corps réclamait l'assouvissement, au mépris du bon sens et de la prudence. De toute manière, qu'avait-elle à perdre ? Leur relation n'irait pas plus loin qu'une brève aventure sans lendemain.

Il la reprit tendrement dans ses bras en scrutant son visage.

— Elana ?

— Oui, chuchota-t-elle, rassurée.

7

Et Niko, de nouveau, l'embrassa.

Jetant au vent toute prudence, Elana répondit avec une impétuosité d'autant plus vive qu'elle la refoulait depuis le Bal du Centenaire. Elle était vaincue par un désir voluptueux qui bannissait toute pensée cohérente, et qu'elle n'avait encore jamais éprouvé. Elle se pressa contre lui, passionnément.

Quand il raffermit son étreinte, le feu qui brûlait en elle se déchaîna. Elle était prête à tout pour l'apaiser.

Brusquement, cette idée l'inquiéta et elle se raidit.

— Tu as peur, l'accusa-t-il, non sans dureté.

La gorge serrée, elle s'humecta les lèvres.

— Non.

— Où est ta chambre ?

Elle la lui indiqua d'un geste et il la souleva dans ses bras. Éperdue, elle enfouit le visage au creux de son cou pour sentir son odeur.

Arrête. Arrête avant qu'il ne soit trop tard...

Niko poussa la porte d'un coup d'épaule, franchit les trois pas qui les séparaient du lit, et s'arrêta net pour la poser sur ses pieds.

Elle se raccrocha à ses bras pour rétablir son équilibre. La force virile qui émanait de lui la subjuguait et lui donnait confiance. Il n'était plus question de faire machine arrière, désormais.

Il l'observa avec attention.

— Tu es sûre ?

Incapable de prononcer un son, elle hocha la tête.

— Vraiment ?

Elle tendit la main pour toucher ses lèvres, avec le même geste qu'il avait fait.

— Embrasse-moi.

Avec un petit rire de gorge, il obtempéra.

Lorsqu'il redressa la tête, elle s'écarta légèrement.

— Qu'y a-t-il ?

— Tu es trop habillé...

Elle commença à déboutonner sa chemise pour presser les paumes sur sa peau. Éblouie par la beauté de ce torse bronzé, sculptural, elle en caressa les contours en frissonnant.

— Donnant-donnant, dit-il en soulevant le bas du T-shirt qu'elle avait enfilé à la hâte.

Cramoisie, elle recula d'instinct, puis s'immobilisa en serrant les poings pendant qu'il le passait par-dessus sa tête.

Elle lutta pour ne pas croiser les bras sur sa poitrine.

— Tu rougis, remarqua-t-il. Tu es timide ?

— Je ne...

Elle se tut lorsqu'il déposa un baiser au creux de son cou. Des frissons couraient sur sa peau. Maintenant, Niko lui mordillait l'épaule. Tous ses sens aiguisés réclamaient satisfaction.

— C'est la première fois ?

— Non, bredouilla-t-elle.

— Tu es belle, dit-il tranquillement.

Elana secoua la tête. Il n'était pas obligé de débiter ce genre de compliment banal alors que, aux dires de Mme Nixon, il avait séduit les plus belles femmes du monde.

— Je le pense sincèrement, poursuivit-il. Tu as beaucoup de grâce, ta peau a un goût exquis et tes yeux magnifiques brillent d'intelligence. Quant à ta bouche...

Il pencha la tête et leurs langues se mêlèrent avec un érotisme torride.

Le cœur d'Elana se mit à battre encore plus fort. Après tout, peu importait s'il mentait ou la flattait. Ils n'étaient liés par aucun sentiment. Lorsque viendrait l'heure de la séparation, elle se remettrait vite.

— Dès que je te regarde, j'ai envie de toi, avoua-t-il d'une voix rauque.

— C'est réciproque, répliqua-t-elle avec une assurance inaccoutumée.

Elle avait les seins lourds, tendus...

— Je n'ai pas de préservatifs, reprit-il.

— Ce n'est pas grave. Je... Il n'y a aucun risque.

— Tu es sûre ?

— Absolument.

— Parfait, alors.

Il défit la boucle de sa ceinture et enleva son pantalon. Il était magnifique. On aurait cru la statue en bronze d'un dieu antique qui prenait vie comme par miracle.

Une folle passion la dévorait. Au prix d'un immense effort sur elle-même, elle réussit à répéter les deux mots qu'il avait prononcés quelques secondes plus tôt.

— Donnant-donnant.

Elle enleva son vieux jean délavé et retint son souffle tandis qu'il la contemplait.

Alors seulement, il la souleva de nouveau pour la déposer sur le drap du lit défait.

Elle ferma les paupières pendant qu'il ôtait sa culotte.

Le désir monta encore d'un cran.

— Regarde-moi, commanda-t-il.

— Pourquoi ?

Il rit doucement.

— Pour que tu saches avec qui tu fais l'amour.

— Je le sais.

— Et aussi parce que je veux voir les paillettes d'or dans tes beaux yeux verts.

Elle s'exécuta, mais referma bien vite les paupières quand il se mit à explorer chaque centimètre de son corps avec ses lèvres et sa langue, en lui arrachant des soupirs.

Bientôt, sa bouche se referma sur la pointe d'un sein dressé. Il avait lui aussi le souffle court et elle entendait son cœur qui battait à tout rompre. Lorsqu'elle se sentit incapable de supporter plus longtemps cette exquise torture, elle s'arc-bouta contre lui et caressa son dos, dont les muscles roulaient sous ses doigts.

Lentement, la main de Niko descendit vers son ventre, où palpitait la fleur de sa féminité. Plus rien n'importait désormais que cette impatience qui la taraudait.

— Maintenant ?

Sa question porta le désir à son comble.

— Oui...

Elle était incapable d'en dire davantage. Lorsqu'il plongea en elle, surprise par l'intensité du plaisir, elle poussa un cri. Aussitôt, il s'immobilisa.

— Tout va bien, chuchota-t-elle.

Comme il ne bougeait pas, elle appuya ses paumes sur ses reins, de toutes ses forces.

— S'il te plaît...

Elle sanglotait presque.

— Elana…

Elle fut tout à coup projetée dans un univers d'une sensualité inimaginable, où la volupté était reine. Plus rien ne comptait, que Niko et elle, et cette incroyable communion charnelle.

Transportée, elle s'abandonna vite, entre ses mains expertes, à une extase éblouissante, et Niko la suivit peu après.

Quand il roula sur le côté et la tint contre lui pendant que leurs respirations se calmaient, Elana prit conscience de ce qu'elle venait de faire.

Elle n'allait pas tomber amoureuse et n'avait pas peur de cela. Malgré tout, cette merveilleuse expérience avait brisé les barrières qu'elle avait soigneusement érigées pour se protéger. Du coup, elle devenait très vulnérable.

Elle se dégagea.

— Tout va bien ? demanda Niko, sans chaleur ni émotion.

— Oui.

Elle détestait ce ton froid, indifférent.

Quand il se leva, elle tira le drap pour couvrir sa nudité et se détourna pendant que Niko se rhabillait. Elle ne voulait plus voir ce corps magnifique qui l'avait transportée dans un univers paradisiaque, si enivrant qu'elle aurait donné n'importe quoi pour revivre l'expérience.

— Tu es certaine ? insista-t-il.

— Absolument.

Elle avait envie qu'il parte, maintenant. En même temps, elle aurait tant voulu qu'il reste…

— Je m'en vais, annonça-t-il. Tu vas pouvoir dormir ?

— Oui, bien sûr.

Avec une assurance et une désinvolture qu'elle était bien loin de ressentir, elle attrapa la robe de chambre sur une chaise à côté du lit et la passa.

— Je vais fermer la porte à clé, dit-elle en s'obligeant à croiser son regard sans broncher.

Après son départ, elle pourrait enfin redevenir la femme qu'elle avait toujours été, au lieu de cette écervelée qui venait de s'offrir étourdiment lors d'une brève étreinte.

Il hocha la tête et elle le précéda dans le salon. Sur le seuil, la tête haute, elle lui fit face.

— Bonne nuit.

Pour Niko, cela sonna comme un adieu. Qu'était-il advenu de la femme qui avait pris vie entre ses bras ? Elle s'était retirée dans sa coquille... Il lutta contre l'envie de la serrer contre lui pour ranimer sa sensualité.

L'air frais chargé de senteurs marines le fouetta au visage et le ramena à la raison.

— Avant que je m'en aille... Quelqu'un s'occupe de ta voiture ?

— Phil a appelé un remorqueur. Je contacterai mon assurance demain matin.

— Si je peux te rendre service, n'hésite pas à me le dire...

Elle redressa fièrement la tête.

— Merci, mais je me débrouillerai.

Il lui jeta un regard perplexe. La plupart des femmes qu'il connaissait adoraient qu'on s'occupe d'elles. Même sa mère, pourtant impétueuse et indépendante, n'échappait pas à la règle. Elana était vraiment spéciale.

— C'est normal de se rendre service entre voisins, dit-il.

— Je... Excuse-moi, répliqua-t-elle en rougissant. J'ai l'habitude de régler mes problèmes toute seule.

Au désir de Niko se mêlait une étrange envie, instinctive, d'aplanir les difficultés d'Elana et de la réconforter. Néanmoins, il se retint, sans doute par orgueil.

— C'est assez évident, oui... Je ne veux pas te harceler. Si tu préfères, je demanderai à Patty West de t'accompagner en allant au marché.

Elle esquissa un faible sourire.

— D'accord. Mais cela ne me dérange pas non plus si c'est toi. Je n'aime pas qu'on prenne les décisions à ma place, c'est tout.

— C'est normal. Écoute, téléphone-moi demain matin pour me dire si tu as besoin qu'on t'accompagne à Waipuna. Bonne nuit Elana, et merci. Dors bien.

Elana referma la porte d'une main tremblante.

Pourquoi l'avait-il remerciée ? Pour le sexe ?

Faisait-il de même avec les célébrités qu'il fréquentait ?

Pourquoi s'était-elle offerte ainsi à lui ? La passion qui l'avait emportée lui semblait maintenant condamnable et répréhensible.

Pourtant, elle frissonnait encore de plaisir.

Pour retrouver un semblant de normalité, elle lava les tasses et rangea la cafetière. Quelle sottise de s'être crue immunisée contre le charme du comte Niko Radcliffe ! Elle avait voulu s'en convaincre pour minimiser le danger.

— Oh ! ne fais pas ton cinéma ! s'admonesta-t-elle

à voix haute. Toutes les femmes lui courent après. Aucune ne lui résiste. Finalement, tu es comme les autres. Il ne faut pas attacher d'importance à ce qu'il s'est passé ce soir. À ses yeux, c'est insignifiant.

Elle attrapa un torchon et essuya si vigoureusement la vaisselle qu'elle cassa une tasse, la préférée de sa mère.

Cet homme l'obsédait...

— Pense à autre chose ! s'écria-t-elle, furieuse.

Les sujets de préoccupation ne manquaient pas, pourtant. L'assurance, le toit, l'argent...

En tout cas, elle avait conscience d'avoir commis une sottise et se jura que cela ne se reproduirait pas. De son côté, il était fort possible que Niko soit en train de se dire exactement la même chose.

En haut de la colline qui dominait l'estuaire, Niko arrêta sa voiture et sortit pour contempler le paysage au clair de lune. Il avait besoin de paix.

Il avait probablement été influencé par le souvenir de son père, quand il avait acheté le ranch Mana pour lui redonner vie. Il venait également d'un pays — San Mari — où l'agriculture occupait une place prépondérante. D'ici à quelques années, les pâturages seraient de nouveau verts et luxuriants. Il en tirait une immense satisfaction.

Il contempla les pentes douces des anciens volcans qui se jetaient dans la mer. Par endroits, des glissements de terrain avaient laissé comme des cicatrices. Il planterait des arbres pour contenir l'érosion.

Que lui était-il arrivé ce soir avec Elana Grange ? Pourquoi avait-il perdu son self-control ? Cette femme l'affectait plus que de raison. Et le sexe, avec elle, était tout simplement...

Transcendant. C'est le seul mot qui lui vint à l'esprit. Choqué, il s'efforça de mettre de l'ordre dans son esprit. Dès le début, il avait résolu de garder ses distances pour éviter de la faire souffrir, et c'était une sage décision. Heureusement, il n'était pas son premier amant... En tout cas, ses relations précédentes lui semblaient maintenant sordides et cyniques.

Ce soir, il avait capitulé à cause d'un désir si violent qu'il en était presque effrayé. D'ailleurs, il n'était pas rassasié...

Mais il voulait aussi protéger Elana.

8

Après s'être douchée pour effacer l'odeur de Niko Radcliffe, Elana changea les draps et se recoucha. Elle resta de longues heures éveillée, à fixer le plafond dans le noir, incapable de trouver le sommeil. Comment pourrait-elle jamais oublier l'ivresse de la passion qu'elle avait connue avec Niko ?

Elle n'avait pas, comme lui, l'habitude des aventures sans lendemain.

Elle finit par s'endormir, mais rêva de lui, et rougit au matin en revoyant les scènes érotiques qui l'avaient troublée pendant la nuit.

Il fallait à tout prix arrêter de penser à lui. Bien d'autres soucis requéraient son attention.

D'abord appeler Ted. Malheureusement, il n'avait pas de véhicule disponible. Le sort s'acharnait contre elle, la contraignant à faire appel à Niko. Elle raccrocha et observa son reflet dans le miroir. Un changement subtil s'était opéré depuis la veille. Ses lèvres semblaient plus pleines, son expression plus langoureuse.

— Tu as une imagination trop vive...

Néanmoins, faire l'amour avec Niko l'avait bouleversée. Jamais elle n'avait connu un tel tumulte de sensations. Avec lui, elle avait éprouvé une extase absolue, qui lui donnait l'impression d'une seconde naissance, une redécouverte d'elle-même. Elle s'était embrasée à son contact et en demeurerait changée à jamais.

Cette pensée la jeta un trouble profond.

— Calme-toi, s'exhorta-t-elle. Cela ne se reproduira pas.

Elle téléphona au ranch à contrecœur, en redoutant de tomber sur Niko.

Heureusement, c'était la gouvernante.

— Je m'apprêtais justement à vous appeler ! Le patron m'a mise au courant de vos problèmes. À quelle heure voulez-vous partir ?

Elles se mirent d'accord toutes les deux et Elana, ragaillardie, la remercia chaleureusement. Ensuite, elle appela le garage car il fallait réparer la voiture de Steve.

— Je peux venir à 17 h 30 cet après-midi, lui promit le garagiste.

— C'est parfait. Je serai rentrée.

Le mécanicien examina avec soin le moteur, puis se redressa et rabattit le capot en secouant la tête.

— Franchement, Elana, ce tas de ferraille ne vaut plus rien. Ce n'est même pas la peine d'essayer de la réparer. Avec la même somme d'argent tu pourras t'acheter une bonne occasion.

— Et ma voiture ? demanda Elana. Tu as eu le temps de jeter un œil ?

— Oui. Elle est récupérable.

Elle poussa un soupir de soulagement.

— Elle sera prête quand ?

Il haussa les épaules.

— Je ne peux pas donner une date avec certitude. Cela dépend du passage de l'expert. Il faut compter au moins une semaine.

Après le départ du garagiste, Elana rappela Ted. Il pouvait lui louer un véhicule pour quelques jours.

— Mais pas davantage, l'avertit-il. Avec les vacances scolaires, je suis débordé.

Rassurée, elle s'appliqua de la crème solaire et alla désherber le potager. Une location de voiture entamerait ses économies et elle n'avait pas besoin de cela en ce moment...

Ce serait tellement plus simple et plus *raisonnable* d'accepter la proposition de Niko...

Les limaces avaient fait des dégâts dans les plants de laitue. En cherchant du produit dans le hangar, elle entendit un bruit de moteur et aperçut le 4x4 de Niko dans l'allée.

Le cœur battant, elle baissa les yeux sur son vieux short délavé, en se désolant d'avoir enfilé un T-shirt informe pour travailler au jardin. Elle s'appliqua à calmer sa respiration pendant que Niko descendait de voiture et s'avançait à sa rencontre. Au prix d'un gros effort, elle réussit à arborer un sourire de façade.

— Bonjour ! lança-t-elle d'un ton enjoué.

Cela sonnait si faux qu'elle eut l'impression d'être ridicule.

Il plissa les yeux.

— Tout va bien ? s'enquit-il d'un ton soupçonneux.

— Oui.

Il scruta son expression.

— Menteuse...

Elana se crispa.

— Dis-moi ce qui t'inquiète.

— Pourquoi ? rétorqua-t-elle, sur la défensive.

Elle regretta aussitôt sa réaction. Elle avait l'air d'une adolescente rebelle.

— Parce que je pourrais peut-être t'aider.

Elle ne répondit pas et il perdit patience.

— C'est très bien d'être indépendante, mais il ne faut pas te punir inutilement.

— Si tu veux savoir, on vient de m'annoncer que la voiture de Steve ne valait pas la peine d'être remise en état, annonça-t-elle d'un ton sec.

Il fronça les sourcils.

— Comment vas-tu faire ?

— Ted peut me louer une voiture jusqu'à la fin de la semaine et le ferrailleur viendra me débarrasser de la vieille guimbarde de Steve. Je traverse une mauvaise passe, mais la chance finira bien par tourner.

Sa remarque l'amusa et un sourire adoucit ses traits, contrastant avec son magnétisme viril.

Elle en frissonnait presque. *Redeviens l'homme dominateur que tu es réellement*, l'adjura-t-elle en son for intérieur. Devant une telle expression, elle fondait littéralement.

— Je l'espère pour toi, comme tous tes amis d'ailleurs... Mme Nixon s'inquiète beaucoup à ton sujet.

— Elle est parfois très envahissante.

— Elle m'a dit que tu n'avais aucune famille, poursuivit Niko, dédaignant son commentaire.

— En effet. Ma mère était une enfant de l'assistance publique, et Steve, qui était anglais, ne m'a jamais parlé de sa famille.

— Et ton père ?

— Je ne sais pas grand-chose de lui, dit-elle avec froideur, pour couper court.

— Dans ces conditions, c'est très bien que Mme Nixon s'occupe un peu de toi... J'ai un rendez-vous à Wellington demain matin avec le Premier ministre. Ensuite, je m'envole pour les Maldives.

Les Maldives ? Qu'allait-il faire là-bas ? Retrouver une maîtresse ?

— Amuse-toi bien, lâcha-t-elle, transpercée par une pointe de jalousie.

Un bruit de moteur résonna dans les airs, au-dessus d'eux.

— Mon hélicoptère... Tu veux bien me raccompagner à Mana ?

Elle écarquilla des yeux étonnés.

— Pourquoi ?

— Parce que je te prête le 4x4 pendant mon absence.

— *Non* merci, répondit-elle machinalement.

— Si, décréta-t-il sur un ton sans réplique. Je veux être sûr que la conduite ne te posera pas de problème. Il est plus gros que les véhicules dont tu as l'habitude.

— Tu n'es pas obligé...

— Je sais, mais puisque je ne m'en servirai pas...

Elle essaya de trouver un argument logique.

— C'est inutile, je...

Il lui lança la clé et tourna les talons.

— Où vas-tu ?

— Je rentre à pied.

— Tu... C'est ridicule.

— Pas du tout. Comme tu me l'as fait remarquer toi-même il n'y a pas si longtemps, ce n'est vraiment pas loin.

Elana laissa échapper un soupir.

— D'accord, je te raccompagne.

Mais s'il se permet le moindre sourire condescendant je lui laisse le volant...

Il monta sans un mot, en lui adressant à peine un regard.

Niko réprima un petit sourire en s'installant à la place du passager. D'où Elana tenait-elle sa farouche indépendance ? Et pourquoi diable s'évertuait-il à l'aider alors qu'elle s'acharnait à le repousser ?

Sauf la nuit dernière... Il n'avait pas l'intention de lui faire l'amour. Mais quelque chose dans son regard, son attitude, l'avait touché au cœur.

Il avait vécu des moments délicieux, enivrants comme jamais.

Pourtant, cela ne menait nulle part. Le comportement d'Elana ne permettait aucun doute là-dessus. Il fallait donc l'oublier au plus vite et se concentrer sur ses affaires.

— Tu conduis très bien, la félicita Niko comme ils approchaient du ranch. J'ai prévenu mon assurance que je te prêtais ma voiture.

Elana se retint de lui demander la date de son retour. Une nuit d'amour ne lui donnait aucun droit. D'ailleurs, il n'avait peut-être pas l'intention de revenir avant longtemps.

Refoulant son angoisse devant une telle éventualité, elle le déposa devant l'entrée sans éteindre le moteur.

— Merci. Bon voyage.

Il mit pied à terre et fit le tour pour lui dire au revoir.

— Tâche d'éviter les ennuis !

— C'est toi qui me portes malchance, plaisanta-t-elle. Tout va mal depuis que je t'ai rencontré.

— N'importe quoi !

Il se pencha par la fenêtre pour couper le contact.

— J'ai quelque chose à te demander. Sais-tu reconnaître le cri du kiwi ?

— Oui, répondit-elle, surprise. Pourquoi ?

— J'en ai vu un sur le bas-côté hier soir, mort, sans doute écrasé par une voiture.

— Ils sont souvent éblouis par les phares. Mais ils sont aussi attaqués par les chiens, et les hermines mangent les petits.

Niko hocha la tête.

— On m'a expliqué tout cela quand j'ai appelé le ministère de l'Écologie. Je projette de créer une zone de protection des kiwis sur la péninsule. Cela t'intéresserait de faire partie du conseil d'administration ?

Elle faillit dire non, pour garder ses distances. Mais la préservation de la nature faisait partie de ses préoccupations et cette nouvelle facette de Niko lui plaisait.

— Oui, répondit-elle après quelques secondes d'hésitation.

— Tu connais mieux que moi les propriétaires des environs. Tu penses qu'ils seraient d'accord ?

Elle réfléchit un instant.

— Sans doute. En tout cas, cela vaut la peine d'essayer.

Il jeta un coup d'œil à sa montre.

— Je dois y aller.

— Euh... Oui. Merci.

Il la considéra d'un air perplexe.

— Elana, si tu as des remords pour cette nuit, rassure-toi, je ne t'en estime pas moins...

— Pas du tout ! protesta-t-elle, embarrassée. Mais je ne voudrais pas que tu te sentes responsable juste parce que je... Nous...

Elle se tut en rougissant.

— Parce que nous avons fait l'amour, acheva-t-elle.

— C'est si difficile à dire ?

Elle se mordit la lèvre comme une adolescente timide.

— Excuse-moi, se reprit-il. Ma remarque était stupide. À dans quinze jours.

— Bon voyage.

Elle redémarra aussitôt en direction de Waipuna.

Que signifiait l'attitude de Niko ? *Merci pour hier soir et à présent oublions tout ?*

Non ! Cette pensée l'emplissait d'un profond désespoir. Niko l'avait faite sienne si totalement qu'elle n'était plus la même. Et son ardeur, sa tendresse prouvaient qu'il avait enfin trouvé la femme qu'il cherchait.

Tu te laisses emporter par ton imagination...

Le lendemain, elle reçut un mail de Niko lui demandant de communiquer désormais uniquement par courrier électronique.

C'était bref, froid et concis.

Qu'espérait-elle donc ? Pourquoi ressentait-elle un affreux sentiment de vide et d'abandon ? Une brève rencontre n'aurait pas dû la mettre dans cet état. Niko, lui, ne s'émouvait pas pour si peu.

Cela aurait dû la soulager. Pourquoi chaque mot de son message impersonnel lui donnait-il un coup au cœur ?

Arrête de penser à lui.

Heureusement, elle avait de quoi s'occuper l'esprit avec le travail qu'il lui avait confié, même si la perspective de se rendre chez lui, dans sa maison, la gênait beaucoup, maintenant.

Elle s'absorba dans la contemplation des eaux de l'estuaire. De l'autre côté, les pohutukawas bourgeonnaient. Bientôt, aux environs de Noël, leur floraison écarlate teinterait de rouge le flanc des collines.

Niko serait-il là pour les fêtes de fin d'année ?

Il s'était passé tant de choses récemment... La mort de sa mère, l'accident de Jordan, le vol de sa voiture, la découverte des documents...

Et surtout sa rencontre avec Niko Radcliffe.

Le téléphone sonna et elle rentra précipitamment. C'était le couvreur, qui fixa une date pour son intervention. Elle était contente et soulagée, mais toujours un peu inquiète à cause des frais engagés. Même avec l'argent que lui verserait Niko, elle devrait restreindre ses dépenses pendant plusieurs mois.

Mais elle s'en sortirait. N'avait-elle pas toujours fait face jusqu'à présent ? Elle finirait aussi par surmonter son désir fou pour un homme inaccessible.

Au fil des jours, elle s'intéressa de plus en plus aux documents, surtout aux journaux intimes qui relataient la vie quotidienne, les accidents et les coups du sort mais aussi les fêtes, les bals et les mariages. Elle mit de côté un paquet de lettres jaunies, nouées par un ruban.

Elle n'osait pas les lire, par discrétion, et décida d'en parler d'abord à Niko.

Un coup frappé à la porte la tira de ses réflexions.

— Les élèves du collège viennent planter des arbres, aujourd'hui, annonça David West. Ils risquent d'arriver en mon absence. Mais ils ne vous dérangeront pas.

Encore une nouvelle facette de Niko... Le gérant ne tarit pas d'éloges sur son patron et les excellentes relations qu'il entretenait avec les adolescents.

— Les jeunes l'adorent, même s'il leur impose une discipline très stricte. Au fait, Patty est chez le dentiste. Vous pouvez répondre au téléphone et prendre les messages, éventuellement ?

— Oui, bien sûr.

Elana, qui croyait connaître Niko Radcliffe, recueillait

constamment des informations qui bouleversaient ses idées préconçues. Petit à petit, contre son gré, elle découvrait une personnalité intéressante, et très généreuse.

La veille, Mme Nixon l'avait informée qu'il avait effectué un don important à la maison de retraite.

— Il a déjà fait beaucoup pour Waipuna, avait-elle déclaré. Et pas uniquement au plan financier. Il est actif dans tous les domaines.

Il y eut un appel téléphonique un peu plus tard ce jour-là, et Elana répondit, ainsi que David West le lui avait demandé. C'était une femme avec un fort accent anglais.

— Je veux parler à Niko Radcliffe.

— Désolée, il n'est pas là. Voulez-vous laisser un message ?

— Non. Qui êtes-vous ? Sa secrétaire ?

— Non.

— Sa nouvelle maîtresse, alors ? lança l'interlocutrice abruptement. Si c'est le cas, je vous mets en garde. Niko Radcliffe est une brute qui ne maîtrise pas ses accès de violence. Méfiez-vous de lui.

Elana n'eut pas le temps de répondre, la communication était déjà coupée. Elle raccrocha, mal à l'aise. Qui avait appelé ? Une femme qui connaissait bien Niko, et qui avait de bonnes raisons de le haïr. Elle brandissait les mots comme des armes.

Elana respira profondément, plusieurs fois de suite, en proie à une soudaine nausée. Pourquoi était-elle toujours attirée par des hommes violents ?

D'abord son père, qui battait sa mère, puis Roland, tellement égocentrique qu'il ne supportait pas qu'elle s'intéresse à autre chose que lui et s'irritait de ses liens affectifs avec sa mère et ses amis. Heureusement, sa lucidité lui avait permis de rompre assez vite et cette histoire ne lui avait pas laissé trop de cicatrices.

Elle n'arrivait pas à imaginer Niko en train d'agresser une femme.

Mais on ne percevait pas tout de suite les premiers signes.

Il lui avait fallu plusieurs mois pour prendre conscience des critiques incessantes de Roland. Il exigeait de savoir où elle était, avec qui, et lui infligeait des journées entières de silence glacial quand il croyait qu'elle lui avait désobéi. Peu à peu, ce comportement avait miné sa confiance en lui.

La manipulation émotionnelle était déjà insupportable, mais la violence infiniment pire. L'amour n'assouvissait pas seulement un besoin physique ; il fallait aussi un climat de confiance et une bonne entente.

Elana était lente à assimiler les leçons de l'expérience.

Cela avait-il amusé Niko de la séduire ? Avait-il jeté son dévolu sur elle pour se divertir ? Il était reparti très vite au-delà des mers...

Quoi qu'il en soit, le souvenir de leur étreinte passionnée demeurait étrangement vivace dans le corps d'Elana.

Elle ne connaissait pas assez bien Niko pour lui accorder sa confiance, encore moins son amour. Mais, en dépit du sens commun le plus élémentaire, il lui manquait.

Il ne servait cependant à rien de se lamenter. À l'avenir, elle ne céderait plus à ses instincts.

En attendant, elle se remit au travail et se plongea dans le récit d'une garden-party de l'époque victorienne, raconté par la jeune fille de la maison, âgée de dix-huit ans.

Jusqu'à ce qu'une voix grave et masculine, reconnaissable entre toutes, l'interrompe.

— Ta lecture doit être passionnante.

Le moment qu'elle redoutait était arrivé. Le cœur battant, les mains moites, elle se retourna lentement.

— Je... Je n'ai pas entendu l'hélicoptère.

— Il est à la révision. Dave est venu me chercher en voiture à l'aéroport.

Il s'interrompit un instant.

— Qu'y a-t-il ? Tu es toute pâle.

— Rien, répondit-elle machinalement. Je ne t'attendais pas, c'est tout. Cela ne fait qu'une semaine...

Elle s'interrompit, mortifiée de lui montrer qu'elle comptait les jours.

— J'ai entendu la voiture, mais je croyais que c'était Mme West qui rentrait de chez le dentiste.

Dis-lui tout de suite, débarrasse-toi de la corvée.

— Quelqu'un a téléphoné, une Anglaise, mais sans laisser de message.

Tout en parlant, elle scrutait son visage à la recherche d'un indice.

Il restait impénétrable.

— Si c'est important, elle rappellera.

Puis il indiqua le vieux carnet ouvert sur le bureau.

— Qu'est-ce que c'est ?

Tous les sens en émoi, elle s'efforça d'ignorer le parfum viril et troublant de son eau de toilette.

— Un journal intime, absolument fascinant. Je suis si contente que ces documents aient été sauvés ! Je ne sais pas ce que les anciens propriétaires en auraient fait s'ils les avaient trouvés. Ils les auraient brûlés.

— Tu n'as pas l'air de les estimer beaucoup.

Elle haussa les épaules.

— Je ne les connaissais pas vraiment. Ils habitaient Auckland et passaient beaucoup de temps à l'étranger. Ils ne s'occupaient guère de Mana. Pour eux, le ranch n'était qu'une source de revenus.

— Tu crois que je suis comme eux ?

— Non, pas du tout ! J'ai vu tous les changements que tu as déjà apportés. La maison est restaurée, les clôtures sont réparées et les terres déjà en bien meilleur état. Tu as beaucoup investi, sans chercher un profit immédiat. En plus, tu associes la population locale aux travaux de plantation en bord d'estuaire pour stopper l'érosion. Les collégiens sont venus, aujourd'hui.

Troublée par la proximité de Niko, elle sentit son cœur battre la chamade. *Va-t'en*, pria-t-elle intérieurement.

— On dirait que tu m'en veux, mais je ne sais pas pourquoi, observa-t-il. Tu as quelque chose à me reprocher ?

Elle saisit le premier prétexte qui se présenta.

— C'est dommage que tu aies renvoyé M. Percy.

— Qui t'a dit cela ?

— Sa femme en a parlé à Mme Nixon.

Le regard de Nikos se durcit.

— Il ne travaille plus ici parce qu'il a détourné des fonds. Sa femme n'est pas au courant, et ce n'est pas moi qui vais le lui apprendre.

Interdite, Elana garda le silence.

— Je te laisse travailler, ajouta-t-il. J'espère que tu déjeuneras avec moi.

Elle hésita.

— Patty est chez le dentiste et n'aura peut-être pas le temps de préparer le repas. Je peux m'en charger.

— Merci, mais je suis capable de me débrouiller. Nous mangerons dehors, sur la terrasse.

Après son départ, Elana poussa un long soupir. Toutes sortes d'émotions contradictoires l'assaillaient. Le revoir avait réveillé en elle une joie dangereuse, insensée.

Niko espérait-il vivre une liaison avec elle lors de ses séjours à Mana ? Cela semblait peu probable. Rien, dans ses propos ou son expression, ne le laissait présager. Elle aurait dû s'en réjouir, mais ces quelques heures de passion entre ses bras avaient opéré en elle un bouleversement qu'elle n'osait encore analyser. Elle décida de s'en tenir à l'avertissement de la mystérieuse Anglaise.

De toute façon, Niko ne séjournerait jamais à Mana très longtemps. Il dirigeait un vaste empire financier et ses affaires le réclamaient dans tous les coins du globe...

À midi, elle ramassa son sac et se dirigea vers la terrasse qui donnait sur l'estuaire, où Mme West était en train de disposer le couvert.

— Comment s'est passée votre séance chez le dentiste ? demanda-t-elle.

— Très bien, merci.

Niko les rejoignit. Il s'était changé, mais, même en jean et polo, il irradiait l'autorité d'un puissant businessman.

En dépit de sa volonté de garder ses distances, Elana se félicita secrètement d'avoir choisi une jolie robe d'été dont les teintes ambrées rehaussaient son teint et faisaient ressortir le vert de ses yeux.

— Je vais pousser la table à l'ombre, remarqua

Niko après le départ de la gouvernante. Avec ta peau très pâle, tu risques d'attraper des coups de soleil.

Elle demeurait incorrigiblement sensible à son charme. Malgré elle, le souvenir de leurs ébats resurgissait à la surface de sa mémoire.

Sans ce coup de fil inopiné qui l'avait alertée, elle aurait cédé encore une fois à son charisme au lieu de se protéger derrière son armure. Elle prit un ton désinvolte.

— Ne t'inquiète pas. À cette période de l'année, je ne sors jamais sans mettre de crème solaire.

Mme West apporta un somptueux plat de poisson sur un lit de tomates au four.

En temps habituel, Elana venait là pour manger son pique-nique. On entendait le bruit des vagues sur la plage toute proche, derrière les arbres, et le criaillement des mouettes qui s'aventuraient jusque sur la pelouse. Mais la présence de Niko éclipsait le décor...

Appelant sa volonté à la rescousse, Elana s'appliqua à entretenir une conversation banale et superficielle.

— L'un des carnets comporte la description du mariage du fils aîné. La cérémonie s'est déroulée à Waipuna, mais la réception a eu lieu ici, dans le parc.

— Tu as l'air de prendre beaucoup de plaisir à te plonger dans le passé.

— Oui...

Elle resta délibérément sur un terrain neutre.

— Je ne savais pas que des collégiens plantaient des arbres à Mana.

— Leur professeur de biologie anime un groupe de réflexion sur l'environnement. Quand j'ai appris cela, j'ai contacté le proviseur pour lui soumettre mon idée, qu'il a approuvée. Ils viennent une fois par mois.

— Ton projet pour la préservation des kiwis avance ?

— Oui. Tu es toujours intéressée ?

Elle hocha la tête.

— Mon père m'a initié très tôt à l'écologie, expliqua-t-il. Quand j'étais petit, on a découvert tout près de chez nous un takahé, alors qu'on croyait l'espèce complètement disparue.

— J'ai lu un article sur ces oiseaux étonnants, dit Elana, impressionnée. J'aimerais bien en voir un jour.

— Nos ancêtres ne se rendaient pas compte des dégâts qu'ils causaient en défrichant les terres sauvages pour les cultiver.

Puis, il changea abruptement de sujet.

— À ton avis, que dois-je faire de ces documents, une fois que tu les auras lus et catalogués ?

— Le musée local serait ravi de les avoir. Mais il est tenu par des bénévoles. Il vaudrait mieux les donner à un conservateur compétent.

Il acquiesça.

— Quand ils seront numérisés, on pourra en déposer une copie à Waipuna.

Mme West arriva avec le café, que Niko servit lui-même. Tout en observant ses mains, Elana éprouva de nouveau cette étrange sensation de *déjà-vu*, comme si elle reconnaissait ce jardin, cette maison... cet homme.

Réprimant un tremblement, elle fit mine d'observer le jardin. Le soleil jetait une lumière crue sur l'enchevêtrement de ronces qui avait envahi les anciennes plates-bandes. Les abeilles bourdonnaient en butinant un fouillis de lys orangés. À travers les branches des pohutukawas, le bleu de l'estuaire scintillait. Elle se remémora la conversation qu'elle avait eue avec Niko à propos du château de la Belle au bois dormant.

Elle s'empourpra en croisant son regard.

— Bois ton café, ordonna-t-il à brûle-pourpoint. Ensuite, je te raccompagne.

Elle faillit accepter et se ravisa juste à temps. Sa proposition n'avait rien d'innocent et elle savait très bien ce qui arriverait... Son corps le réclamait avidement, elle le voulait de tout son être, jusqu'au vertige, mais sa petite voix intérieure lui interdisait d'avoir confiance en cet homme et elle résista.

La gorge sèche, elle articula une réponse bredouillante.

— Je suis en plein travail...

— Ce n'est pas grave. Tu t'y remettras un autre jour.

Elle secoua la tête.

— Non.

9

C'était un son rauque, presque inarticulé, mais Niko comprit : Elana ne voulait pas poursuivre leur relation à peine entamée...

Un mélange de colère et de désarroi le submergea. Jusqu'alors, aucune femme ne s'était refusée à lui. Sa puissance et son argent lui garantissaient le succès.

Mais pas avec Elana Grange.

En même temps, il éprouvait un soulagement inattendu. Cette réaction prouvait son intégrité, son désintéressement.

Sans manifester aucune émotion, il parla d'autre chose.

— Finalement, tu as utilisé ma voiture ?

— Uniquement pour venir ici quand il pleut, répondit-elle. La femme d'un de tes employés a trouvé du travail à Waipuna. Je fais le trajet avec elle les jours où je dois me rendre à la boutique. Nous partageons les frais d'essence, cela marche très bien.

— N'hésite pas à me solliciter si tu as besoin.

— C'est gentil.

Ils continuèrent à bavarder poliment, de manière impersonnelle. Niko sortit les plans de l'architecte paysagiste qu'il avait contacté, qui respectaient l'idée originale d'un jardin victorien. Cela fit plaisir à Elana.

De retour dans son bureau, elle se laissa tomber mollement sur une chaise et tâcha de mettre un peu de cohérence dans ses pensées.

Vainement... La résistance qu'elle avait opposée à Niko l'avait vidée de ses forces et de son énergie. Le combat avait été rude. Car tout son être, jusqu'à la plus infime cellule de son corps, voulait revivre la jouissance fabuleuse qu'il lui avait offerte. Néanmoins, elle avait gagné. Niko avait compris qu'elle ne souhaitait pas s'engager dans une aventure. Elle n'avait plus rien à craindre et pouvait se détendre.

Pourtant, elle se sentait désolée, presque effondrée. Elle ignorait pourquoi Niko avait avancé la date de son retour. Si cela avait été pour elle, il ne se serait pas montré aussi indifférent...

Leurs univers, diamétralement opposés, s'étaient croisés par hasard. Mais il n'y avait rien de commun entre un noble richissime, issu d'une vieille famille européenne, et une modeste Néo-Zélandaise au compte en banque presque vide.

Avec un peu de chance, Niko repartirait bientôt au bout du monde. Le plus tôt serait le mieux.

Elana eut beaucoup de mal à se concentrer, cet après-midi-là. Et, quand il fut l'heure de rentrer chez elle, elle avait l'estomac noué par l'appréhension.

D'ailleurs, Niko l'attendait pour la raccompagner. Il lui fallut rassembler tout son courage pour s'approcher en feignant la désinvolture.

Niko l'observa avec perplexité. Pourquoi le mettait-elle dans un état pareil ? Il avait suffi d'un tout petit mot de trois lettres pour le jeter dans un égarement invraisemblable.

Il était clair qu'elle ne voulait pas poursuivre leur relation. Mais les quelques heures passées ensemble ne les engageaient en rien. Il oublierait bien vite cet interlude...

Il lui ouvrit galamment la portière et, quand elle s'installa, il sentit de nouveau l'aiguillon du désir le tourmenter.

C'était stupide. Elle ne voulait pas de lui.

Regrettait-elle ce qui s'était passé ? Peut-être... Non, c'était impossible. Elle s'était animée entre ses bras, révélant une nature sensuelle et passionnée, un tempérament de feu.

N'y pense plus.

Avait-elle un autre homme dans sa vie ? Peut-être...

Plein d'une rancœur sourde, il fit le tour de la voiture en continuant à s'interroger. Il n'avait pas réussi à la chasser de son esprit pendant son voyage... Au contraire, il lui tardait de la revoir. Il allait se ridiculiser, s'il s'obstinait.

Elle t'a repoussé, songea-t-il, sardonique.

Son amour-propre souffrait. Malgré tout, Elana était libre de ses choix, il n'avait pas à s'imposer.

Il avait cependant une question à lui poser.

— Tu n'es pas enceinte, au moins ? demanda-t-il en démarrant.

Elle se raidit.

— Absolument pas !

— Très bien.

Ils effectuèrent le trajet dans un silence tendu. En arrivant devant chez elle, Elana se tourna vers lui.

— Merci de m'avoir prêté une voiture. Mais je n'en ai plus besoin. Le chemin jusqu'à Mana est très agréable et la marche me fait du bien.

— Quelqu'un viendra te chercher s'il pleut, maugréa-t-il dans un mouvement de mauvaise humeur.

— Ce n'est pas la peine. J'ai des bottes et un parapluie.

Niko grinça des dents. Elle était ridicule de s'entêter ainsi ! Mais il capitula devant son air inflexible.

— Je te remercie de m'avoir raccompagnée.

— C'était un plaisir, railla-t-il avant de faire demi-tour.

Elana chassa un regret intempestif et rentra chez elle.

D'ordinaire, sa maison l'accueillait comme un refuge, mais elle lui parut subitement étrangère et solitaire, sans mémoire...

En réalité, un seul et unique souvenir l'habitait désormais, écrasant tous les autres : l'étreinte passionnée de Niko, gravée sur sa peau et dans son corps, lui rappelait sans cesse l'excitation voluptueuse qui l'avait enivrée. Que n'aurait-elle sacrifié pour se blottir tendrement dans ses bras !

Soudain, une peur diffuse se mêla à sa tristesse.

Non ! chuchota-t-elle.

Elle n'allait tout de même pas commettre une sottise aussi effroyable ? Elle n'était pas amoureuse...

Elle prit une profonde inspiration. *Non,* répéta-t-elle plus fermement. Elle n'était pas stupide. Niko Radcliffe était un amant fabuleux, et alors ? Combien de femmes avait-il séduites pour acquérir cet art consommé ?

Le téléphone interrompit ce flux de questions.

— Oh ! bonjour, madame Nixon !

— Bonjour, chère Elana. Nous ne nous sommes

pas vues depuis bien longtemps ! Si nous déjeunions ensemble dans le petit café au bord de la rivière ? Samedi midi te conviendrait ? Nous pourrions faire un tour au marché. Je viendrai te chercher et je te raccompagnerai.

Elana accepta avec plaisir cette diversion. Le comte Niko Radcliffe prenait beaucoup trop de place dans sa vie ! Elle se promit de l'éviter jusqu'à la fin de la semaine et de ne plus penser à lui.

Hélas, c'était plus facile à dire qu'à faire. Même s'il était d'ordinaire sur ses terres avec David West quand elle venait à Mana, elle le croisa et ne put refuser de prendre le thé avec lui. Il la traitait avec une courtoisie distante qu'elle trouvait infiniment douloureuse.

Car un désir bien vivace continuait à la tarauder, non seulement embarrassant mais humiliant. Lors de sa rupture avec Roland, qui lui avait brisé le cœur, elle s'était malgré tout sentie libérée et soulagée. Cette fois, la frustration l'étreignait tous les soirs au coucher et Niko hantait ses rêves. Cette nuit-là, elle se réveilla en sanglotant, les joues humides de larmes.

Tiens bon ! Tu finiras par l'oublier. Niko, lui, ne se languit certainement pas de toi.

Pourtant, en dépit de ses efforts, son humeur chagrine et morose ne passait pas. Elle fut donc ravie de retrouver Mme Nixon dans le joli café surplombant la cascade, au-dessus d'un plan d'eau entouré de mangroves. En contrebas, les yachts et les bateaux de pêche se balançaient au gré du courant et, juste à côté, des enfants se baignaient au soleil dans un bassin en poussant des cris joyeux.

— Tant pis pour mon régime, je vais prendre des

frites avec mon poisson ! s'exclama Mme Nixon sans même regarder la carte.

Après avoir commandé, elle se pencha vers Elana.

— Alors, parle-moi un peu du comte, maintenant que tu le connais mieux.

Elana hésita un peu.

— Sûr de lui, extrêmement intelligent, indépendant. Mana est en de bonnes mains.

Elle garda le silence sur d'autres qualités, plus secrètes, qu'elle avait découvertes...

Sa compagne hocha la tête.

— Très bien. Et son projet de protection des kiwis sur la péninsule ?

— C'est une excellente idée.

Elana raconta comment Niko avait été sensibilisé à la cause animale avec les takahés.

— Ces considérations générales mises à part, que penses-tu de lui sur un plan plus personnel ? demanda Mme Nixon. Cela restera entre nous, évidemment.

— Mon jugement est le même ! lança Elana en riant. Mais vous en savez probablement davantage que moi grâce aux magazines people que vous lisez chez le dentiste et le coiffeur !

— Oh ! je ne crois pas la moitié de ce qu'on raconte sur lui. Apparemment, sa dernière maîtresse serait une aristocrate anglaise.

La femme à qui il avait envoyé des fleurs, songea Elana avec un pincement de cœur.

— Sinon, il est très généreux. Il soutient bon nombre d'associations caritatives et environnementales. Il a donné beaucoup d'argent pour un projet écologique en Amazonie.

Sans doute avait-il des qualités, mais Elana n'oubliait pas la mise en garde qu'on lui avait susurrée au téléphone. Même si elle appréciait certains aspects de sa personnalité, elle ne pouvait pas abandonner ses défenses. Des émotions incontrôlables risquaient de la submerger.

De toute manière, Niko et elle n'avaient strictement rien en commun.

— Tu fais une drôle de tête, dit Mme Nixon.

Elana plaque vite un sourire su son visage.

— Ah bon ?

— Oui, un peu mélancolique.

— Maman aimait beaucoup venir ici, répondit Elana en invoquant lâchement le souvenir de sa mère.

Puis elle se ressaisit tout à fait.

— En tout cas, elle n'aimerait pas me voir triste. C'est quelqu'un qui vivait pleinement chaque instant.

— Oui, c'est vrai.

Mme Nixon tapota la main d'Elana.

— Cette année a été rude pour toi. Fran et moi nous inquiétons beaucoup.

— Il ne faut pas. Tout finira par s'arranger.

— Je l'espère.

Elle regarda par-dessus l'épaule d'Elana.

— Quand on parle du loup... Devine qui arrive ! Avec une élégante, en plus, quoique peut-être un peu âgée pour lui...

La nuque d'Elana se hérissa.

— Bonjour, Niko.

— Madame Nixon, Elana.

— Je vous présente Petra Curtiss, dit Niko. Elle est paysagiste et va s'occuper des jardins de Mana.

— Oh ! magnifique ! s'écria Mme Nixon. Ils étaient si beaux ! Vous voulez discuter affaires ou partager notre table ?

Elana se raidit. Pourquoi fallait-il qu'elle se montre aussi aimable ?

— Petra sera très intéressée de vous entendre évoquer vos souvenirs.

— Absolument, acquiesça Petra Curtiss.

Ils s'installèrent donc à leur table, Niko à côté d'Elana, dont le cœur se mit à battre si fort qu'elle eut du mal à garder un sourire de façade.

Détends-toi, bon sang !

Petra, qui posait beaucoup de questions et prenait des notes, s'excusa de monopoliser la conversation. Elle possédait un savoir encyclopédique impressionnant sur la végétation de bord de mer.

— J'ai grandi sur la côte, au nord d'Auckland, expliqua-t-elle. Je sais quelles plantes s'acclimateront ici. En revanche, je serais moins compétente s'il s'agissait de votre propriété dans l'île du Sud.

— Heureusement, elle est en parfait état, déclara Niko. Mon père était meilleur jardinier que fermier.

Un instant, Elana croisa son regard et ses lèvres la picotèrent étrangement. Elle baissa les yeux sur son assiette.

— J'ai croisé la mère du jeune Jordan, dit Mme Nixon en s'adressant à Niko. Elle vous est très reconnaissante.

— C'est un garçon sympathique. L'accident lui a mis du plomb dans la cervelle.

— Il travaille à Mana le week-end ?

— L'argent qu'il gagne lui permettra de faire un stage de conduite en sécurité.

— À Auckland, je crois ?

— Oui.

Il changea habilement de sujet.

— C'est un dauphin, là-bas, dans la baie ?

— Oh oui ! s'exclama Elana en se levant, imitée aussitôt par Petra.

— On en voit souvent, par ici ?

— Non. Jamais, en fait. Généralement, ils sont en bande. Ah, voici les autres !

Fascinés, ils observèrent la petite troupe avant de se rasseoir pour terminer leur déjeuner. L'atmosphère semblait tout à coup tendue entre Niko et Mme Nixon.

À la fin du repas, Elana réprima un soupir de soulagement. Mais presque aussitôt une peur panique lui noua la gorge quand Niko proposa de la raccompagner.

— Oh ! mais...

— C'est sur mon chemin et cela évitera un long détour à Mme Nixon.

Elana ne pouvait invoquer aucune excuse.

Chacun regagna sa voiture et Petra Curtiss repartit en direction d'Auckland.

— Tu es vraiment gentil de t'occuper de Jordan, remarqua Elana.

— Il faut que jeunesse se passe, comme on dit... En tout cas, une fois qu'il aura suivi ce stage, les gens du coin seront plus en sécurité sur les routes !

Elle rit doucement.

— Il faut espérer. Et lui aussi !

— Tu devrais faire cela plus souvent.

— Quoi donc ? demanda-t-elle, surprise.

— Rire. Cela te va bien et c'est un joli son.

Elle s'assit en rougissant sur le siège avant.

— On ne te l'a jamais dit ? lança-t-il en s'installant au volant.

— Non, je ne crois pas.

Embarrassée, elle boucla sa ceinture et fixa la route devant elle. Niko était décidément un homme complexe, difficile à cerner, en tout cas généreux, altruiste et soucieux de l'environnement. Les fermiers néo-zélandais étaient en train de prendre conscience de la fragilité de l'écosystème et plantaient, comme lui, des arbustes pour stabiliser le sol et stopper l'érosion. Il y avait aussi ce projet de préservation des kiwis...

Par ailleurs, si elle pensait toujours avec émotion à ses caresses, elle gardait en mémoire l'avertissement du mystérieux coup de téléphone...

Elle frissonna.

— Qu'y a-t-il ?

— Rien, répondit-elle machinalement, surprise par la question abrupte. Tu regardes la route ?

— Cela ne m'empêche pas de voir ton profil, répliqua-t-il, sarcastique. Tu as l'air bien maussade.

— Je pensais à Jordan, prétexta-t-elle.

— Ne t'inquiète pas pour lui.

— Je me demande ce qui serait arrivé sans nous.

— Cela ne sert à rien de se poser ce genre de questions.

Peut-être songeait-elle à un autre accident qui avait coûté la vie de ceux qu'elle aimait...

— Comment Mme Nixon arrive-t-elle à être au courant de tout ? demanda-t-il abruptement.

— Elle est née ici et connaît tout le monde. En plus, elle est tellement adorable qu'on lui raconte tout.

— Toi aussi ! Tu lui as dit qu'on avait fait l'amour ?

— Pas du tout !

— Pendant que tu regardais les dauphins avec Petra, elle a réussi à me glisser que tu étais fragile émotionnellement.

— Oh ! pour l'amour du ciel ! Tu en as déduit que je lui avais tout raconté ?

Niko haussa les épaules.

— Elle t'aime beaucoup, et c'est réciproque. Mais ce n'est pas une raison pour tout lui confier.

— Je ne lui ai rien dit !

Elle fulminait.

— Mais elle me connaît si bien qu'elle a peut-être tout deviné... En tout cas, je t'assure que je n'ai commis aucune indiscrétion. Je risquais d'autant moins de le faire que je regrette amèrement cet épisode. Quelle sottise...

10

À peine Elana eut-elle prononcé ces mots acerbes qu'elle se repentit.

— Oh ! excuse-moi, je... Ne le prends pas mal. C'était très agréable. C'est-à-dire...

Elle respira et poursuivit plus calmement.

— Je ne voulais pas que cela aille aussi loin entre nous.

Au sortir d'un virage à droite, surpris par un camion de bétail roulant en sens inverse au beau milieu de la route, Niko donna un coup de volant brutal pour l'éviter. Aussitôt, Elana blêmit et se mit à trembler comme une feuille tandis qu'il se garait sur le bas-côté.

Pourquoi tant de fâcheuses coïncidences s'acharnaient-elles à lui remémorer le funeste accident qui l'avait traumatisée ?

Soudain, elle sentit la main de Niko, rassurante, enserrer la sienne.

— Je suis désolé.

— Moi aussi, répondit-elle gauchement. Je ne pensais pas que j'ai dit.

Pendant une longue minute, il resta silencieux.

— Et moi, j'ai tiré des conclusions trop hâtives. Je

n'ai pas à douter de ta parole quand tu affirmes que tu n'as rien raconté à Mme Nixon.

Elle lui lança un regard surpris.

— D'accord...

Il se détendit et esquissa un sourire.

— Je peux toujours lui dire de se mêler de ses affaires, mais cela ne servirait à rien, j'imagine ?

— Je le crains...

— J'espère l'avoir rassurée, en tout cas.

Quand il redémarra, elle meubla la conversation comme elle put.

— Tu as beaucoup de famille ?

— Oui, surtout du côté de ma mère. Dans l'île du Sud, j'ai seulement une tante et des cousins.

— Est-ce que tu occupes un rang officiel à San Mari ?

Elle espérait ne pas être trop indiscrète. En tout cas, il satisfit de bonne grâce sa curiosité.

— Mon statut de noble m'impose quelques obligations dans la principauté. Par exemple, ma présence est requise lors de certaines manifestations officielles. J'ai aussi des appartements privés dans le palais lorsque je séjourne là-bas.

Elana se tut pendant le reste du trajet. Elle avait du mal à imaginer la vie de Niko mais ne pouvait pas l'interroger sur la question qui lui tenait le plus à cœur : qui était la mystérieuse Anglaise qui se permettait de proférer des mises en garde vengeresses ?

Elle se ressaisit quand ils arrivèrent devant chez elle.

— Merci.

— Je te raccompagne jusqu'à ta porte, répliqua-t-il avec brusquerie.

— Ce n'est pas la peine, Niko.

Sans répondre, il descendit de voiture et fit le tour

pour lui ouvrir la portière pendant qu'elle détachait sa ceinture de sécurité.

Elle fonça tête baissée vers la porte.

Va-t'en, supplia-t-elle silencieusement en essayant d'ouvrir. *Avant que je perde mes moyens et que je me ridiculise encore une fois...*

— Donne-moi ta clé !

— Laisse-moi.

Il l'attrapa par le poignet.

— Qu'y a-t-il ?

— Lâche-moi.

Il obtempéra.

— Calme-toi, Elana.

Les doigts tremblants, elle réussit enfin à tourner la clé dans la serrure, pénétra à l'intérieur et s'obligea à se retourner vers lui.

— Tu as peur de moi ? remarqua-t-il en plissant les yeux. Je ne comprends pas... Tu n'as rien à craindre, je t'assure.

Malgré le mystérieux avertissement, au téléphone, elle le croyait.

— Je sais, déclara-t-elle simplement.

En fait, ce n'était pas de lui qu'elle avait peur, mais d'elle-même. Parce qu'elle était en train de tomber amoureuse...

Et elle n'avait pas confiance, ni en lui ni en elle.

Il fronça les sourcils.

— Alors qu'y a-t-il ? Cela m'aurait ennuyé que tu te confies à Mme Nixon. Mais je n'étais pas fâché *contre* toi, tout à l'heure, plutôt inquiet. Mme Nixon est peut-être très gentille, mais elle colporte beaucoup de ragots. Il règne généralement un esprit très conservateur dans les petites villes...

— Elle a un cœur d'or, coupa Elana sèchement. Même si elle soupçonne que nous… que nous…

— Que nous avons couché ensemble, suggéra Niko.

Elle enchaîna.

— Elle ne le criera pas sur les toits. Ta réputation ne souffrira pas.

Niko haussa les épaules.

— Je me moque éperdument de ma réputation. C'est la tienne qui m'importe.

Il marqua une pause.

— Tu as l'air surprise. Pourtant, tu serais davantage touchée que moi par les commérages. Moi, je ne suis pas d'ici…

Regrettait-il lui aussi ces quelques heures de folie ?

En tout cas certainement pas autant qu'elle. Parce qu'elle n'avait pas imaginé les conséquences de cet acte qui avait pris, à son insu, des proportions démesurées, incontrôlables.

Était-ce cela, l'amour ?

Elle fit appel à toute sa volonté pour parler d'une voix ferme.

— Je ne risque rien. Les habitants de Waipuna sont peut-être très conservateurs, mais personne ne me clouera au pilori parce que j'ai eu des relations sexuelles avant le mariage.

— *Des relations sexuelles ?* répéta-t-il avec un haussement de sourcils ironique. Pour ma part, je préfère dire que nous avons fait l'amour.

Il la prit par les épaules, sans insistance. Si elle avait voulu, elle aurait pu facilement se dégager.

Mais elle n'en fit rien.

Au contraire, ce geste lui plaisait.

— Dis-moi de partir.

— Pourquoi ? chuchota-t-elle d'une voix altérée, méconnaissable.

Et pleine d'impatience...

— Mais seulement si tu n'as pas envie que je reste, ajouta Niko.

Indécise, elle frissonna. *Qu'es-tu en train de faire ?*

Puis elle se remémora la voix féminine, au téléphone. Elle se raidit.

Immédiatement, il la lâcha et recula d'un pas, en la considérant sans aucune émotion apparente. Oh ! pourquoi y avait-il tant de froideur dans ses yeux ?

— Non ?

— Je suis *désolée*..., dit-elle en rassemblant tout son courage.

— Cela ne vaut pas la peine de te mettre dans un état pareil. Je m'en vais, annonça-t-il d'une voix coupante.

Il tourna les talons sans plus de cérémonie.

Décidément, il ne comprenait rien aux réactions de cette femme. Elle fondait de désir entre ses bras, les yeux brillants. Et l'instant d'après, sans raison, elle paniquait, mystérieusement effrayée.

Pourquoi ? Elle n'avait pas peur quand ils avaient fait l'amour. Au contraire, elle s'était donnée à lui avec une fièvre qui le hantait depuis.

Que craignait-elle ? Avait-elle lu des articles désobligeants sur lui dans les médias ? Pour la première fois de sa vie, il regrettait les innombrables maîtresses qui s'étaient succédé dans son existence. Envahi par un mélange de colère et d'étonnement, il ne comprenait pas ce qui se passait et avait besoin de temps pour réfléchir.

Elana le regarda partir les larmes aux yeux. Un désir violent, douloureux, la tenaillait. Essuyant ses joues du dos de la main, elle rentra et referma la porte de la maison familiale qu'elle avait toujours considérée comme un abri sûr.

Pourtant, ce jour-là, ce havre de paix lui semblait étranger. Elle se prépara une tasse de thé et s'assit sur la terrasse, le regard perdu dans le vague. Elle voulait à tout prix se convaincre d'avoir pris la bonne décision.

Faire l'amour avec Niko avait été une expérience hors du commun, extraordinaire, merveilleuse… Mais aussi excessivement dangereuse.

Dieu merci, jusque-là, elle avait été assez courageuse pour s'en tenir à sa résolution. Elle ne serait pas la maîtresse de Niko lorsqu'il séjournerait à Waipuna.

Pendant qu'elle réfléchissait, un doute se fit dans son esprit. Qui sait si la femme qui avait téléphoné n'avait pas tout simplement cherché à lui nuire, par jalousie ?

Niko ne s'était jamais imposé et n'avait jamais réagi brutalement. Lorsque Elana refusait ses avances, il acceptait sans insister ni se mettre en colère. De deux choses l'une : soit il n'était pas violent, soit il était capable de contrôler ses pulsions lorsqu'il le fallait.

Elana devait se rendre à Mana le lendemain. Comment l'accueillerait-il ? Pourquoi avait-elle ce goût d'échec dans la bouche, comme si rien de bon ne lui adviendrait jamais ?

Elle ne s'était jamais sentie aussi perdue, même quand elle avait rompu avec Roland. Pourtant elle avait cru à leur amour et rêvé d'une vie heureuse auprès de lui.

Comme cette histoire paraissait terne en comparaison des émotions qui l'étreignaient en ce moment !

Une mouette cria au-dessus des vagues écumantes. Le soleil jetait une lumière d'or sur les collines environnantes. Curieusement, ce spectacle, d'ordinaire régénérant, la laissa de marbre. Pourquoi le sort avait-il placé Niko sur son chemin ?

D'humeur morose, elle entreprit de désherber une plate-bande de tulipes, les fleurs préférées de sa mère. Le jardinage l'apaisait.

Elle se redressa en entendant la sonnerie stridente du téléphone et courut à l'intérieur pour répondre. C'était Niko.

— Je dois repartir incessamment, annonça-t-il. J'ignore encore combien de temps durera mon absence. Où en es-tu du dépouillement des documents de Mana ?

— J'en ai encore pour à peu près un mois de travail, peut-être six semaines.

— Bien. Je te donnerai des nouvelles. Si tu as besoin de me contacter, envoie-moi un mail, OK ? Au revoir, Elana.

— Au revoir, Niko. Bon voyage.

Elana raccrocha, le cœur battant. La voix de Niko ne trahissait rien. Il acceptait sa décision de ne pas poursuivre leurs relations.

Elle aurait dû s'en féliciter et être soulagée, mais à l'inverse, elle avait mal. Elle cligna plusieurs fois des paupières pour refouler ses larmes.

Pourtant, elle s'en remettrait. Il faudrait bien. Que signifiaient quelques heures en compagnie d'un séduisant milliardaire au regard de toute une vie ?

Rien.

Néanmoins, au cours des semaines suivantes, Elana

eut l'impression de se comporter en somnambule. Heureusement, en dehors de Mme Nixon, personne ne sembla s'en rendre compte. En apparence, son existence poursuivait son cours. Elle continuait à lire et cataloguer les documents de Mana, à composer de jolis bouquets à la boutique et à écrire des articles historiques sur les églises de l'île du Nord pour un magazine. Quand elle avait un peu de temps, elle jardinait.

Les semaines se succédaient les unes aux autres dans une sorte de grisaille indéfinie. Tous les soirs, elle se promettait de ne plus rêver de Niko Radcliffe. Mais, le matin, elle se réveillait le visage baigné de larmes. De temps à autre, Niko l'appelait sur Skype. Chaque fois, elle était un peu plus triste.

Fran, qui lui rendit visite, s'inquiéta de sa santé.

— Tu as maigri ! Que se passe-t-il ? Tu es déprimée ? Amoureuse ?

Pour une fois, Elana ne se confia pas à son amie.

— Tout va bien, prétendit-elle. Je suis juste très occupée et je passe beaucoup de temps enfermée, avec tous ces documents à lire à Mana.

— Tu n'es pas obligée de me parler, mais tu ferais bien de retrouver un peu de joie de vivre si tu ne veux pas que maman te reprenne en main.

— J'en tremble d'avance !

Elles éclatèrent de rire toutes les deux et, au grand soulagement d'Elana, Fran n'en dit pas davantage.

Après le départ de son amie, Elana dut bien convenir, dans son for intérieur, qu'elle souffrait beaucoup, même si elle n'avait pas vraiment le cœur brisé. Il n'était pas possible qu'elle soit tombée amoureuse aussi vite de Niko Radcliffe.

Heureusement, il était parti, ce qui rendait les choses beaucoup plus faciles.

Personne n'évoquait jamais son retour et elle ne posait pas de questions. Quand elle aurait terminé son travail à Mana, elle penserait beaucoup moins à lui.

Quand les collégiens revinrent planter des végétaux sur les rives de l'estuaire, elle se joignit à Patty West pour les accueillir avec une petite collation puis, le travail terminé, elle accompagna celle-ci pour regarder le minibus disparaître au bout du chemin.

— Je ferais bien de me remettre au travail, dit Elana. J'ai presque fini moi aussi.

— Vous nous manquerez, dit la gouvernante affectueusement.

Un bruit de moteur attira leur attention.

— C'est mon mari, reprit Patty. Il a un rendez-vous chez le médecin et nous allons en profiter pour faire quelques courses. Mais nous serons de retour pour déjeuner.

— Voulez-vous que je prenne les appels téléphoniques en votre absence ?

— Oui, s'il vous plaît.

Une heure plus tard, il y eut un coup de fil de Rangi Moore, le professeur de biologie qui accompagnait les collégiens.

— Une de mes élèves ne se sent pas bien du tout. En fait elle est au bord de l'évanouissement, mais je ne peux pas laisser seul le reste du groupe et je n'ai pas réussi à contacter ses parents. Si M. ou Mme West pouvaient venir la chercher...

— Ils ne sont pas là, mais je m'en charge, si vous voulez. Je l'emmènerai chez moi quand j'aurai fini et vous la prendrez au passage en rentrant.

— Super ! s'exclama-t-il, visiblement soulagé. En

fait, si ce n'est pas trop vous demander, il vaudrait mieux que vous restiez à Mana avec elle. Ses parents sont en rendez-vous. Ils ont éteint leur téléphone portable, mais savent où nous sommes. Vous les connaissez ?

— Non.

Elana hésita, paniquée à l'idée de devoir se comporter en maîtresse de maison. Puis, elle se rendit à la raison.

— D'accord, je l'installerai sur la terrasse, sur une chaise longue.

— Parfait. Vous savez où nous trouver ?

Elle jeta un coup d'œil par la fenêtre.

— Oui, je vous vois d'ici, dans la ravine à côté du hangar. J'arrive tout de suite.

Grande pour ses douze ans, très pâle, la jeune Sarah l'attendait au bord du chemin avec son professeur.

— Monte ! lança Elana en ouvrant la portière.

De retour au ranch, l'élève commença à pleurer.

— Je veux rentrer chez moi, gémit-elle.

Elana la prit dans ses bras.

— Je suis désolée, mais nous n'avons pas pu contacter tes parents. Dès que ce sera possible, ils viendront te chercher.

Elle l'installa dans la véranda.

— Reste ici à l'ombre. Je vais te chercher un coussin et un verre d'eau.

— Je n'ai pas soif, merci, dit Sarah en fermant les yeux. J'ai très mal à la tête.

— Cela t'est déjà arrivé ?

Sarah hocha la tête.

— Oui, maman me donne de l'aspirine.

— J'en ai dans mon sac. Je reviens tout de suite.

À son retour, Sarah avait retrouvé un peu de couleurs. Elle but et avala le cachet avec gratitude.

— J'entends un avion... Non, un hélicoptère.

Surprise, Elana leva les yeux vers le ciel tandis que le sang lui montait au visage.

— C'est sûrement M. Radcliffe.

Sarah réussit à sourire.

— Tant mieux. Je l'aime beaucoup. Il est très gentil.

Gentil ? Jamais Elana n'aurait songé à cet adjectif pour le décrire...

— En tout cas, tu as l'air d'aller mieux. Comment va ta migraine ?

— J'ai encore mal.

Elles se turent pendant l'atterrissage.

— M. Radcliffe pilote lui-même l'hélicoptère ? demanda Sarah quand le bruit du moteur cessa.

— Je l'ignore. Tu lui poseras toi-même la question, si c'est bien lui.

— D'accord.

C'était lui. La nervosité d'Elana monta d'un cran lorsqu'il s'avança à leur rencontre. Une décharge d'adrénaline coula dans ses veines, l'emplissant d'un désir fou, interdit. Elle tâcha vainement de se sermonner.

Elle aimait cet homme. C'était une certitude, maintenant. Depuis le premier instant et pour toujours. Si seulement elle pouvait avoir confiance en lui !

— Qu'y a-t-il Sarah ?

Elana sursauta. Connaissait-il tous les élèves par leurs prénoms ?

— Je ne me sens pas très bien, répondit la collégienne. Je crois...

Elle n'eut pas le temps d'achever sa phrase et vomit aux pieds de Niko avant d'éclater en sanglots.

Il lui tapota gentiment l'épaule.

— Ce n'est pas grave, ne t'inquiète pas. Elana va t'emmener à la salle de bains.

Elana lui tendit la main pendant qu'il ajoutait à son intention :

— Il y a un cabinet de toilette juste là, derrière la porte.

Elles s'éclipsèrent toutes les deux. Heureusement, l'enfant n'avait pas sali ses vêtements. Après s'être rincé la bouche et le visage, Sarah retourna sur la terrasse avec Elana.

— Tu te sens mieux ? demanda cette dernière.

— Un peu... J'espère qu'il n'est pas fâché contre moi.

— Sûrement pas.

Il lui revint soudain en mémoire un incident de son enfance, quand elle avait malencontreusement renversé un verre de lait sur son père. Il était rentré dans une fureur noire. Cet épisode l'avait traumatisée, au point de lui ôter toute confiance en elle.

Niko avait réagi d'une manière opposée. Cela signifiait-il qu'il était digne de respect ? D'amour ?

Ne sois pas sotte. Cela n'a strictement rien à voir.

Accoudée à la balustrade pour contempler des marguerites illuminées par un rayon de soleil, elle se retourna en entendant un bruit de pas. Ce n'était pas Sarah, qui s'était assoupie, mais Niko, douché et changé.

— La pauvre ! dit-il en lançant un regard compatissant en direction de l'adolescente.

Sarah bougea et battit des cils.

— Tu as meilleure mine. Comment te sens-tu ?

— Beaucoup mieux. Je... Excusez-moi, je suis désolée...

— Ce n'est rien, l'interrompit-il. Ce sont des choses qui arrivent. Ne t'inquiète pas, d'accord ?

Elle esquissa un sourire.

— D'accord.

— C'est bien.

Il se tourna vers Elana.

— Où est Patty ?

— À Waipuna. Mais elle sera là pour le déjeuner.

— Bientôt alors. Merci d'avoir géré les choses en son absence.

— Je t'en prie, c'est bien naturel. Nous devrions peut-être essayer de joindre la maman de Sarah.

Mais celle-ci n'avait pas rallumé son portable. Elana laissa un nouveau message, puis redonna un peu d'eau à Sarah, qui se rendormit.

À son retour, Patty s'affaira dans la cuisine, aidée par Elana. Sarah s'était réveillée et bavardait avec Niko comme si elle le connaissait depuis toujours.

Quand le professeur revint avec ses élèves, il remercia chaleureusement Elana.

— Merci à vous aussi, monsieur Radcliffe, pour votre patience.

— Je vous en prie. Appelez-moi Niko.

Les deux hommes se serrèrent la main. Puis, comme Sarah allait beaucoup mieux, Rangi lui proposa de rentrer à l'école en bus avec le reste du groupe.

Restée seule avec Niko, Elana se sentit aussitôt très mal à l'aise.

— Moi aussi, je m'en vais. Je te laisse t'installer. Je ne savais pas que tu rentrais aujourd'hui.

11

— Ce n'était pas prévu, répondit Niko à contrecœur, comme s'il lui en coûtait. Je n'avais pas l'intention de revenir aussi tôt, mais j'ai pris conscience de quelque chose, pendant que j'étais loin.

— De quoi ? interrogea Elana.

Il se tut un instant, avec une expression indéchiffrable.

— Un jour, quand je t'ai parlé de ma double nationalité, tu m'as dit que je devais me sentir chez moi aussi bien en Nouvelle-Zélande qu'à San Mari.

— Oui, je m'en souviens.

Elle se rappelait toutes leurs conversations, de chaque mot prononcé...

— Sur le moment, cela m'a amusé parce que je n'y avais jamais songé. En réalité, je ne me suis jamais senti chez moi nulle part. Le palais était trop immense, froid et impersonnel, et ma mère était tout le temps en voyage, généralement sans moi. Ensuite, quand j'ai eu huit ans, on m'a mis en pension.

Elle plissa le front d'un air compatissant mais il haussa les épaules.

— Cela ne me déplaisait pas, au contraire. Mais je n'avais pas vraiment de chez-moi. Je passais les vacances chez mon père, qui vivait en célibataire, et avec lequel il m'a fallu beaucoup de temps pour trouver un terrain d'entente et des goûts communs.

Il s'éloigna de quelques pas, jusqu'à la balustrade, puis se retourna pour faire face à Elana. C'était plus difficile qu'il ne pensait. Pourtant, il devait absolument exprimer le fond de sa pensée.

Au prix d'un effort surhumain, il continua d'une voix sans timbre.

— Cette fois-ci, alors que j'étais au bout du monde, je me suis rendu compte que j'avais envie de revenir à Waipuna pour toi, avec toi. C'est ici chez moi désormais, puisque tu t'y trouves.

Les paroles de Niko résonnèrent d'abord étrangement dans la tête d'Elana, comme dépourvues de sens.

— Que... Que dis-tu ?

Il lui sourit.

— Je ne sais pas du tout quand c'est arrivé, ni comment... En tout cas, tu as plus d'importance pour moi que tout ce que j'ai connu jusqu'à présent.

Un espoir éperdu s'empara d'Elana, en même temps qu'une peur indicible.

— Niko, je ne comprends pas.

— C'est très simple. En quittant Mana, j'ai découvert ce qu'est l'amour, déclara-t-il en la fixant de son regard bleu. C'est quand une personne vous manque tant qu'on rêve d'elle chaque nuit...

Elle blêmit et hocha la tête en même temps.

Il s'approcha.

— Ah, tu sais déjà, toi aussi.

Il attendit, mais aucun son ne franchit ses lèvres tremblantes. Alors il poursuivit.

— C'est aussi se souvenir de toutes sortes de petits détails apparemment sans importance... La façon dont tu redresses le menton pour refuser mon aide et clamer ton indépendance... Ton rire cristallin, la douceur de ta peau, le son de ta voix...

Il marqua une pause. Elle gardait toujours le silence.

— Dès que j'envisageais de rentrer, mon moral remontait, reprit-il. Parce que je t'imaginais ici, au ranch.

Partagée entre joie et stupeur, Elana le fixait, muette. En même temps, elle était aux prises avec une angoisse dont elle n'arrivait pas à se débarrasser.

— Quand nous parlions et que je te voyais à l'écran, je souffrais un peu plus de ton absence. Dorénavant et pendant le reste de ma vie, je sais que tu me manqueras horriblement chaque seconde de chaque jour où je serai de nouveau loin de toi. Je n'ai encore jamais ressenti cela et j'ai très peur.

— *Peur ?* chuchota-t-elle en secouant la tête, incrédule.

— Oui. Où que tu sois, je veux être avec toi. Sinon ma vie n'aura plus aucun sens.

Elana ferma les paupières en s'efforçant d'ignorer l'appréhension sourde qui la rongeait. Aurait-elle le courage de suivre son instinct qui soufflait qu'elle pouvait lui faire confiance ? N'avait-il pas toujours été gentil et attentionné avec elle ? Cela constituait-il une preuve suffisante ?

— Que redoutes-tu tant, Elana ? demanda-t-il très calmement. Que je sois comme ton père ? Parle-moi !

Elle avait la gorge nouée.

— Comment es-tu au courant de mon histoire familiale ?

— Mme Nixon, qui d'autre ? Ta mère s'était confiée à elle.

Choquée, Elana pâlit.

— Elle est plus perspicace et bienveillante que je

ne pensais. Elle a tout deviné, pour nous deux, et a jugé bon de me prévenir. Elle avait raison.

— Mais *pourquoi* ?

— Elle a eu peur que je te fasse souffrir et je lui en sais gré. Si elle ne m'avait pas averti, l'incompréhension aurait pu s'éterniser entre nous. Comment était ton père ?

Elle hésita.

— Il frappait ma mère.

Niko laissa échapper un juron de dégoût.

— Toi aussi ?

— Non. Mais je savais ce qu'il faisait. J'étais terrifiée.

— Combien de temps cela a-t-il duré ?

— Ma mère s'est enfuie avec moi quand j'avais cinq ans. Il nous a retrouvées un mois plus tard et m'a emmenée en voiture. Maman a appelé la police mais... Il s'est jeté contre un arbre. Il est mort sur le coup. Je m'en suis sortie avec un bras cassé.

Elle frissonna.

— Il voulait me tuer. C'était la pire chose qu'il puisse faire à ma mère.

— Sa propre fille, murmura Niko, consterné. Je suis désolé que tu aies enduré pareilles horreurs.

Des pensées désordonnées se bousculèrent dans l'esprit d'Elana.

— J'ai aussi vécu une mauvaise expérience avec un homme, il y a deux ans.

Il prit une chaise.

— Assieds-toi, ordonna-t-il, tiraillé par une jalousie féroce. Tu veux en parler ?

Elle lui jeta un regard surpris.

— Non. Au moins il n'était pas violent physiquement. Au début, j'ai cru que j'étais amoureuse, mais... Il voulait tout contrôler, tout savoir. Je me suis vite lassée d'être traitée comme une demeurée. Je devais lui dire où j'allais, avec qui...

Niko secoua la tête.

— Ce doit être très difficile pour toi de faire confiance à un homme. Si j'avais su cela, j'aurais été plus compréhensif.

Il lui tourna le dos et alla se planter devant la fenêtre.

— Je savais que tu ferais du bon travail avec les documents de Mana, mais je t'ai proposé ce job parce que je n'arrivais pas à t'oublier.

Abruptement, il lui fit face.

— Au début, j'ai cru qu'il s'agissait d'une simple attirance physique et que cela passerait.

Elle l'écoutait, interdite, sans oser y croire.

— Après tout, cela m'arrive souvent, poursuivit-il avec un sourire d'autodérision. Le désir est éphémère... J'ai vécu une expérience très traumatisante quand j'étais jeune. J'avais eu une brève aventure avec la sœur d'un de mes amis qui était tombée follement amoureuse de moi. Quand j'ai rompu, elle a tenté de se suicider.

Elana n'avait aucune envie d'écouter cette histoire, mais il continua.

— Dieu merci, elle s'en est sortie et est maintenant très heureuse en ménage. Depuis cet épisode, je me méfie des émotions que je peux déclencher. J'ai tout de suite eu envie de toi, avec une intensité que je n'avais encore jamais éprouvée. Si je t'avais proposé une aventure, aurais-tu accepté ?

Il attendit pendant qu'elle s'efforçait de comprendre le sens de sa question. Pour la première fois de sa vie, il était plein d'appréhension et manquait d'assurance.

Elle passa une main tremblante dans ses cheveux et le fixa de ses grands yeux mordorés, indéchiffrables.

— Non, dit-elle enfin dans un filet de voix à peine audible. J'avais trop peur. Comme tu l'as dit tout à l'heure, je ne fais pas confiance facilement.

Il acquiesça.

— Puis, nous avons fait l'amour. J'ai été transporté. Ensuite, tu as pris des distances. Malgré tout, j'espérais que tu finirais par céder... Et, lorsque Mme Nixon m'a ouvert les yeux, je me suis posé beaucoup de questions. Je ne savais pas vraiment ce que j'éprouvais pour toi. Je me suis donné six mois pour réfléchir. Mais tu me manquais trop. D'ailleurs, ce n'est pas le terme exact. J'avais besoin de toi. Je souffrais le martyre.

— Pourtant, tu avais une maîtresse. Tu lui as même envoyé des fleurs...

— C'était une dernière attention, nous avions déjà rompu... Je n'ai jamais éprouvé une attirance aussi forte pour quelqu'un. C'est pareil pour toi, non ?

— Je... Oui. J'ai lutté de toutes mes forces pour ne pas...

Elle se tut, gênée. Mais elle se devait d'être honnête.

— Pour ne pas tomber amoureuse, acheva-t-elle. Je me méfiais.

— Je comprends ta peur, mais je ne sais pas comment la vaincre. Comment puis-je te persuader que je suis digne de confiance ?

Incapable de parler, elle étouffa un sanglot.

— Elana, si tu veux que je disparaisse de ta vie, dis-le-moi maintenant.

Ses yeux s'emplirent de larmes et elle se détourna pour les cacher, mais il la prit dans ses bras, et ce geste lui donna le courage qui lui manquait. Elle lui raconta la mise en garde, au téléphone, contre lui et la violence dont il était capable.

— Je sais qui c'était, déclara-t-il avec calme. Quand je l'ai quittée, elle a menacé de raconter des horreurs à la presse pour m'extorquer de l'argent. J'ai riposté en promettant de la traîner devant les tribunaux. Elle s'est arrêtée net.

Il s'interrompit un instant.

— Naturellement, je ne peux pas te prouver ma bonne foi. J'espère seulement que tu me crois.

— Je te connais à peine... En fait, nous ne nous connaissons pas, toi et moi. Je... Je n'ai pas ma place dans ta vie.

— Pourquoi dis-tu cela ? Je ne suis pas d'accord.

Il tendit la main, puis se ravisa.

— Je ne veux pas te toucher. C'est à toi de décider.

Elle le regarda fixement, sans mot dire.

— J'ai plus que du désir pour toi, Elana. Je t'aime. J'ignore comment c'est arrivé et j'ai vraiment essayé de résister. Je crois que j'ai eu le coup de foudre, quand tu m'es apparue au Bal du Centenaire. Ensuite, tu t'es montrée tellement courageuse avec Jordan ! Tu m'as impressionné. Figure-toi que j'ai été jaloux de ton ami policier ! Depuis, tu me rends fou et j'ai besoin de savoir. Si tu ne veux pas de moi, dis-le. Je m'en irai pour ne jamais revenir.

La tête basse, il se détourna.

— Non, Niko, attends...

Il se figea.

— La décision t'appartient, Elana.

C'est à ce moment-là que la certitude l'emporta sur le doute.

— Reste, Niko. Ne pars pas.

— Tu es sûre ?

— Je n'ai pas beaucoup d'assurance, mais je ne suis pas lâche.

— Je sais, murmura-t-il avec tendresse.

Il la prit dans ses bras.

— Je m'étais juré de refréner mon ardeur, mais je ne peux pas... Je ne...

Il l'embrassa, d'abord très doucement puis avec une fougue à laquelle elle répondit sans réserve, dans un instant de pur ravissement.

Lorsqu'il releva la tête, les yeux brillants, il attendit que sa respiration se calme.

— Elana ?

— J'adore la façon dont tu prononces mon nom, avoua-t-elle gauchement. Et je t'aime.

— Il faudra apprendre à nous faire confiance, dit-il. Je n'ai pas eu un très bon modèle avec le mariage de mes parents. Mon père a aimé ma mère jusqu'à sa mort. Malheureusement, elle n'était pas faite pour la vie de couple. Elle a eu beaucoup d'amants.

Il haussa les épaules.

— Moi, j'ai passé une bonne partie de ma vie adulte à repousser les avances de femmes qui en veulent surtout à mon argent. Contrairement à toi.

— Qu'en sais-tu ? lança Elana malicieusement.

— J'ai tout de suite compris que je t'attirais, malgré une barrière invisible que tu érigeais entre nous. Tu ne m'as tendu aucun piège, tu n'as pas cherché à me séduire. Comme je suis très cynique, je me demandais si c'était pure habileté de ta part, une façon d'aiguiser mon désir. Ensuite, nous avons fait l'amour et tu t'es retranchée plus loin encore derrière tes défenses. De nouveau, je me suis interrogé. Était-ce une tactique ? Heureusement, Mme Nixon m'a ouvert les yeux, le jour où nous nous sommes rencontrés au restaurant, avec Petra. Je me suis renseigné sur toi…

— Et qu'as-tu découvert ?

— Ce que tu m'as raconté tout à l'heure sur ton père. Naturellement, je ne peux pas te promettre d'être un mari parfait, mais…

Il s'interrompit quand elle écarquilla de grands yeux stupéfaits.

— *Un mari* ? répéta-t-elle, interdite.

— Oh ! je suis désolé, je fais tout à l'envers. Pardonne-moi. C'est la première fois que je demande une femme en mariage, et la dernière aussi ! Elana, je t'aime. Je veux t'épouser, te faire l'amour tous les jours et avoir des bébés avec toi. J'ai envie de me disputer, de t'entendre rire et respirer la nuit dans mon lit à côté de moi. Je veux t'emmener dans le ranch de mon père sur l'île du Sud et te montrer les fameux takahés. Je veux t'offrir des cadeaux pour tes anniversaires. Et j'aimerais surtout que tu partages mes envies. Si c'est le cas, je t'en prie, dis-moi oui !

— Oui, souffla-t-elle entre rire et larmes.

Quand ils s'embrassèrent, elle comprit avec certitude que ses peurs avaient définitivement disparu. Un avenir plein d'amour s'offrait à elle.

Épilogue

— Pania, ma chérie, essaye de faire moins de bruit, s'il te plaît.

Elana déposa un baiser sur le nez de sa fille qui gloussa de plaisir.

— C'est mon anniversaire ! J'ai sept ans et j'ai le droit de faire la fête ! s'écria l'enfant malicieusement.

— Mais tes cris risquent de réveiller le bébé.

— Et le bébé va pleurer, commenta doctement Kent, du haut de ses huit ans et demi.

Pania lui tira la langue.

— À quelle heure rentre papa ?

— Il ne devrait pas tarder, répondit Elana. Ah, d'ailleurs, qu'est-ce que j'entends ?

Pania poussa un véritable hurlement de joie et se précipita vers la porte-fenêtre.

— C'est le coptère ! Le voilà !

Les deux enfants coururent à la rencontre de leur père. Elana attendit un instant, puis, comme aucun son ne s'élevait du berceau, elle les suivit. Niko avait passé la dernière semaine à Auckland, où il avait définitivement installé ses bureaux, afin de tout organiser pour prendre des vacances bien méritées à Mana.

Elana traversa la pelouse. Kent avait pris sa petite

sœur par la main pour l'empêcher de s'approcher de la zone interdite autour de l'aire d'atterrissage. Il se montrait déjà aussi protecteur et autoritaire que son père.

Pania, avec ses cheveux clairs et son cœur d'or, lui rappelait quelquefois sa mère. Quant à la petite Cara, avec ses cheveux noirs et ses yeux bleus, elle était tout le portrait de Niko.

Elana agita la main avec un sourire quand Niko mit pied à terre.

Dix ans auparavant, elle avait confié son amour et son avenir à cet homme. Elle ne l'avait jamais regretté. Leur mariage était une réussite absolue.

Il s'avança à sa rencontre, un enfant pendu à chaque main, le visage resplendissant de bonheur.

— Elana, quel plaisir de rentrer chez soi ! s'écria-t-il en l'embrassant.

Ils retournèrent tous ensemble à la maison, cette magnifique demeure où ils coulaient des jours heureux, dans une confiance sans faille.